IN DER BRANDUNG LIEGT
DAS BÖSE …

Sylvia Bergman
c/o Skalavik GmbH
Am Schifferwall 3
21335 Lüneburg

ISBN 9798597569284

Ein großes Dankeschön für ihre unschätzbare Unterstützung geht an:
Meine lieben Testleser/innen Svenja, Daniel und Moritz
&
Michael Lohmann (worttaten.de) für sein Lektorat und Korrektorat
sowie
Covergestaltung: Buchcoverdesign.de / Chris Gilcher – https://buchcoverdesign.de
Bildrechte: Adobe Stock ID 66195715, Adobe Stock ID 265193489 und freepik.com

SYLVIA BERGMAN

In Fluten wie in schlechten Zeiten

EIN HEINZE & BROCKMANN KRIMI

Die Autorin:

Was gibt es Schöneres, als mit einem Buch in eine andere Welt abzutauchen? Dich davontragen zu lassen, während Du die Seiten umschlägst? Innerhalb eines Blinzelns bist Du Teil einer fremden Sphäre.

Mich hat diese Reise fasziniert, so lang ich denken kann. Ich liebe es, diese Welten von beiden Seiten aus zu erkunden – mit dem Buch in der Hand und als Autorin an der Tastatur.

Und nun wünsche ich Euch viel Spaß beim Eintauchen.

Weitere Informationen unter
www.sylviabergman.com
Auf meiner Website könnt ihr den kostenlosen Newsletter abonnieren. So werdet ihr regelmäßig über Neuerscheinungen informiert.
Außerdem findet ihr mich bei Instagram - @SylviaBergman78 und Facebook - @ SylviaBergmanAutorin.

PROLOG

Greta klappte das letzte Buch zu und schaute auf. Die Bibliothek im WiWi-Bunker, wie das Gebäude aus Glas und Beton für die Wirtschaftswissenschaften genannt wurde, war inzwischen fast leer. Hinten am Fenster, vor der langen Bücherwand, saß noch ein Junge, den sie aus Steuerrecht kannte. Nur vom Sehen, gesprochen hatten sie noch nie miteinander. Er kaute auf seinem Kuli rum und schien gar nicht bemerkt zu haben, dass es bereits neun Uhr war. Die Bibliothek schloss jetzt.

Greta räumte ihre Sachen in den lilafarbenen Rucksack, den sie immer bei sich trug. Sie schmiss den Pappbecher, in dem sich vor einer Stunde noch Kaffee befunden hatte, in den Papierkorb und machte sich daran zu gehen.

Normalerweise liebte sie die Stimmung in dieser Bibliothek. Sie lernte hier viel lieber als zu Hause in ihrer WG. Dort fand sie keine Ruhe und wurde ständig abgelenkt. In der Bibliothek zu lernen empfand sie geradezu als meditativ. Die vielen Bücher, die sie umgaben, motivierten sie. Studenten, die wie sie für die nächste Prüfung büffelten, waren Gleichgesinnte auf einem gemeinsamen Weg. Das Flüstern, das man hier und dort hörte, schwoll nie an oder wirkte störend. Es war der Klang dieser Einrichtung.

Heute hingegen gab es etwas, das sie beunruhigte. Während des Lernens hatte sie immer wieder von ihrer Arbeit aufgesehen und den Blick durch den Raum streifen lassen. Sie wusste nicht, wieso. Sie merkte, dass sie immer nervöser wurde, je näher der große Zeiger der Uhr, an der Säule hinter ihr, auf die volle Stunde zuschritt. Jetzt war es so weit und sie schluckte, als sie den Raum durch die Glastür verlassen musste.

Vor dem Fahrstuhl stand niemand. Sie betätigte den Knopf und wartete einige Minuten, bis sie hörte, wie er sich näherte. Offensichtlich war gerade jemand ein- oder ausgestiegen. Kurz hatte sie überlegt, ob sie die paar Stufen nach unten laufen sollte. Die Neonröhre in diesem Treppenhaus flackerte ein wenig und tauchte die Treppe regelmäßig für ein paar Sekunden in völlige Dunkelheit.

Heute kann ich das nicht. Beim nächsten Mal wieder, dachte sie.

Die Fahrstuhltüren öffneten sich und sie stieg nach einem kurzen Zögern ein. Es dauerte eine gefühlte Ewigkeit, bis sie sich hinter ihr wieder schlossen. Der Fahrstuhl setzte sich in Bewegung. Nur ein Stockwerk. Das hätte sie tatsächlich zu Fuß gehen können. Die metallenen Innenwände waren mit allerhand Notizen bekritzelt. Unterschriften, Sprüche zu Dozenten, Professoren, Fächern, Herzchen …

Während sie einen flapsigen Kommentar zum Umweltmanagement las, öffneten sich die Türen abrupt. Vor ihr lag der Eingangsbereich, einsam und leer. Das Licht brannte nur noch auf dem Hauptweg, der zur Tür führte. Alle anderen Bereiche lagen in vollkommener Dunkelheit. Sie spürte, wie sich die Härchen auf ihren Armen aufstellten, als sie in den Flur trat. Durch die Wände aus Glas in einer Stahlkonstruktion konnte sie raus in die Nacht sehen. Der Campus lag verlassen da und in der Ferne brannten Straßenlaternen. Zügig, aber bewusst leise ging sie zum seitlichen Ausgang und öffnete die Tür. Ein straffer Wind nahm ihr kurz den Atem. Sie wickelte sich schnell den Schal um, den sie in ihrem Rucksack verstaut hatte, und lief zügig zwischen der Häuserzeile auf die Grindelallee.

Hier entspannte Greta endlich. Die letzten Minuten hatte sie sich total albern benommen. Die Geschäfte waren zwar bereits geschlossen, aber es gab jede Menge Bars und Cafés in der Nähe, sodass diese Straße bis tief in die Nacht belebt war.

Sie schlenderte Richtung Dammtor zur S-Bahn und dachte daran, dass sie ihn heute Abend endlich wiedersehen würde. Bei den Gedanken an ihn wurde ihr warm ums Herz. Jetzt würde alles gut werden. Nichts konnte sie mehr aufhalten. Eine rosige Zukunft lag vor ihnen.

Eine S-Bahn fuhr ein. Auch wenn Greta noch gut achtzig Meter entfernt war, hörte sie von Ferne das Ranrauschen des Zuges und Augenblicke danach das Bremsgeräusch. Eine Minute später setzte sich der Zug wieder in Bewegung. Sie sah ihn, wie er aus dem Bahnhofsgebäude auftauchte und an ihr vorbei Richtung Altona fuhr. Menschenmassen strömten aus der Unterführung auf die Edmund-Siemers-Allee und verteilten sich wie Ameisen in verschiedene Richtungen. Sie war inzwischen beim ESA-Gebäude angelangt und musste nur noch über die Ampel auf die andere Straßenseite laufen. Dort würde sie in vier Minuten in ihre S-Bahn einsteigen können und flink nach Hause fahren, um sich für die Party vorzubereiten.

Dann trat sie, völlig in Gedanken, mit dem rechten fellgefütterten Stiefel in eine Pfütze auf dem Radweg.

»Verdammt!«

Der graue Wildlederstiefel war bis oben hin mit schwarzem Schlamm und Ölresten beschmiert.

»So ein Mist.«

Sie beugte sich nach unten und versuchte, den Dreck mit einem Taschentuch zu entfernen.

»Brauchst du jemanden, der dich heimfährt?«

Greta schreckte nach oben und sah, dass direkt neben ihr

ein Wagen gehalten hatte. Unsicher schaute sie auf die Person hinter dem Lenkrad.

»Nein danke, es geht schon.«

Sie war unschlüssig, ob sie einfach so gehen konnte oder ob noch etwas von ihr erwartet wurde.

»Sei nicht albern, Greta! Es nieselt und du hast noch ein ziemliches Stück Weg vor dir. Es sind fast null Grad. Die Bahnen brauchen heute alle eine halbe Stunde länger. Am Berliner Tor gab's einen Unfall. Ich hab's gerade im Radio gehört.«

»Oh nein.«

Greta dachte an ihre Verabredung und wie wenig Zeit ihr noch blieb. Sie konnte auch ihre Mitbewohnerin nicht anrufen, um sich mit dem Auto abholen zu lassen, weil die heute Mittag übers Wochenende zu ihren Eltern gefahren war.

»Ich hätte gedacht, wir haben uns nichts mehr zu sagen? Du musst doch stinksauer auf mich sein?«

Im Wagen herrschte kurz Stille. Greta wischte sich den feinen Regen aus dem Gesicht.

»Ich denke, das war ich auch, aber man muss wissen, wenn die Schlacht verloren ist. Ich trage dir nichts nach. Steig ein! Ich fahre dich schnell rum und wir begraben damit die Vergangenheit.«

Greta nickte.

»In Ordnung. Ich danke dir.«

Sie öffnete die Beifahrertür, schob ihren Rucksack in den Fußraum und setzte sich. Zum allerersten Mal an diesem Abend hörte sie nicht auf ihr Bauchgefühl.

KAPITEL 1

Später Vormittag an einem Donnerstag Anfang Juni. Die Sonne brannte unbarmherzig von oben herab und sie hatte kaum ein Auge für das Getreide, das in einem ganz leichten warmen Wind auf den Feldern rechts und links neben der Straße wogte. Ebenso wenig sah sie die kleinen Schäfchenwolken, die fröhlich wie zerrissene Zuckerwatte am Himmel hingen. Stattdessen schaute Nina missmutig auf die Anzeige des Navi. Bald war es so weit. Nur noch drei Kilometer. Sie spürte, wie das Wochenende unausweichlich näher kam.

Sie dachte an die zwei Familien, die dieses Wochenende aufeinandertreffen würden. Eine davon war die ihre.

Hoffentlich geht das gut.

Sie kamen einfach aus verschiedenen Welten.

Hoffentlich wird Romy sich nicht allzu sehr ärgern. Sie hat sich so sehr gewünscht, dass sich alle vertragen.

An der nächsten Bucht an der Straße hielt sie an, stellte den Motor ab und das Radio etwas lauter. Ihr Fenster hatte sie runtergelassen. Klimaanlagen mochte sie noch nie.

Ein Duft von Gräsern und Sommerblumen stieg ihr in die Nase. Ein Band aus wildem Mohn, Kornblumen und

Kamille säumte den Straßenrand. Bienen summten eifrig umher, und sie konnte tatsächlich hier draußen, fernab der Autobahn, die Vögel zwitschern hören. Sie atmete tief ein und schloss die Augen, während sie sich gegen ihren Wagen lehnte.

Im Radio spielten sie die Common Linnets. »Oooooh skies are black and blue. I'm thinking about you. Here in the calm after the storm.« Sie summte leise mit, während sie die warme Luft einatmete. Der Song verursachte ihr eine wohlige Gänsehaut.

Nur noch einen Moment. Dann bin ich bereit.

Nina atmete erneut tief durch. Sie startete zögerlich den Motor und setzte den Blinker, um wieder auf die Straße einzubiegen. Ein vollkommen unnötiges Unterfangen, da weit und breit keine Menschenseele unterwegs war.

Die Tatsache, dass sie ihn morgen sehen würde, bereitete ihr Magenschmerzen. Verdrossen dachte sie daran, was für einen Narren sie aus sich gemacht hatte oder besser: hatte machen lassen. Das sah ihr ganz und gar nicht ähnlich. Aber nicht dieses Wochenende! Wenn sie die Feier irgendwie überleben wollte, dürfte sie sich nicht von ihm die Stimmung verderben lassen. Er würde wieder versuchen, sie irgendwie einzufangen. Würde ihr Märchen erzählen, die das kleine Mädchen in ihr glauben wollte.

Wieso fiel Männern eine Lüge eigentlich so leicht? Er hatte sicherlich keine schlaflosen Nächte gehabt – so wie sie. Sie schüttelte sich bei dem Gedanken, dass sie sich von ihm hatte berühren lassen.

Dieses Wochenende gehört meiner Familie und mir.

Sie würde ihre Freunde wiedersehen und die alten Geister von der Seeluft vertreiben lassen.

Das Blätterlicht flackerte über ihrer Windschutzscheibe, während sie durch eine prächtige Lindenallee fuhr und sie musste blinzeln. Die Reflexionen der Sonne blendeten sie. Als sie wieder sehen konnte, sah sie sich einem anderen Wagen auf ihrer Straßenseite gegenüber, der gerade mitten im Überholvorgang war und auf sie zusteuerte. Er musste sie ebenfalls gesehen haben, doch statt zu bremsen blieb er in Höhe des anderen Autos und tat überhaupt nichts. Sie trat das Bremspedal augenblicklich so stark durch, dass sie glaubte, mit ihren Turnschuhen bereits den Asphalt zu berühren. Ihr Wagen wurde langsamer, doch sie wusste nicht, ob das reichen würde.

Der andere Fahrer schien nichts dergleichen zu unternehmen. Zu ihrem Entsetzen beschleunigte er sogar.

Du kannst das! Die Fliehkräfte sind berechenbar, der Reifendruck ideal. Geh da durch! Fester in die Eisen!

Sie zog den Wagen so weit nach rechts, wie es ihr möglich war. Das Auto holperte über den Bordstein auf den parallel verlaufenden Radweg und kam schließlich zum Stehen. Ihre Atmung wurde für einen Moment schneller und schien sich zu überschlagen. Alles drehte sich und ihr Kreislauf wirbelte ihre Sinne durcheinander wie einen hilflosen Gast in einer Loopingbahn. Nach fünf Sekunden hatte sie sich wieder im Griff.

Diese Situation hatte sie unzählige Male trainiert. Sie beherrschte so was. Aber jetzt, da sie das erste Mal nicht darauf vorbereitet gewesen war, kriegte sie für einen Moment weiche Knie.

Reiß dich zusammen! Es ist nichts passiert.

Sie stieg aus und drehte sich um. Da stand er, ein paar Meter entfernt, auf der anderen Straßenseite: ein schicker roter SLK. Sie ging langsam auf den Wagen zu. Niemand stieg aus. Aus Richtung des nahen Hotels kamen Menschen angerannt.

Während Nina näher kam, versuchte sie einen Blick in den Sportwagen zu werfen. Dort saß eine Frau; sie war völlig starr. Sie mochte so Anfang vierzig sein. Ihre offensichtlich mühevoll zusammengebundenen dunkelbraunen Locken hatten sich aus ihrem Pferdeschwanz leicht gelöst und hingen ihr in Strähnen ins Gesicht. Tränen liefen ihr über die Wangen und verschmierten ihr Mascara. Sie krallte sich an das Steuer wie der Kapitän an das Steuerrad seines untergehenden Schiffes. Ihre Knöchel traten dabei weiß hervor und verstärkten ihren ohnehin sehr blassen Hautton. Nina klopfte an die Scheibe.

»Geht es Ihnen gut? Kann ich irgendwie helfen?«

Sie bekam keine Antwort. Die Frau klammerte sich an das Auto und starrte durch die Windschutzscheibe. Sie wirkte desorientiert. Ihr Blick war leer und ihre Augen glasig. Dann bemerkte sie, dass aus der Richtung des Hotels ein Mann angerannt gekommen war. Er war schwer außer Atem, als er auf ihrer Höhe zum Stehen kam. Er drückte sich an Nina vorbei und riss die Fahrertür des SLK auf.

»Schatz, was machst du denn da? Ist alles gut bei dir?«

Nina konnte nur vermuten, dass es sich um den Mann oder Freund der Frau handeln musste. Er schien ebenfalls Mitte vierzig zu sein und wirkte gut situiert. Leicht untersetzt von exzellentem, reichhaltigem Essen, kostspielige Kleidung, den typischen Dandy-Schal der Mittvierziger um den Hals, alles sehr sauber, neu, wie dekoriert. Er trug einen offenbar teuren Haarschnitt, bekam bereits graue Schläfen, besaß aber eine Haarpracht, um die ihn manch Dreißigjähriger beneidet hätte. Eine offensichtlich teure goldene Uhr bekleidete sein Handgelenk, manikürte Hände. Alles in allem wirkte er makellos – Nina hasste ihn bereits.

»Alles in Ordnung?«, fragte sie erneut.

Er schaute sie kurz verwirrt an.

»Ich weiß es nicht. Das hier ist ihr noch nie passiert.«

Komische Formulierung, dachte Nina.

Er wandte sich wieder an seine Frau und griff mit der Hand nach ihrer Schulter, um sie leicht zu schütteln.

»Annette, bitte sag doch endlich was.«

Die Frau nahm ihre linke Hand vor den Mund und starrte sie mit weit aufgerissenen Augen an, so als würde ihr der Schreck noch in allen Gliedern sitzen. Nach einer Weile löste sie den Blick und war in der Lage sich zusammenzureißen.

»Es tut mir wahnsinnig leid. Ich habe ein riesiges Chaos verursacht. Bitte verzeihen Sie.«

Sie schluchzte und fing im selben Moment an, bitterlich zu weinen. Nina trat dichter ans Auto und streckte ihre Hand aus, um sie der Frau auf die Schulter zu legen. Als ihr bewusst wurde, dass dies eine zu vertrauliche Geste war, zog sie sie zurück und berührte lediglich die Autotür in einem für sie merkwürdig peinlichen Moment.

»Mir geht's gut. Machen Sie sich keine Sorgen. Was ist denn passiert? Sie standen plötzlich auf meiner Straßenseite.«

»Ich, ich …«

Sie starrte mit offenem Mund auf die Straße und schüttelte immer wieder den Kopf.

»Ich weiß nicht recht. Ich fühl mich nicht gut. Vorhin war alles irgendwie verschwommen.«

Sie hielt verträumt inne und starrte nach vorn durch ihre Windschutzscheibe. Einige Sekunden vergingen, in denen nichts geschah.

Nina beschlich ein komisches Gefühl. Die Situation gefiel ihr nicht. Auf ihr Bauchgefühl hatte sie sich immer verlassen können, bestimmte Männerbekanntschaften vielleicht mal ausgenommen.

Sicherlich übertreibst du wieder. Du siehst immer überall Gespenster, dachte sie.

»Ich würde gern zurück aufs Zimmer. Ich weiß auch nicht, wo das plötzlich herkommt. Heute … scheint so ein Tag zu sein.«

Die Frau wechselte einen kurzen Blick mit ihrem Mann. Dann stieg sie aus, ging um den Wagen herum und setzte sich auf die Beifahrerseite. Ihr Mann drehte sich zu Nina und zuckte um Verzeihung bittend mit den Schultern.

»Entschuldigen Sie. Ich werde sie besser wieder zurückbringen. Ich habe mich noch gar nicht bei Ihnen vorgestellt.«

Er sah untröstlich aus.

»Mein Name ist Jens Riesberg. Meine Frau Annette fühlt

sich heute nicht so richtig fit. Sie hätte gar nicht fahren dürfen.«

»Freut mich, Sie kennenzulernen. Ich bin Nina Heinze.«

»Wieso sagst du das so? Ich habe nicht fahrlässig gehandelt. Ich habe mich vorhin noch vollkommen normal gefühlt.«

Die Frau schien gekränkt und warf ihrem Mann einen verletzten Blick zu. Nina fragte sich, wie deren Gespräch verlaufen würde, sobald sie weg war.

»Entschuldige bitte, aber ich hatte den Eindruck, dass du schlecht geschlafen hast, vielleicht habe ich mich aber auch geirrt. Du siehst schon den ganzen Tag irgendwie erledigt aus. Wir werden mal sehen, dass wir den Rest des Tages ganz entspannt auf dem Hotelgelände verbringen.«

Nina fand, dass er diese Erklärung vor ihr gar nicht hätte abgeben müssen.

»Sind Sie ebenfalls Hotelgast?«, fragte er Nina.

»Ja. Ich reise gerade an. Meine Schwester heiratet dieses Wochenende hier und ich bin ein paar Tage früher gekommen, um zu helfen.«

Sie blickte die Straße hinunter. Im Scheitelpunkt der Kurve lag ihr Ziel. Das ›Grand Hotel Heiligendamm‹. Die schlichten klaren Linien klassizistischer Baukunst gaben ihm ein vornehmes, frisches Äußeres. Das Wort ›Heilung‹ schien sich geradezu unter einem strahlend türkisfarbenen Himmel materialisiert zu haben. Sie erahnte das glitzernde Meer hinter den Gebäuden. Sie konnte es nicht sehen, aber dieses spezielle Licht, das es nur in der Nähe des Meeres gab, wurde von jeder einzelnen dieser weißen Wände reflektiert.

»Richtig. Sie sagten Heinze. Was für ein Zufall!«

Jens war erfreut.

»Hast du gehört, Schatz? Das ist die Trauzeugin, mit der du beinahe kollidiert wärst.«

Er lachte gekünstelt. Dann wandte er sich wieder Nina zu.

»Dann werden wir uns ja ziemlich bald wiedersehen. Ben,

unser Bräutigam, ist mein Cousin. Wir sehen uns nicht oft, weil meine Frau und ich die meiste Zeit des Jahres im Ausland verbringen, aber dieses Fest wollten wir uns nicht entgehen lassen. Wir sind auch früher gekommen, um das Seebad-Flair vor dem ganzen Trubel noch ein bisschen zu genießen. Annette hat ein paar anstrengende Monate hinter sich und auch ich kann die Erholung gut gebrauchen. Ein bisschen die Seele baumeln lassen und die Kräfte erneuern.«

Er lächelte. Die Miene seiner Frau blieb versteinert.

Da war sie also, die andere Familie.

»Wenn das in so einem Hotel nicht gelingt, wo dann, richtig?«

Insgeheim hoffte Nina, dass dieser Ort wirklich geeignet war, um die großen Erwartungen, die in ihn gesetzt wurden, auch zu erfüllen.

KAPITEL 2

Lars rannte. Er rannte, so schnell es seine Beine in diesem Gestrüpp vermochten. Er rannte um sein Leben. Seine Knöchel schmerzten von den vielen Malen, die er umgeknickt war. Mit den Händen versuchte er, die Hindernisse aus dem Weg zu räumen. Kein leichtes Unterfangen, da er ihren Ring die ganze Zeit fest in seiner rechten Hand halten musste. Die Dornen der Brombeerbüsche zerkratzten ihm die Arme und hinterließen feine blutige Linien. Gerade hatte er etwas ins Auge bekommen, traute sich aber nicht anzuhalten, um es zu entfernen. Sie würden ihn einholen und das konnte er auf keinen Fall zulassen. Er öffnete seine rechte Hand und schaute auf den Ring, der einen roten Abdruck in seiner Handinnenfläche hinterlassen hatte. Trauer überkam ihn, aber er wischte sie beiseite, schloss die Hand wieder und rannte weiter.

Das weiche Moos unter seinen Füßen brachte ihn immer wieder zum Stolpern. Seine Lungen brannten und sein Hals fühlte sich an wie Sandpapier. Dennoch war er hier am sichersten. Der Wald beschützte ihn. Er schloss das Böse aus und gab ihm Deckung. Hier würden sie ihn nicht so schnell finden.

Sein Blick ging an den moosbedeckten Stämmen der Bäume nach oben Richtung Himmel. Die mächtigen Baumwipfel thronten über ihm wie gütige Riesen und schauten erhaben auf ihn herab. Er war vor Stunden durch einen See geschwommen, nur damit sie seine Spur verlören. Das hatte er mal in einem Film gesehen. Vielleicht hatten sie Hunde bei sich. Ganz sicher würden sie sich Verstärkung holen. Sie würden ihn aufspüren und einfangen. Das wäre das Ende – das durfte er nicht zulassen.

Letzte Nacht war ihm kalt gewesen, weil er so durchnässt war. Immer wieder wurde er von Schauern geschüttelt, aber das durfte ihn jetzt nicht aufhalten. Er durfte keine Zeit verlieren. Je weniger Zeit er verlor, umso mehr Entfernung konnte er zwischen sich und seine Verfolger bringen. Die Geräusche des Waldes beruhigten ihn.

Vielleicht haben sie hier auch Verbündete.

Hektisch blickte er sich um. Sein Herz schlug ihm bis zum Hals, während er so flach und leise wie möglich atmete. Er durfte niemandem vertrauen. Der Ort, an dem er lebte, sollte sein Heim sein, doch das war er nicht. Sie versuchten ständig, ihn zu beruhigen, doch er wusste, dass sie ihn überwachten. Jeder einzelne Schritt von ihm wurde beobachtet. Es gab kein Entrinnen. Die einzige Möglichkeit war die Flucht gewesen, mitten in der Nacht, wenn sie schliefen.

Seine Jeans hing nass und schwer an ihm herunter. Er hatte die Chance gesehen, sie sich schnell noch anzuziehen, bevor er geflohen war. Sobald die Sonne die Luft genügend aufgewärmt hätte, würde er aufhören zu frieren.

Nach einer Weile schien sich der dunkle Buchenwald zu lichten. Dort hinten konnte er ganz deutlich eine Lichtung erkennen, kurzgemähtes Gras, das von der Sonne beschienen wurde. Zwischen einigen Buchen und Kiefern stand sogar ein altes Backsteingebäude, eine Kapelle. Vorsichtig blieb er im Schutz des Waldes stehen und lauschte. Er dämpfte seinen keuchenden Atem, um niemanden auf sich aufmerksam zu machen, doch bis auf fröhliches Vogelgezwitscher konnte er nichts hören. Er sah auch niemanden. Also verließ er seine schützende Stelle und ging auf das Sonnenlicht zu.

Bei jedem Schritt raschelten vertrocknete Buchenblätter unter seinen Füßen. Egal, wie sehr er sich bemühte, er konnte nichts gegen das Knistern und Knacken unternehmen, das jeden seiner Schritte begleitete.

Vor ihm lag ein kleiner Graben. Mit einem kräftigen Satz hechtete er darüber. Drei Meter dahinter kam schon der nächste, doch dieses Mal geriet er ins Straucheln und schlug längs hin, weil sich sein rechter Fuß in einer Brombeerranke verfangen hatte. Er rappelte sich auf, klopfte die Blätter und Zweige von seiner Kleidung und trat in das Sonnenlicht. Zunächst bewegte er sich vorsichtig, blickte nach links, nach rechts und hinter sich, während er seitlich an das Gebäude heranschlich.

Der neugotische Bau, gedrungen und massiv, schien hier mitten im Wald völlig deplatziert zu sein. Eine kleine Laterne thronte auf der Spitze. War er vielleicht bereits dichter an einer Siedlung, als ihm bewusst war? Die Fenster waren alle, soweit er sehen konnte, mit einer Art Kleintierschutzgitter versehen, einige waren wiederum zugemauert. Hier und dort war das Gitter zerstört worden und hing in Fetzen herunter. Einige Vögel hatten diese Bereiche genutzt, um völlig geschützt ein Nest zwischen Gitter und alter Fensterscheibe zu bauen.

Er ging um die Kapelle herum und gelangte zum Eingang. Ein riesiges Eisenkreuz prangte über dem Giebel. Die schwere Doppelflügeltür aus Eiche mit ihren schmiedeeisernen Beschlägen stand offen. Was für ein Glücksfall! Als er näher herantrat, bemerkte er jedoch, dass ein neues massives Gitter hinter einer Art Windfang ihn daran hinderte, weiter in die Kapelle vorzudringen. Er spähte zwischen den Stäben hindurch. Draußen war es sehr hell, was im vollkommenen Kontrast zum wenigen Licht im Inneren stand. Deshalb war es für ihn schwer, sofort etwas zu erkennen. Er musste sich mehrfach die Augen reiben. Die Sonnenstrahlen, die durch die alten vergitterten Buntglasfenster fielen, erleuchteten die Schmutzpartikel in der Luft wie Feenstaub. Die roten Backsteine im Innenraum waren weiß geputzt, doch der Putz an den Wänden des Fächergewölbes war größtenteils abgefallen, hier und da lag Bauschutt. Das Chorgestühl fehlte. Vielleicht war es ja gestohlen worden und man hatte deshalb das Gitter hinter dem Vorraum angebracht.

Die Kapelle war kein Ort, an den momentan jemand zum Beten kommen würde, auch wenn zwei frische Blumensträuße auf dem Altar zu beiden Seiten des Kreuzes, eine andere Sprache sprachen. Er spürte, wie ihn die Erschöpfung der letzten Nacht überkam. Er fühlte sich am Ende seiner Kräfte und entschied, eine Pause zu machen. Er griff nach den Stäben und rüttelte daran. Bis auf ein lautes Scheppern tat sich nichts. Irgendwie musste er hineingelangen. Drinnen sah er Bänke. Er war sich sicher, dass sie ihn hier nicht suchen würden. Nicht unter den Augen Gottes. Hier konnte er Kraft tanken und überlegen, was als Nächstes zu tun war. Hier war er sicher.

Das Schloss am Gitter konnte er sehen, doch es lag zu weit hinter einem Mauervorsprung, um es irgendwie manipulieren zu können.

Er stellte seine Bemühungen im Eingangsbereich ein und ging weiter um das Gebäude herum. Ziemlich zügig erreichte er eine kleinere hölzerne Seitentür. Auch die war verschlossen; sie wirkte unfair massiv. Allerdings schien die Verriegelung schwach zu sein und er sah eine geringe Chance, sie zu überwinden. Unzählige Spinnweben rechts und links der dunklen Eichentür verrieten ihm, dass sie seit geraumer Zeit, nicht mehr geöffnet worden war.

An der Seite des Gebäudes lagen einige alte Backsteine. Er legte ihren Ring vorsichtig oben auf den Haufen, sodass er nicht herunterfallen konnte. Dann nahm er sich einen

Ziegel, wog ihn abschätzend kurz in der Hand, nickte und ging dann wieder zu der Tür zurück. Er holte mehrfach kräftig aus und ließ seine Waffe auf die morsche geschwungene Türklinke niederschmettern. Ein metallisches Geräusch durchschnitt die Stille und spornte ihn zu weiteren Hieben an. Kurz hielt er inne und lauschte – nichts bis auf Vogelgezwitscher.

Schneller und schneller holte er aus und schlug zu. Er konnte fühlen, wie das Relikt alter Handwerkskunst langsam unter seinen Hieben nachgab. Nur noch ein kleines Stück, gleich war es geschafft. Er kam schnell außer Atem und keuchte unter der Anstrengung. In einem letzten Versuch bündelte er alle seine Kräfte und hämmerte mit dem Stein, so druckvoll er nur konnte. Er brach dabei nicht nur das Metall, sondern hinterließ auch einen Krater zersplitternden Holzes in der Tür.

»Was zur Hölle machen Sie da?«

Er drehte sich abrupt um und sah einen jungen Mann Mitte zwanzig hinter sich stehen. Seine Atmung hatte sich noch lang nicht beruhigt und er keuchte immer noch von der Anstrengung der letzten Sekunden. Viel zu viel Sauerstoff und Adrenalin schossen durch seinen Körper. Er glühte regelrecht. Der Mann schaute an ihm herunter, dann auf seine Hand, die den Stein hielt.

»Sie bluten ja!«

Er sah ihn schockiert an und griff in seine Jacke, um ein Handy rauszuholen.

Lars musste handeln, also riss er seine Hand nach oben und ließ sie mit dem Stein auf den Kopf seines Verfolgers niederschmettern. Er spürte, wie die scharfe Kante des Ziegels über dessen Ohr auf einen Widerstand traf. Ein unwirtliches Quieken entwich aus dem Fremden. Er holte gleich noch einmal aus und schlug erneut zu. Da spürte er ihn wieder, den Widerstand der Schädeldecke. Nur kurz und dann zerbrach die Oberfläche wie eine Eierschale.

Er glaubte, das Knacken vernommen zu haben. Wie

Knäckebrot, das man durchbricht. Seine Finger berührten leicht die Haare seines Gegenübers und spürten weiche Locken. Kurz darauf sickerte frisches rotes Blut in die Haarpracht und Lars konnte auf seiner Haut, die es berührte fühlen, wie warm es war. Er sah ihm in die Augen, die ihn überrascht und dann plötzlich ganz leer anstarrten. Ein Rinnsal hellroten Blutes lief an ihnen vorbei. Der Mann brach zusammen. Lars blickte schwer atmend auf ihn hinunter. Adrenalin schoss immer noch durch seine Adern und er erlebte ein Hochgefühl, eine Macht, die ihm neue Kraft gab.

Er warf den Stein beiseite und rannte von der Lichtung Richtung Buchenwald. Jetzt war es hier nicht mehr sicher. Sie würden bald kommen und dann musste er verschwunden sein.

KAPITEL 3

Jens lief über den Weg, der vom Hotel zur ›Perlenkette‹ führte: Villen, die parallel zum Strand östlich des Hotels vor über hundert Jahren gebaut worden waren. Er traf keine Menschenseele. In den ausgefahrenen Bereichen des Weges hatte sich das Regenwasser der vergangenen Nacht gesammelt und ruinierte ihm nun seine guten Lederschuhe. Von Rhododendren und alten Buchen gesäumt, schlängelte sich der Weg durch ein Wäldchen. Mehr und mehr ließ er das vertraute Hotel hinter sich, während sein Weg ihn immer näher an die alten Logierhäuser vergangener goldener Zeiten heranführte. Jens erreichte eine große eingezäunte Baustelle mit einem Kran, orangenen Bauwagen, jeder Art von Baugeräten und unzähligen Sand- und Erdhügeln. Hier und da ruhte die Schaufel eines Baggers auf dem Boden. Dutzende Pakete mit roten Ziegeln waren abgestellt worden. Überall dort, wo keinerlei Hilfsmittel oder Werkstoff von Menschenhand deponiert worden waren, wucherte das Unkraut in Form von Gras, Farnen, Brombeerranken und Bäumchen aus jedem Sandkorn, das sie finden konnten.

Nach einigen Metern stand er plötzlich auf der alten Straße, die zwischen den Logierhäusern der Perlenkette und den Kolonnaden, der alten Einkaufsmeile, entlanggeführt hatte. Links von sich sah er bereits renovierte und verkaufte Häuser und rechts blickte er auf die Skelette dessen, was einst prunkvolle Bauten gewesen waren. Die Sonne stand schon ein bisschen tiefer und ein orangefarbener Schleier legte sich langsam über die verfallenen Bauwerke. Ein Hauch einer glanzvollen Zeit lag in der Luft. Er konnte sich vorstellen, wie vor einhundertfünfzig Jahren die oberen Zehntausend in diesen Häusern logiert hatten. Wunderschön würde es hier aussehen, wenn erst einmal alles renoviert war.

Aus der Hotellobby wusste er, dass die Betreibergesellschaft große Bemühungen unternahm, um ein Haus nach dem anderen zu sanieren und in seinem alten Glanz erstrahlen zu lassen. Augenscheinlich war dies ein sehr kostspieliges Unterfangen, denn der Bau schritt nur sehr langsam voran. Doch am Ergebnis der ersten drei der acht Häuser konnte man sehen, wie sich die Mühen eines Tages lohnen würden.

Ein kleiner Stein des Kiesweges hatte sich in seinem Halbschuh verfangen und drückte ihm plötzlich schmerzlich in die Ferse. Er hielt an und hob seinen Fuß, um sich den Schuh auszuziehen, schüttelte und ließ den Stein herausrollen.

Wie er so gebückt auf einem Bein stehend seinen Schuh überstreifte, bemerkte er aus dem Augenwinkel plötzlich eine Bewegung. Er schreckte hoch. Nichts war zu sehen. Er drehte sich einmal um die eigene Achse und ließ seinen Blick durch die Parkanlage und ihre verlassenen Bauten streifen. Wieder nichts. Wahrscheinlich hatte er es sich nur eingebildet.

Jens hörte die Möwen kreischen und das Rauschen des Meeres hinter den Villen. Bis auf die Geräusche der Natur war nichts weiter zu vernehmen. Etwas vorsichtiger setzte er seinen Weg fort. Das leichte Gefühl, das er noch vor einigen Augenblicken empfunden hatte, war plötzlich verschwunden. Er lauschte und beobachtete genau, während er seinem Ziel Stück für Stück näher kam.

Reiß dich zusammen! Du benimmst dich wie ein kleines Mädchen.

Sein Weg führte ihn vorbei am ›Haus Hirsch‹ zum ›Haus Anker‹, wie er aus der Infobroschüre wusste. Er fragte sich, wie diese Villen ihre Namen erhalten hatten. Dann verlangsamte er seinen Schritt und hielt an.

Komm zum Haus Anker um 16:00 Uhr.

So ein Blödsinn, dachte er wieder.

Das Haus war ein traumhafter Zeitzeuge italienischer Renaissance. Anmutig über teilweise drei Stockwerke hob es sich in seiner Eleganz und verhalten gegliederten Fassade von seiner Nachbarvilla ab.

Er verließ den Weg und schlich langsam durch dichtes Gestrüpp und hohe Büsche zum Eingang an der Seite des Hauses, der versteckt und zugewachsen hinter diesem Vegetationsmantel zum Vorschein kam. Die mausgraue Farbe der doppelflügeligen Eingangstür war an vielen Stellen abgeblättert oder hatte sich gelöst. Das verglaste Element darüber war blind angelaufen. Die zwei Treppenstufen aus Beton mochten jüngeren Datums sein, versprachen aber dennoch nicht mehr Sicherheit als die restliche Bausubstanz.

Jens hechtete in einem großen Satz über einige lose liegende Platten auf dem Boden. Auf der anderen Seite musste er seinen Schwung sofort wieder bremsen, um nicht direkt in ein Loch dahinter zu fallen. Das stand voller Wasser und er wusste nicht, wie tief es war. Während er sich an der Fassade an einem eng anliegenden jungen Baum vorbeiquetschte, warf er einen Blick durch eines der staubigen verrotteten Holzfenster. Jens schaute auf jede Menge Schutt und vergammelte Möbelstücke, die vereinzelt aus der letzten Nutzung in jüngerer Zeit zurückgelassen worden waren. Er erreichte die Rückseite des Hauses und fand sich vor einem beeindruckenden seitlichen Risalit wieder.

Von der Strandseite war die Villa noch deutlich schöner

anzusehen. Seine Front schaute direkt auf die Ostsee, aber etwas seitlich zum Meer ausgerichtet. Der alte Putz war größtenteils abgeblättert und die Fassade wies überall deutliche Spuren auf, wo der Regen über Jahrhunderte den Dreck heruntergespült hatte. Die alten Holzfenster würden sicherlich ausgetauscht werden müssen, aber er hoffte, man würde sich entscheiden, den Stil beizubehalten. Traumhafte schmiedeeiserne Arbeiten zierten die Brüstung einer Veranda im oberen Geschoss, das mit großen Rundbogenöffnungen rechts und links eingefasst und mit einem flachen Giebeldreieck abgeschlossen war.

Er horchte erneut in die Stille, nur um zu dem Schluss zu kommen, dass er allein war.

Komm zum Haus Anker um 16:00 Uhr – Ich weiß was du getan hast.

Friedlich war es hier. Es musste schön sein, an diesem Ort seine Ferien zu verbringen. Mit dem nötigen Kleingeld konnte man eine Wohnung in einem der renovierten Gebäude erwerben. Sein Kleingeld reichte dafür allerdings nicht, zumindest noch nicht. Er hatte so seine Pläne für die Zukunft und würde alles dafür tun, diese umzusetzen.

Jens steckte die Hände in die Taschen und wartete. Seine rechte Hand berührte das zusammengeknüllte Stück Papier, das ihn hierhergeführt hatte. Er nahm es heraus und faltete es auseinander. Ein abfälliges Schnaufen, war seine Antwort auf das, was er da las. Was für ein geschmackloses Treffen. Er hatte in seinem Urlaub weiß Gott Besseres zu tun, als Katz und Maus zu spielen. Und dann diese Theatralik!

Er hatte eine genaue Vorstellung, worum es ging und keinerlei Angst, dem Schreiber dieser Botschaft gegenüberzutreten. Nur die Wahl des Ortes für ein Treffen verunsicherte ihn ein bisschen. Selbstverständlich konnten sie sich nicht in aller Öffentlichkeit treffen, so viel war klar. Aber konnte das nicht bis nach seinem Urlaub warten?

Plötzlich glaubte er, im zweiten Stock des alten Gebäudes eine Bewegung zu vernehmen. So als hätte die ganze Zeit jemand am Fenster gestanden und ihn beobachtet. Er schaute auf, konnte aber durch das alte schmutzige Glas nichts erkennen. Eine Weile starrte er in die tiefe Leere und vollkommene Dunkelheit hinter den Scheiben des Hauses, bevor er rief.

»Hallo? Bist du da drin? Komm raus, damit wir es hinter uns bringen können.«

Er lauschte. Kein Geräusch war zu hören.

Das ist doch albern, dachte er.

Jens ging wieder um das Haus herum, diesmal deutlich schneller, damit sich die Person nicht aus dem Staube machen konnte. Angst hatte er nicht. Wozu? Die Katze war offensichtlich aus dem Sack. Er hatte sich während der letzten Jahre so einige Dinge geleistet, die so manchen ihm nahe stehenden Menschen schockiert hätten. Bisher war er aber immer raffiniert und durchtrieben genug gewesen, darüber nichts ans Licht dringen zu lassen. Dieses Mal war es ihm nicht geglückt. Offensichtlich kam mit dem Alter auch die Nachlässigkeit.

Komm zum Haus Anker um 16:00 Uhr – Ich weiß was du getan hast. Damit ist jetzt Schluss!

Er öffnete die morsche Tür und betrat das Gebäude. Heute fanden keine Bauarbeiten statt, sodass ihn auch niemand sehen oder verjagen konnte. Die Tür knarrte laut, während sie hinter ihm wieder zu fiel. Er ging durch den düsteren Flur, der gefüllt war mit kalter, abgestandener Luft, die nach Mauerwerk und Erde roch. Ein kalter Schauer lief ihm über den Rücken. Er schüttelte sich und streifte den Gedanken an eine Gruft ab.

»Komm schon runter!«

Er wurde ärgerlich, als er nach oben durch das Treppenhaus rief. Die Stille blieb eisern und er erhielt keinerlei Antwort oder Reaktion. Irgendwo oben schien ein Fenster offen oder kaputt zu sein, denn er spürte plötzlich einen starken Windzug an seinem Arm vorbeistreifen.

Das kann doch alles nicht wahr sein!

Langsam wurde er wütend. Er hatte eigentlich vorgehabt, alles abzustreiten. Inzwischen war es ihm sogar fast lieber, sein Gegenüber mit der Wahrheit zu konfrontieren, um den Schock in dessen Augen zu sehen. Er hastete die Stufen nach oben, indem er gleich zwei auf einmal nahm. Das war gar nicht so einfach, denn das Geländer war morsch und konnte nicht benutzt werden. Er gelangte in den zweiten Stock und hielt inne.

Hier drin war es still. Alles, was er hörte, waren die Geräusche des Windes draußen in den Bäumen. Sein Blick streifte durch die Räume, die er von hier sehen konnte. Unter dem abgeblätterten Putz kamen die alten Lehmsteine zum Vorschein. Fäulnisschäden hatten die Deckenbalken geschwächt und an einigen Stellen dermaßen zerfressen, dass die Baustoffe in das darunter liegende Geschoss gefallen waren. Unsicher fragte er sich, ob die Stabilität des Gebäudes überhaupt noch gegeben war.

Plötzlich klappte etwas dicht bei ihm zu. Er horchte auf und ging dann langsam in die Richtung, aus der das Geräusch gekommen war. Vorsichtig schlich Jens durch die verfallenen Räume und versuchte, so leise wie möglich zu sein. Jeder Schritt wedelte alten Staub auf, der ihn in der Nase kitzelte. Ihm war auf einmal nicht mehr danach, laut zu rufen. Er fühlte sich irgendwie im Nachteil und dieses Gefühl gefiel ihm ganz und gar nicht.

Er durchschritt einen großen Wohnraum. Am Ende des Raums stand eine Terrassentür offen. Sie klappte im Wind langsam auf und zu. Die Sonnenstrahlen fielen durch das alte dreckige Glas und machten die vielen Schwebeteilchen in der Luft sichtbar. Sie tanzten so leicht wie die Balletttänzer in einem klassischen Stück. Er konnte fast das Klavierspiel und die Geige im Hintergrund hören.

Zügig ging er darauf zu. Links der Tür wuchs eine Weidenrute aus einem Riss im Fußboden, gerade so dicht am Fenster, dass es noch genügend Licht zum Wachsen erhielt. Er öffnete die Tür komplett und sah, dass sie auf die kleine

Veranda hinausführte, in den vorspringenden Gebäudeteil, vor dem er vorhin noch gestanden hatte. Er trat hinaus. Draußen war keine Menschenseele. Von hier konnte Jens auch niemanden außerhalb des Hauses sehen. Am Horizont brachen die Wellen am Strand und er konnte ein paar Leute erkennen, die gerade aus der benachbarten Eisdiele kamen. Die Abendsonne schien durch den westlichen Rundbogen und tauchte alles in ein goldenes Licht. Er fühlte sich wie jemand auf einer Sepiafotografie. Umgeben von der Vergangenheit. Hektisch zupfte er an seinem Hemdkragen und knöpfte seinen obersten Knopf auf. Er konnte schlecht atmen und musste hier raus. Er verließ den Balkon schnellen Schrittes und durchschritt die Terrassentür. Beim Blick zum Bäumchen nahe der Wand überlegt er, ob diese Tür nicht vielleicht schon längere Zeit offen gestanden hatte.

Staub wurde erneut aufgewirbelt, während er rasch den Raum verließ und zur Treppe schritt. Auf dem oberen Absatz angekommen, drehte er noch einmal den Kopf schnell nach hinten.

War da schon wieder das klappende Geräusch?

Er war sich sicher die Terrassentür diesmal geschlossen zu haben. Panik erfasste ihn. Er setzte die Füße nach vorn, noch bevor er sich wieder zurückgedreht hatte. Irgendwie wollte er dem Obergeschoss nicht den Rücken zuwenden. Doch er wollte auch hier weg.

Alles ging nicht schnell genug. Er fühlte sich beobachtet. Die Kontrolle über die Situation hatte er längst verloren.

Jens stolperte.

Da war doch jemand, oder?

Er verlor das Gleichgewicht und stürzte nach vorn.

Die Zeit stand still, bis sein Körper schwer auf dem harten, mit Flechten überzogenen Stein der Stufen aufschlug. Ein stechender Schmerz zog durch seine Schulter. Die Luft wurde aus seiner Lunge gepresst und er spürte im selben Moment, wie er eine Stufe nach der nächsten in gekrümmter Haltung herunterrutschte. Sein Schädel hämmerte vor

Schmerz, als er zum Erliegen kam. Er wusste nicht, ob er sich ernsthaft verletzt hatte. Alles fühlte sich taub an, ganz besonders die linke Seite seines Körpers. Er spürte nackte Panik. Er schaute nach oben zum Ende der Treppe. Seine Sicht war verschwommen. Da stand jemand in der Ecke im Dunkeln, oder etwa nicht?

Doch! Eingehüllt in die Dunkelheit stand diese Person, beobachtete ihn und wartete. Bewegte sie sich jetzt? Löste sie sich aus dem Schatten? Er wollte es nicht herausfinden. Sein Atem ging schnell. Jens stöhnte, während er sich aufrappelte. Er mobilisierte seine letzten Kräfte und sprang auf. Seine Glieder brannten und sein Geist raste davon mit Gedanken, die sich um seine Existenz drehten. Angst konnte einen Menschen lähmen oder aber auch zur Flucht verhelfen. Er war froh, dass ihm das nun einschießende Adrenalin neue Energie gab, um seine Muskeln trotz des allgegenwärtigen Schmerzes zu aktivieren. Er humpelte die letzte Treppe hinunter Richtung Ausgang. Während seiner Flucht wollte er sich umdrehen und herausfinden, ob er verfolgt wurde, aber er hatte Angst, dadurch kostbare Zeit zu verlieren. Plötzlich wusste er, wie wichtig es war, hier sofort zu verschwinden. Er hatte die Situation vollkommen falsch eingeschätzt. Japsend und völlig außer Atem stieß er die Eingangstür auf und stürzte nach draußen.

Erst als er auf dem Weg vor den Häusern angekommen war, traute er sich, sich umzudrehen. Das Gebäude lag vollkommen verlassen da. Der goldene Glanz lag auf allen Häusern und die Abendsonne malte schwere lange Schatten von Säulen und Bäumen auf die Fassaden. Hinter den Fenstern jedes einzelnen Gebäudes herrschte tiefe Dunkelheit. Dort konnte spielend jemand stehen, nach draußen schauen und man würde ihn aufgrund der Lichtverhältnisse nicht sehen, wenn er tiefer im Raum drinstand. Jens schritt, so schnell er konnte, den Weg Richtung Hotel zurück, dorthin, wo er in der Ferne bereits die Urlauber sah, wie sie fröhlich zur Promenade schlenderten. Eltern mit ihren Sprösslingen an der Hand, die ein Eis aßen, junge Paare, die händchenhaltend oder Arm in Arm direkt zur Seebrücke flanierten, Menschen in flauschigen weißen Bademänteln, die das hauseigene Spa aufsuchten. Diese Welt schien so nah, dass er nur seine Hand nach ihr ausstrecken musste und doch war sie für ihn gerade unerreichbar. In seinem Rücken spürte er die toten Augen alter Geister, die ihn strafend aus den finsteren Fenstern der ehemaligen Prachtbauten anstarrten, während er schnaufend den Weg zum Hotel zurückhastete.

KAPITEL 4

Der historisch anmutende Wasserhahn der Armatur in seinem Badezimmer gluckste, als er ihn aufdrehte, um sich frisch zu machen. Erik Brockmann hielt beide Hände unter den kalten Strahl, füllte sie und tauchte sein Gesicht in die vollkommene Erfrischung ein. Nachdem er diesen Vorgang zweimal wiederholt hatte, trocknete er sich mit einem der vielen kleinen Handtücher mit Hotelwappen ab. Eine Weile schaute er in den riesigen Spiegel, der die ganze Wand einnahm. Seine Hände ruhten auf dem dunkelbraunen Emperador-Marmor des großzügigen Waschtisches.

Im sonnengebräunten Gesicht kamen hier und da bereits die Sommersprossen unter seinen Augen hervor, die er so gar nicht an sich mochte. Die Erschöpfung war für Außenstehende nicht zu erkennen, aber er selbst bemerkte sie. Er sah die Müdigkeit in seinen Augen und den Mundwinkeln, die in letzter Zeit öfter nach unten hingen, als dass sie zu einem Lächeln geformt waren.

Dieser Kurzurlaub stellte die erste Auszeit seit einem halben Jahr dar. Er würde sich entspannen, Spaß haben und mit alten Freunden über alte Zeiten reden. Einfach mal abschalten und fünfe gerade sein lassen.

»Fahr ruhig eine Woche!«, hatte seine Schwester gesagt. »Du brauchst auch mal ein bisschen Abstand von uns. Nimm dir ein bisschen Zeit und genieße dein Singleleben.«

Dabei hatte sie gezwinkert und ihn in die Schulter geboxt. Er hatte sie umarmt und gemerkt, wie sie in seinen Armen kurz zusammengesackt war.

»Ich danke dir für alles. Ich weiß nicht, wie ich das hätte schaffen sollen, ohne deine Hilfe. Jetzt, wo es Robert jeden Tag ein Stückchen besser geht, werden wir sicher bald über den Berg sein. Ich komme diese Woche schon klar. Mach dir keine Gedanken. Flieg rüber und drück Ben und seine Braut von uns ganz kräftig. Es ist schade, dass wir nicht dabei sein können, aber wir holen das irgendwann nach. Versprochen.«

Sie hatte ihn geknufft und er hatte die Dankbarkeit in ihren Augen gesehen.

Erik dachte an die zurückliegenden Wochen und wie sehr sie sein Leben auf den Kopf gestellt hatten. Die Frage, ob er Sarah helfen sollte oder nicht, hatte sich für ihn nie gestellt. Auch, wenn der Einfluss auf seinen Alltag massiv sein würde. Genau genommen war er darauf überhaupt nicht vorbereitet gewesen. Vom lockeren Singleleben zu den Verpflichtungen eines Ersatzvaters. Tatsächlich hatte er sich das deutlich einfacher vorgestellt. Gut, dass er das vorher nicht wusste. Bei dem Gedanken an ihr erstes Gespräch zu seiner Idee musste er schmunzeln. »Bist du dir sicher, dass du das tun willst? Wir sind eine ganz normale Familie, immer am Rande des Wahnsinns«, hatte sie gefragt. Er hatte dennoch Ja gesagt und war für sechs Monate zu ihnen gezogen, um ihr mit den Kindern zu helfen. Nach dem, was ihrem Mann Robert passiert war, brauchte sie diese Hilfe dringender denn je. Sie hatte ihn dennoch nicht gebeten. Erik wusste, dass ihr Stolz sie daran hinderte. So hatte er alles Nötige zusammengepackt und war nach Tunbridge Wells gezogen, einem kleinen beschaulichen Ort in Südengland.

Er schlüpfte schnell in ein hellblaues neues Hemd. Es war kurz nach drei Uhr und bis zum gemeinsamen Essen mit dem Hochzeitspaar und den Brauteltern waren noch vier Stunden Zeit. Er stieg in seine bequemsten Schuhe und verließ das Zimmer. Die Gänge in diesem Hotel waren hell und freundlich. Die Wände, Teppiche und Möbel in den Farben Weiß und Creme gehalten und jedes Detail wirkte leicht und luftig. Ein Seebad wie aus dem Bilderbuch. Er zwang sich, das Ambiente zu genießen. Noch war es ihm nicht möglich gewesen, richtig abzuschalten. Er befand sich seit langer Zeit in einem Zustand dauerhafter Sorge.

Er nahm den Fahrstuhl ins Erdgeschoss und verließ das Gebäude über eine mit Sprossen gezierte Glastür. Draußen wehte eine steife Brise, wie man hier sagte, aber es war ein warmer angenehmer Wind.

Er ging Richtung Norden, vorbei am ›Haus Mecklenburg‹, wie sein Gebäude genannt wurde, und steuerte auf die öffentliche Promenade zu, hinter der der Strand lag. Vor ihm erstreckte sich die Seebrücke. Kräftige Betonpfeiler ragten aus dem Meer empor und brachen die tiefblauen Wellen. Einige Leute spazierten über den riesigen Steg bis ans Ende und genossen die Aussicht. Unzählige Seemöwen, von prächtiger Größe, segelten durch die Luft und kreischten mit offenen Schnäbeln. Ihre schwarzen kleinen Knopfaugen schauten ihn herausfordernd an, während sie sich mit den Böen auf und ab treiben ließen.

Erik zog mit einem kräftigen Atemzug die Seeluft tief in seine Lungen ein und setzte seinen Weg über eine breite hölzerne Treppe neben der Promenade Richtung Strand fort. Dort zog er seine Schuhe aus und ging vorsichtig durch den Sand auf das Meer zu. Am Wasser fiel das Laufen auf dem nassen Sand leichter und er beschloss, den Strand entlang gen Osten zu gehen. Die salzige Luft fühlte sich angenehm in seinen Lungen an, auch wenn der deutlich stärkere Wind hier unten am Wasser ihm zeitweise den Atem nahm. Der charakteristische Seetanggeruch der Ostsee erfüllte ihn mit angenehmen Erinnerungen aus seiner Kindheit. Hin und wieder setzte eine Möwe zum Sturzflug an und versuchte eincm Kind, welches gerade mit seinen Eltern von der nahe gelegenen Eisdiele kam, das Eis zu entwenden. Der Wind zerzauste Eriks flachsblonde Haare. Die Sonne schien trotz des Windes erbarmungslos auf ihn herunter und er bereute, dass er seine Sonnenbrille auf dem Zimmer hatte liegen lassen.

Mit jedem Schritt spürte er seine innerliche Anspannung. Erik wurde sich ihrer erst jetzt gewahr, da er Abstand zu seinen familiären Verpflichtungen bekam. Dennoch hatten ihn die Sorgen die ganzen letzten Monate begleitet. Begründet aus der Angst, seinen Schwager und guten Freund zu verlieren. Angst, dass seine Schwester bereits mit Anfang vierzig zur Witwe und seine Nichten zu Halbwaisen werden würden. All das hatte ihn unbemerkt belastet. Es hatte ihn traurig gemacht und ihm das letzte bisschen seiner so vertrauten Sorglosigkeit genommen. Er war einundvierzig und plötzlich sah er sein Leben mit anderen Augen.

Kann das sein? Fühlt es sich so an erwachsen zu werden? Aber da war noch etwas. Etwas, das tief unter der Oberfläche lag. Der Unfall hatte es langsam freigelegt. Aber er konnte es noch nicht klar sehen. Leichte Nebelschwaden lagen auf diesem Gedanken.

Er bückte sich, streckte die Hand aus, griff nach einem besonders glatten flachen Stein und hob ihn auf. Dann schaute er auf das Meer und wartete einen langen Wellenberg ab. Er holte aus und warf den Stein so geschickt, dass der vier Mal hintereinander über die Welle sprang, bevor er mit einem weit entfernten Plopp im Wasser unterging. Das hatte er als Junge geliebt. Er musste grinsen. Aber irgendwie gab es ihm nicht die gleiche Befriedigung wie früher.

Eine Welle war unbemerkt über seine nackten Füße geschwappt und hatte ihm die ersten zehn Zentimeter seiner Hose an den Beinen durchnässt. Er seufzte und schaute raus aufs Wasser. Am Horizont segelten die Schiffe um die Wette. Die Stetigkeit und Gewissheit, mit der die Wellen in immerwährender Routine Richtung Strand rollten, entspannte ihn. Diese Szenerie gab ihm Sicherheit gepaart mit dem Gefühl von Freiheit. Wo in welcher Situation im Leben findet man diese Konstellation? Dann wanderte sein Blick den Strand entlang und blieb an einer jungen Familie haften, die im Sand spielte. Der Wind fuhr ihm durch das locker sitzende Hemd und blies die Nebelschwaden endgültig hinfort. Er fröstelte. Er fühlte sich allein.

»Hey, mein Freund!« Erik drehte sich um. Hinter ihm stand sein bester Freund Ben und lächelte verschmitzt.

»Du hast es also geschafft!«

Er strahlte ihn an und beide Freunde gingen augenblicklich aufeinander zu und umarmten sich kräftig. Ben war ein Mann mittlerer Statur, hellbraunes dichtes Haar, durchtrainiert mit dem gewinnendsten Lächeln, das Erik jemals gesehen hatte. Seine dunkelbraunen Augen drückten so viel Freude aus, dass Erik kurz einen Kloß im Hals bekam.

»Um nichts in der Welt würde ich es verpassen, wenn du deine Traumfrau heiratest!«

Erik räusperte sich.

»Sarah lässt dich ganz lieb grüßen. Sie möchte, dass ich dir ausrichte, wie leid es ihr tut, dass sie nicht kommen können.«

Bens Blick verriet tiefen Schmerz.

Trotz der vielen Kilometer, die sie oft voneinander trennten, bemühten sie sich, sich mindestens einmal im Jahr für ein paar Tage zu sehen. Sei es über die Feiertage, wenn jeder seine Familie besuchte, oder bei einem gemeinsamen Skiurlaub. Das letzte Treffen war ausgefallen, weil Robert kurz zuvor in die Klinik eingeliefert worden war.

»Es tut mir so leid«, sagte Ben. Er ging wieder auf seinen Freund zu und drückte ihn erneut. Als er ihn losließ, musste er sich eine Träne aus den Augen wischen. Erik sah ihn verständnisvoll an.

»Er wird wieder. Das Schlimmste haben sie überstanden. Jetzt wird eine lange Phase der Reha kommen, aber es wird alles wieder gut.«

»Wie kommt Sarah damit klar?«, wollte Ben wissen.

»Sie ist ein Fels in der Brandung. Du kennst sie doch. Stur und starrsinnig.«

Erik musste grinsen. Er liebte seine Schwester und fand, dass ihre Schwächen eigentlich ihre Stärken waren. Ben lächelte wieder und legte seinem Freund den Arm über die Schulter, während er ihn Richtung Promenade führte.

»Wie gefällt es dir da drüben?«

»Ich bin froh, dass sie meine Hilfe angenommen haben. Sarah erhielt dadurch die Gelegenheit, wieder arbeiten zu gehen und in der wenigen freien Zeit, die ihr am Tag blieb, am Krankenhausbett von Robert zu sitzen. Manchmal habe ich sie mit den Kindern begleitet, aber meistens ging sie allein, weil es die Kinder zu sehr belastete ihren Papa in diesem Bett mit all den Schläuchen zu sehen.«

Ben senkte den Kopf und nickte stumm.

»Haben sie ihn inzwischen gekriegt?«

Erik schüttelte den Kopf.

»Nein, keiner weiß, was geschehen ist. Man fand sein Auto am Straßenrand, es war gegen einen Baum geprallt. Es war abends in der Dämmerung und er musste sich auf dem Nachhauseweg befunden haben. Vorbeifahrende Autofahrer hatten den Rettungswagen und die Polizei alarmiert und waren bei ihm geblieben, bis diese eintrafen. Von dem Verursacher fehlt jede Spur.«

»Robert konnte nichts mehr sagen, habe ich gehört.«

»Genau. Er hatte schwere innere Verletzungen und Gehirnblutungen erlitten und war seitdem nicht mehr aufgewacht. Ein Unfall auf einer geraden Straße, mit wenig Verkehr, die er seit Jahrzehnten kannte. Keiner, am wenigsten er, konnte schildern, was passiert war.«

Bens ganze Haltung drückte Mitgefühl aus. Dann lächelte er.

»Wie hast du sie eigentlich dazu gekriegt, dich aufzunehmen? Die Sarah, die ich kenne, würde nicht so klein beigeben.«

Es wirkte wie ein vorsichtiger Versuch, das Gespräch in seichtere Bahnen zu lenken.

»Ja, du hast recht. Sie selbst hätte mich nie darum gebeten. Stolz und Starrsinn, das liegt irgendwie in unserer Familie.«

Insgeheim lächelte er. Dieses Trauma hatte sie beide um ein großes Stück nähergebracht. Er war zu ihnen in das Gästezimmer des kleinen Reihenhauses gezogen. Sein Beruf als Autor ermöglichte es ihm, von jedem Ort der Welt zu arbeiten.

»Wenn die Kids vormittags in der Betreuung waren, konnte ich schreiben und half dann in der Familie, wenn sie nachmittags nach Hause kamen.«

»Sei mir nicht böse, aber ich sehe dich nicht wirklich in der Kinderbetreuung.«

Ben knuffte ihn in die Seite.

Eriks Gedanken flogen zu seinen Nichten. Sie waren vier und sechs Jahre alt und offensichtlich damit in einem sehr herausfordernden Alter. Zumindest hatte er das zu Beginn so empfunden. Pausenlos stritten sie miteinander oder versuchten, durch Blödsinn die Aufmerksamkeit der Mutter auf sich zu ziehen.

»Die erste Zeit war auch echt anstrengend. Ich bin jeden Abend todmüde ins Bett gefallen, Sarah hingegen war großartig.«

Trotz der harten Zeit, durch die sie gerade ging, hatte Erik gesehen, dass sie immer noch Geduld gegenüber den Kindern fand. Sie bewahrte Ruhe und gab Erik den einen oder anderen Tipp, wie er manchmal Streit zwischen den Kleinen schlichten konnte, ohne dabei vollkommen den Verstand zu verlieren.

»Ich bin sehr froh, dass du da bist. Die Familie hält immer zusammen.«

Erik lächelte verlegen bei Bens Anspielung, er sei ein Familienmitglied. Er hatte immer gesagt, sie wären Brüder unterschiedlicher Mütter.

»Das bin ich auch.«

»Bist du bereit für das Fest unserer Träume?«

Ben grinste schief.

»Na ja, für das Fest aus Romys Träumen. Happy wife, happy life! Richtig?«

»Da kenne ich mich nun nicht so aus«, gab Erik zurück.

»Für dich finden wir auch noch die Richtige! Das ist schließlich eine Hochzeit. Die ideale Gelegenheit, Frauen in romantischer Stimmung kennenzulernen.«

Beide schlenderten langsam über den feinen Sandstrand auf die Promenade zu. Hinter ihnen verwehte der Wind ihre Spuren und beugte den Strandhafer in den Dünen. Das Geschrei der Möwen draußen auf dem Meer drang an Eriks Ohren. Er ließ seinen Blick noch einmal über den Horizont streifen bis hin zu der jungen Familie, die im Sand spielte. Ben war Teil seiner Familie und er war froh, wieder mit ihm zusammen sein zu können.

KAPITEL 5

Nina hatte ihren weichen Hotel-Frotteebademantel angezogen. Sie schlüpfte in die schneeweißen Badeschuhe und verließ mit der Zimmerkarte in der Manteltasche ihr Zimmer. Sie hatte sich vollkommen umsonst aufgeregt. Dieses Hotel war ein wahrgewordener Traum. Man hatte sie im Haupthaus dieser Anlage untergebracht, einem schneeweißen Gebäude direkt am Meer. Von hier war es nicht weit zum Spa. Das war jetzt genau das Richtige. Nach der anstrengenden Fahrt, die zugegebenermaßen erst gegen Ende wirklich aufregend geworden war, wollte sie erst mal richtig ankommen. Bis zum gemeinsamen Abendessen mit ihrer Familie waren es noch ein paar Stunden Zeit.

Ihre Schwester und die Eltern machten gerade einen Ausflug und schauten sich die Gegend an. Da feststand, dass sie sich erst zum Abendessen sehen würden, machte sie eigene Pläne, um ein bisschen zu entspannen. Die Zeichen standen gut dafür, dass es ein schöner Tag werden würde. Leo würde sie erst am Freitag treffen müssen, und bis dahin musste sie einfach nur versuchen, ihn komplett aus ihren Gedanken zu löschen.

Wieso kam er eigentlich her? War es ihm nicht

unangenehm, auf sie zu treffen? Freute er sich womöglich darauf? Vielleicht würde er mit ihr sprechen wollen. Ihre Hoffnungen galoppierten mit ihr davon. Schluss jetzt! Dennoch wertete sie es als gutes Zeichen, dass er nach ihrer kurzen Liaison nicht abgesagt hatte.

Im Wellnessbereich brachte man sie in einen Nebenraum, in dem noch eine weitere Frau auf einem bequemen mintfarbenen Stuhl wartete, und zeigte ihr, wo sie mit Zitronenscheiben versetztes Wasser und Tee in einem großen Samowar finden konnte.

Nina machte es sich gemütlich. Sie überkreuzte die Beine, weil sie sich in Gesellschaft so immer wohler und sicherer fühlte. Dabei rutschte ihr der Bademantel vom Knie und sie bereute sofort, dass sie sich nicht noch vor der Anreise die Beine rasiert hatte. Etwas peinlich berührt zupfte sie den Bademantel an Ort und Stelle und stellte beide Beine wieder auf den Boden.

Eine große blonde Frau steckte den Kopf aus einem der Behandlungsräume, erblickte sie und kam lächelnd auf sie zu. Sie trug einen weißen Zweiteiler, der aus einer schlichten Leinenhose bestand und einem Oberteil, mit kurzen Schmetterlingsärmeln, welches einmal vorn um die Taille gewickelt und dann hinten verknotet wurde. Dies war offensichtlich die Uniform des Therapeutenteams. Aufgepeppt hatte sie ihr Ensemble mit goldenen Sandalen, in denen tipptopp manikürte Füße steckten. Nina bereute bereits ein weiteres Mal, dass sie sich noch nicht die Zeit genommen hatte, ihren Körper in Höchstform zu bringen.

»Frau Heinze?«

Nina nickte.

»Sie haben die ›Passage to China‹-Behandlung gebucht. Bitte folgen Sie mir.«

Sie sprach in ruhigem, gedämpftem Tonfall und Nina merkte wie sie sich bereits entspannte. Sie betraten leise den Behandlungsraum, und nachdem sie ihren Bademantel abgelegt hatte, machte sie es sich auf der Liege bequem. Die

Masseurin stellte ruhige Musik an und erhitzte das Öl.

Während der einstündigen Behandlung war Nina zwar nicht in der Lage gewesen, ihre Gedanken abzuschalten, aber sie hatte sich genau überlegt, wie sie die nächsten Tage überleben würde. Heute stand das Essen mit ihrer Familie und Ben auf dem Programm. Sie hatten dafür einen Tisch in dem italienischen Restaurant direkt an der Promenade gebucht.

Der morgige Tag war mit ein bisschen Arbeit verbunden, Arbeit in Anführungszeichen. Die Hochzeitsplanerin des Hotels würde die letzten Feinheiten mit ihnen abstimmen, zum Thema Blumen und zum Zeitplan. Natürlich würde gegen Mittag das Probe-Essen stattfinden, bei dem sie entscheiden wollten, welche Weine im Einzelnen am Samstag zum Fünf-Gänge-Menü gereicht werden würden. Weine waren eine der Passionen ihres Vaters. Ein Thema, dem er sicherlich viel Aufmerksamkeit widmen würde. Am Nachmittag reisten dann die Familie des Bräutigams und alle anderen Gäste an. Es würde zunächst ein formelles Kennenlern-Dinner mit Bens und ihren Eltern stattfinden. Anschließend war ein zwangloses Get-together in der ›Nelson Bar‹ mit allen Gästen geplant. Leo würde unter ihnen sein, das wusste sie.

Er hatte sich seit einiger Zeit nicht mehr bei ihr gemeldet. Wenn er noch an sie dachte, hätte er das sicherlich getan. Wahrscheinlich war sie ihm gleichgültig. Der Gedanke deprimierte sie.

Verdammt! Ich muss aufhören, ständig an diesen Kerl zu denken, sagte sich Nina.

Doch sie konnte es nicht ändern. Sie war aufgeregt, wenn sie an ein Wiedersehen dachte. Das ließ sich nicht leugnen. Er hatte etwas an sich, das sie gefangen nahm. Und obwohl sie wusste, dass sein Verhalten ihr gegenüber nicht gerade ritterlich gewesen war, gab es in ihr diese kleine Stimme. Die flüsterte ihr in schwachen Momenten zu, dass er es wert war, geduldig zu sein.

Romy hatte sie gewarnt, nichts mit ihm anzufangen. Doch nachdem sie sich nicht an den Ratschlag ihrer Schwester gehalten hatte, war es Nina unangenehm gewesen, ihr von der Geschichte zu erzählen. Sie wollte keinen Keil zwischen die beiden Freunde treiben, und sie schämte sich, zuzugeben, dass sie ihm, entgegen Romys Rat, auf den Leim gegangen war.

»Bleiben Sie ruhig noch einen Moment liegen«, sagte die Therapeutin mit gedämpfter Stimme.

»Ich verlasse eben den Raum, damit Sie sich nach einer kleinen Pause ankleiden können. Hier drüben steht etwas Ingwertee für Sie. Ich erwarte Sie dann draußen.«

Sie schloss die Tür hinter sich; Nina seufzte. Sie tat, was ihr die Dame mit den goldenen Sandalen geraten hatte, und verließ schließlich den Raum mit der Tasse Tee in der Hand.

Sie ging Richtung Fitnessstudio. Auf dem Weg dorthin versuchte sie, nicht mit ihren rutschigen Hotelpantoffeln auf dem weißen Marmor auszugleiten. Es wäre typisch für sie, vor der gut betuchten Klientel dieses Hauses auf dem Hintern zu landen, noch dazu mit unrasierten Beinen.

Ein kräftiger Chlorgeruch schlug ihr entgegen.

Sie suchte sich eine Liege mit Blick auf die Erfrischungsbar. Nachdem sie dem Kellner ein Zeichen gegeben hatte, kuschelte sie sich auf die Liege und schloss die Augen. Die Massage wirkte noch nach und sie beschloss, ein wenig später schwimmen zu gehen, wenn die Müdigkeit wieder von ihr abgefallen war. Sie hörte leise klassische Musik und wurde von ihr weggetragen, während sie die Wärme des Bademantels einhüllte und ihre Muskeln entspannten.

KAPITEL 6

Ein paar Wassertropfen berührten sie und sie öffnete verträumt die Augen, um nach der Ursache zu suchen. Neben ihr war eine Frau aus dem Wasser gestiegen und hatte begonnen, sich abzutrocknen. Ihre dunkelbraunen Locken waren durch das Wasser noch stärker aufgesprungen. Sie drückte sanft mit dem Handtuch die letzten Tropfen aus ihnen heraus, bevor sie sich schließlich selbst damit abtrocknete. Ihre Haut hatte eine vornehme Blässe und auf ihren Schultern tummelten sich übermütig unzählige Sommersprossen. Sie trug einen sündhaft teuren schneeweißen Badeanzug von Stella McCartney, der an den Rändern mit schwarzen Streifen abgesetzt war. Nina erkannte sie sofort.

»Annette, richtig?«

Sie setzte sich auf und drehte sich zu ihrer Nachbarin. Die wandte sich überrascht um. Nachdem ihr Gesicht erst etwas bestürzt gewirkt hatte, fing sie sich relativ schnell wieder und schickte ein strahlendes Lächeln darüber.

»Hallo! Das ist ja nett, Sie hier zu treffen. Sie sind die Trauzeugin, richtig.«

Sie schaute sie erwartungsvoll an. Offensichtlich hatte sie

ihren Namen vergessen.

»Richtig. Ich bin Nina. Es ist schön, Sie wiederzusehen«, eilte Nina ihr zu Hilfe. Erleichtert lächelte Annette.

»Geht es Ihnen schon wieder ein bisschen besser? Das muss Sie ziemlich mitgenommen haben, kann ich mir vorstellen.«

Annette winkte ab.

»Ach, halb so wild. Es geht schon wieder. Ich war wahrscheinlich übermüdet.«

In ihren Augen lag Unsicherheit, und Nina fand, dass diese abgeklärten Worte nicht zu der Erscheinung passten, die Annette gerade bot.

»Sie sahen wirklich ziemlich müde aus, vielleicht war das ja der Grund, dass Sie sich nicht so richtig auf die Straße konzentrieren konnten.«

Nina schaute sie mitfühlend an.

»Tatsächlich war ich hundemüde. Jens ist mit mir danach aufs Zimmer gegangen und ich habe bis eben geschlafen! Und das so kurz nach dem Mittagessen! Ich kann mir nur vorstellen, dass das die Seeluft ist.«

Sie machte es sich auf ihrer Liege bequem und schlürfte einen Erdbeer-Milchshake, der eben zusammen mit dem Tom Collins für Nina gereicht worden war.

»Wissen Sie, normalerweise kann ich ohne Hilfe überhaupt nicht schlafen.«

Sie hatte sich vorgebeugt und einen verschwörerischen Ton angenommen.

»Wie meinen Sie das?«, fragte Nina. Sie war irritiert.

»Schlaftabletten. Ich kann seit einiger Zeit nicht mehr ohne sie einschlafen. Ich liege sonst die ganze Nacht wach und denke über verschiedene Dinge nach.«

Ihr Blick schweifte plötzlich in die Ferne und Nina spürte, dass sie weit weg war.

»Wenn ich dann eine nehme, hilft sie sofort und binnen weniger Minuten schlafe ich selig wie ein Engel. Heute war das erste Mal seit einer Ewigkeit, dass ich einfach so eingeschlafen bin und dabei wollte ich es noch nicht einmal.«

Sie zuckte mit den Schultern und zwinkerte. Offensichtlich schien ein Gespräch über Schlaftabletten mit einer fremden Frau für Annette das Normalste auf dieser Welt zu sein.

Nina hatte in letzter Zeit schon öfter festgestellt, dass die Frauen in ihrem Alter – und insbesondere die, die es sich leisten konnten – Themen wie Botox und Schönheitsoperationen wie selbstverständlich auch öffentlich in ihren Alltag einbauten. Vielleicht gehörten Schlaftabletten ja auch dazu. War es normal – jetzt, wo man auf die vierzig zuging –, dass der Druck des Lebens so groß wurde und es keinen anderen Ausweg gab? Oder traf das nur auf die zu, die sich in ihrem Leben langweilten?

Vorsicht! Zieh keine übereilten Schlüsse, schließlich kennst du diese Frau gar nicht, dachte sie.

»Wo ist Ihr Mann?«, wollte Nina wissen.

»Ach, der ist nicht so zu haben fürs Schwimmen im Pool. Er liebt das Meer. Er wollte einen ausgedehnten Spaziergang machen. Ich schätze, er braucht auch mal ein bisschen Abstand.«

Sie verzog das Gesicht und schielte bedeutungsschwanger in ihren Milchshake.

»Ich hab's ihm vielleicht ein bisschen schwer gemacht in der letzten Zeit.«

Nina schaute sie mit hochgezogenen Augenbrauen an.

»Ja, ich bin ein bisschen zerstreut gewesen.«

Nina wirkte immer noch verwirrt. Annette war offensichtlich dieser gutmütige Typ Frau, der sich anderen Frauen schnell und offen anvertraute.

Sie hatte auch so eine Freundin zu Hause, Tanja. Es war eine liebenswürdige Eigenart, führte aber hin und wieder dazu, dass sie von anderen Menschen ausgenutzt wurde. Tanja gab immer erst einmal einen Vertrauensvorschuss gegenüber neuen Bekanntschaften, wie sie es nannte. Sie liebte es, schnell neue Freundschaften zu schließen, doch oft musste sie feststellen, dass sich nicht jeder ihres Vertrauens als würdig erwies.

Nina war da ganz anders gestrickt. Sie brauchte lang, um ihre eigenen Freunde ins Vertrauen zu ziehen, von Fremden mal ganz zu schweigen. Wenn mit den eigenen Gefühlen gespielt worden war, musste man sich davor schützen, erneut verletzt zu werden. Was sie dagegen gern tat, war anderen zuzuhören. Ihre Schwester hatte ihr einmal vorgeworfen, dass sie das nur tat, um sich nicht mit ihren eigenen Problemen beschäftigen zu müssen. Sie hatte es nicht böse gemeint, sondern Nina mit der Nase darauf stoßen wollen, dass sie sich über einige Dinge in ihrem Leben Gedanken machen sollte.

»Ich hab auf mich nicht gut genug aufgepasst in den letzten Wochen!«

Annette holte sie mit einer zarten deutlich ernsteren Stimme zurück in die Gegenwart.

»Ich weiß auch nicht, was los ist. Ich glaube, es ist Stress. Ich kann mich nicht richtig konzentrieren und dann bin ich unaufmerksam, genau wie heute Mittag.«

Sie schaute Nina direkt in die Augen und Nina konnte so etwas wie Furcht sehen. Vielleicht täuschte sie sich aber auch. Annette, die ihr aufrecht auf der Nachbarliege gegenübersaß, nahm ihre Hände in die ihren und sagte: »Nicht auszudenken, was gewesen wäre, wenn Sie heute Mittag nicht rechtzeitig gebremst hätten.«

Sie zog ihre Hände wieder zurück, als sie merkte, dass Nina leicht zusammenzuckte.

»Jens wollte gar nicht mitfahren. Hat sich mit Händen und Füßen gewehrt. Irgendein Anruf, den er dringend erledigen müsste. Ich hab ihn gedrängt, als uns der Hotelpage den Wagen übergeben wollte, doch er hat gemeint, er hätte keine Zeit.«

Sie nahm erneut einen großen Zug von ihrem Kaltgetränk.

»Was meinten Sie damit, als Sie sagten, das wäre Ihnen

öfter passiert in letzter Zeit?«

In dem Moment, als sie die Frage gestellt hatte, war sich Nina schon nicht mehr sicher, ob sie das eigentlich wissen wollte. Sie merkte, wie sie sich schon wieder in etwas hineinziehen ließ, dass sie überhaupt nichts anging. Doch es war eine so willkommene Ablenkung! Annette schaute betreten nach unten.

»Ich bin vor ein paar Tagen von der Leiter gefallen. Ich habe nicht bemerkt, dass sie nicht gerade auf dem Boden stand und bin heruntergepurzelt. Ich wollte Kirschen pflücken.«

Sie schaute Nina erwartungsvoll an.

»Nun, ich schätze, das ist nichts Ungewöhnliches. Ich denke, das ist schon einigen Leuten passiert. Wie heißt es doch … die meisten Unfälle passieren im eigenen Haushalt. Sie hatten eben ein bisschen Pech.«

Nina zuckte mit den Schultern und schenkte ihr ein zaghaftes Lächeln.

»Sie halten mich für überempfindlich, richtig?« Annette wirkte etwas beleidigt. Ihre kristallklaren hellblauen Augen nahmen einen kühlen Ton an, der wie ein eisiger Bergsee schimmerte.

»Nein, nein. Das habe ich nicht damit sagen wollen. Das tut mir leid. Aber das ist ja auch kein Wettbewerb, ich …«

»Vor einigen Wochen bin ich auf der Couch eingeschlafen«, fuhr sie unbeirrt fort.

»Der Kamin brannte noch. Jens hat mir immer eingetrichtert, so etwas niemals zu machen.«

Sie wirkte aufgewühlt.

»Er ist ausgegangen … also, der Kamin … nach einer Weile, aber das Schlimmste war, dass die Tür zur Brennkammer nicht richtig geschlossen war. Mir war das nicht aufgefallen, bevor ich eingeschlafen bin.«

Sie hielt in ihrer Erzählung inne, so als wollte sie versuchen, die Ereignisse des Tages vor ihrem geistigen Auge erneut Revue passieren zu lassen. Dann wischte sie die

Gedanken beiseite, indem sie tief einatmete und den Kopf kurz schüttelte.

»Das Feuer war aus irgendeinem Grund einfach ausgegangen. Jens meinte später, dass es wahrscheinlich gar nicht richtig gebrannt hatte. Es war ausgegangen und die Glut hatte giftige Dämpfe entwickelt. Unvollständige Verbrennung, hieß es später. Ich weiß nicht, wie lang ich da gelegen hatte, aber der Raum begann offenbar, sich mit Kohlenmonoxid zu füllen.«

Mit offenem Mund lauschte Nina der Geschichte, die plötzlich alles andere war als die Story einer gelangweilten Hausfrau. Gut, ob Annette Hausfrau war, wusste sie nicht mit Bestimmtheit, aber sie hatte so eine Ahnung, seit dem ersten Eindruck, den sie von ihr erhalten hatte.

»Was ist passiert? Sind Sie von allein wieder wach geworden?«

»Nein. Durch Zufall kam eine sehr gute Freundin vorbei. Sie klingelte, da wir uns zum Sektfrühstück verabredet hatten.«

Volltreffer!, dachte Nina.

»Als ich nicht öffnete, ging sie zum Fenster und schaute hindurch. Sie wusste, dass ich zu Hause sein musste, weil ja mein Wagen vor dem Haus stand. Sie ging also zunächst um das Haus herum, um zu schauen, ob ich draußen auf der Terrasse war, und sah mich dann durch das Fenster im Wohnzimmer liegen. Sie klopfte wie verrückt gegen die Scheibe. Sie machte sich Sorgen, als ich nicht reagierte. Also kam sie durch die Terrassentür herein, die nur angelehnt war. Sie versuchte, mich zu wecken, hat es aber nicht gleich geschafft. Ich war nicht ganz weg, aber schon ziemlich benommen. Später hat sie dem Notarzt berichtet, dass ihr die feuchtwarme Luft und die beschlagenen Fenster in diesem Raum aufgefallen waren. Da schloss man auf eine Kohlenmonoxidvergiftung, oder war es Rauchgas?«

Sie überlegte kurz.

»Ich weiß nicht so genau. Ich bin in solchen Sachen

schrecklich unbeholfen.«

Sie lächelte schüchtern und, wie Nina fand, ein bisschen einfältig.

»Ich musste eine Weile im Krankenhaus bleiben, aber jetzt ist alles wieder gut. Jens meinte, es wäre eine gute Idee, zu dieser Hochzeit ein paar Tage früher anzureisen. Wir sind seit Montag hier. Ich weiß, die Familie von Ben reist erst morgen an, aber wir wollten die Gelegenheit nutzen, um ein bisschen abzuspannen. Es ist wunderschön hier, finden Sie nicht auch?«

Nina räusperte sich, während sie diese traurige Geschichte verdaute, und lächelte Annette dann aufmunternd an.

»Sie haben wirklich eine Menge Pech gehabt in der letzten Zeit. Das tut mir sehr leid, zu hören. Dieser Ort ist genau das Richtige, um wieder zu Kräften zu kommen. Ganz bestimmt. Sie sollten sich eine Massage gönnen. Ich kann das nur empfehlen.«

Nina drehte die Augen nach oben in den Himmel und schaute genießerisch.

»Vielleicht ist es ja auch so, dass der Stress des Erlebten Sie so sehr durcheinanderbringt, dass Sie sich auf Ihr derzeitiges Leben nicht konzentrieren können, und dann passiert wieder etwas. Ist vielleicht eine Art Spirale, die Sie erst mal durchbrechen müssen.«

Nina öffnete ihren Bademantel, in dem ihr inzwischen viel zu warm geworden war, und streifte ihn ab. Ihr Badeanzug aus dem Karstadt wirkte neben Annettes Designerstück wie ein grauer Spatz neben einem Schwan, aber sie hatte keine Wahl, wenn sie nicht in Schweiß ausbrechen wollte.

»Ja, mag sein.«

Annette war etwas ungehalten.

»Aber da waren noch einige Dinge, die ich mir einfach nicht erklären konnte.«

»Wo war Ihr Mann während der Zeit?«

Die Frage ging vielleicht etwas zu weit, dachte sich Nina, aber die Neugierde hatte sie gepackt.

»Der war zum Einkaufen gefahren. Kam erst viel später nach Hause und musste dann erfahren, dass sie mich ins Krankenhaus gebracht hatten. Luisa, meine Freundin, hat ihn informiert.«

Sie stellte ihr leeres Glas neben sich auf den Beistelltisch und setzte ein fröhliches Gesicht auf.

»So, ich glaube, ich gehe noch einmal ins Wasser. Wie sieht's aus? Kommen Sie mit?«

Offensichtlich hatte sie damit dieses Thema für beendet erklärt und wollte sich nun wieder angenehmeren Dingen zuwenden.

Verständlich, dachte Nina. Sie wollte nicht in ihrer Haut stecken. Offensichtlich hatte jeder sein Päckchen zu tragen.

Sie standen beide von ihren Liegen auf und gingen über den weißen Marmor zur Treppe des Pools. Nina beobachtete Annette, wie sie sich als Erste in die Fluten stürzte und stilsicher einige Kraulzüge durch das Becken machte. Sie folgte ihr die Stufen hinab, und als ihr das Wasser bis zum Bauchnabel ging, stieß sie sich vom Boden ab. Sie tauchte durch das erfrischende Nass, bis ihr die Luft ausging und sie wieder nach oben an die Oberfläche musste. Sie wischte sich die Wassertropfen aus den Augen und schaute sich um. Da entdeckte sie Annette am Beckenrand. Ihr Blick war ernst und sie starrte aus den bodentiefen Fenstern in die Parkanlage. Tiefe Trauer lag darin und Nina konnte ihren Schmerz förmlich spüren. Was für eine eigenartige Frau! Nina schwamm auf sie zu und hoffte, nicht aufdringlich zu sein. Schließlich hatte sie sich schon viel zu sehr in das Leben dieser armen Frau eingemischt. Annette sah sie und ein strahlendes Lächeln veränderte ihr gesamtes Gesicht und die Stimmung, die sie umgab.

»Ich bin froh, dass wir uns kennengelernt haben«, sagte sie. »Was halten Sie davon, wenn wir uns duzen? Wo wir doch quasi bald eine Familie sind?«

Nina fand diesen Vorschlag – auch wenn er längst überfällig war – äußerst charmant und nickte ihr lächelnd zu.

»Sehr, sehr gern«, sagte sie.

»Was hältst du davon, wenn wir später noch was trinken gehen? Vielleicht einen Cocktail? Jens und ich sind gern in der ›Nelson Bar‹ im Haupthaus. Heute Abend wird dort auch Piano gespielt. Sehen wir uns nach dem Abendessen dort?«

Ihre Augen leuchteten und sie schaute Nina an, als wären sie alte Freunde.

»Das klingt nach einer tollen Idee! Da bin ich dabei. Sobald unser Familienessen beendet ist, werden wir sicher noch etwas trinken gehen. Dann kann ich euch den neuen Teil der Familie gleich vorstellen.«

Die beiden schauten sich verschwörerisch an und entschieden, noch ein paar Bahnen zu schwimmen, um einen Teil der erwartbaren Kalorien bereits im Vorfeld wieder loszuwerden. Nina war ihr dankbar, dass sie ihr so offen begegnete. Eine Hochzeit war nicht nur ein Fest für Braut und Bräutigam, sie verband auch zwei Familien auf ewig miteinander zu einer. Das konnte vielleicht doch etwas Gutes sein.

KAPITEL 7

»Ich habe das Gefühl, ich würde mich aufdrängen.« Erik schaute gequält zu Ben.

»Stell dich nicht so an. Das ist meine neue Familie. Die werden dich schon nicht fressen.«

Sie saßen in dem exquisiten Italiener direkt am Strand und konnten die Brandung hören, während draußen der Wind merklich aufgefrischt hatte und den hereintretenden Gästen die Haare zerzauste. Die Leute zerrten hektisch an ihren Schirmen.

»Ich glaube, jetzt regnet es auch noch.«

Erik schaute düster in sein Glas.

»Was bist du so schlecht drauf?«

»Ich fühle mich einfach nur unwohl, weil ich eigentlich nicht eingeplant gewesen bin.«

Erik blickte mit gequälter Miene auf.

»So ein Quatsch. Die Eltern von Romy sind nicht im Geringsten so wie meine Mutter. Die hätte dich allerdings spüren lassen, wenn du ihre Planung ungefragt durcheinandergebracht hättest.«

Ben lachte und für einen Moment huschte ein durchtriebener Ausdruck über sein Gesicht.

»Außerdem … wo du dir doch so viel Mühe mit deinem Outfit gegeben hast.«

Er schaute Erik herausfordernd an. Der musste nun ebenfalls lachen und winkte ab. Er hatte sich einen chromfarbenen Anzug angezogen und war sich nicht sicher, ob er damit negativ herausstach oder nicht. Einige Zeit vor dem Termin war er mit Ben gemeinsam hier aufgetaucht und sie hatten sich bereits ein oder zwei Drinks genehmigt. Hochzeiten machten ihn irgendwie nervös.

»Ich würde mich trotzdem gern im Hintergrund halten, wenn es dir nichts ausmacht. Ich bin zurzeit kein guter Gesellschafter.«

Die Tür zum Lokal öffnete sich und dieses Mal ging Ben herzlich die Arme ausstreckend auf die Besucher zu. Er begrüßte seine Schwiegereltern, eine kleine rundliche rothaarige Frau und einen hochgewachsenen Mann mit stark schütterem Haar. Erik war ebenfalls aufgestanden und auf die Gesellschaft zugegangen. Er begrüßte die Heinzes, die ihn mit einem strahlenden Lächeln empfingen, und schüttelte ihnen kräftig die Hände. Es wurden einige höfliche Bemerkungen über das Wetter, das bezaubernde Hotel und den glücklichen Umstand ausgetauscht, dass ein Termin für diese Hochzeit im Juni zu ergattern gewesen war.

Während sie sich zu viert Richtung des reservierten Tisches bewegten, öffnete sich die Tür erneut. Zwei Frauen stolperten herein, die entschlossen mit einem Schirm kämpften, während sie sich mit ihren Körpern gegen die Eingangstür des Lokals warfen, an der der Wind unbarmherzig zerrte. Sie schafften es, den Schirm zusammenzuklappen, und stolperten etwas ungelenk in den verglasten Windfang, schauten sich dabei an und brachen alsbald in herzliches Gelächter aus. Erik konnte sich ein Lächeln nicht verkneifen.

»Da seid ihr ja. Ihr seht fantastisch aus, Mädels!«

Ben stürzte nach vorn und drückte der kleineren rothaarigen Frau einen langen Kuss auf die Lippen. Das musste seine Braut Romy sein. Anschließend nahm er die zweite Frau herzlich in die Arme und säuselte ihr Willkommensgrüße ins Ohr. Diese wandte sich mit einer Entschuldigung kurz darauf ab, um zurück in den Windfang zu gehen.

Mit seiner Verlobten im Arm kam Ben auf Erik zu. Seine Brust war stolzgeschwellt.

»Erik, das ist meine Romy.«

»Schön dich kennenzulernen. Hast du dir das auch gut überlegt?«

Ben verzog das Gesicht und Romy musste lachen. Sie nahm Erik in die Arme.

»Das wurde aber auch mal Zeit, dass ich dich kennenlerne. Schön, dass du da bist.«

»Ihr zwei habt auch nichts anbrennen lassen, das muss ich schon sagen.«

»Eigentlich kennen wir uns schon seit zwei Jahren oder zumindest haben wir uns die letzten zwei Jahre fast immer im selben Café morgens auf dem Weg zur Arbeit gesehen.«

Romy lächelte ihren Verlobten verliebt an.

»Aber der Kerl hat sich erst vor zehn Monaten getraut mich anzusprechen.«

»Ich bin eben eher introvertiert.«

Ben schaute nach unten zu seinen Füßen und malte gekünstelt einen Kreis mit seiner Schuhspitze, während er die Hände in den Taschen behielt.

»Ja genau. So kenne ich dich.«

Erik lachte. Er hatte seinen Freund schon mit vielen Frauen zusammen gesehen, einige von ihnen waren auch mit in die Skiferien gereist. Heute erschien er ihm in einem vollkommen anderen Licht. Gewöhnlich war er der taffe Anwalt, der ein Luxusweibchen an seiner Seite hatte, das so ziemlich jedem Klischee entsprach. Sie waren immer sehr lustig gewesen und für jedes Abenteuer zu haben, doch fehlten ihnen Charakter und Tiefgang. Erik kannte sich da aus. Nicht selten fielen seine häufig wechselnden

Frauenbekanntschaften in dieselbe Kategorie. Auch Ben wechselte die Frauen normalerweise wie seine Armbanduhren, von denen er eine ganze Schublade in seinem schicken Penthouse im Hafenviertel besaß. Sie waren augenscheinlich für ihn nicht mehr als ein Schmuckstück, das man ausführte und mit dem man gesehen wurde.

»Du bist Kindergärtnerin, richtig?«

»Ja, korrekt. Ich arbeite in einer Kita in Hamburg Eimsbüttel.«

»Ich denke, dann wirst du mit Ben klarkommen. Da habe ich nicht den geringsten Zweifel.«

»Hey! Sag mal, wolltest du dich nicht heute eigentlich im Hintergrund halten?«

Ben tat empört. Erik liebte es, ihn aufzuziehen. Augenscheinlich fand Romy das auch höchst amüsant. Sie war eine hübsche Frau, schlank, gepflegt, stilsicher gekleidet, wenngleich auch zurückhaltend, offensichtlich nicht der Typ Frau, der sich in den Vordergrund drängte. Sie hatte feuerrote Haare und, wie er fand, einen Zug um die Augen und die Nase, der einem das Gefühl gab, sie hätte den Schalk im Nacken.

Romy schenkte beiden ein hinreißendes Lächeln und ging zu ihren Eltern an den Tisch.

Ben hatte nur Augen für sie, und Erik wurde schnell klar, dass die beiden auf einer Ebene miteinander kommunizierten, die für Ben eine vollkommen neue Form der Zuneigung bedeutete.

»Hey, Schwägerin. Wo hast du so lange gesteckt?«

Erik drehte sich um und sah, dass die zweite Frau inzwischen neben Ben getreten war.

»Ich habe versucht, den Schirm in den völlig überfüllten Ständer zu stopfen und unsere Jacken aufhängen zu lassen.«

Sie lächelte etwas unsicher und sah vollkommen derangiert aus. Die Haare hingen ihr klatschnass ins Gesicht, augenscheinlich hatte sie vom Schirm nicht allzu viel nutzen können. Erik konnte nur vermuten, dass sie bei trockenem

Wetter dunkelblond waren. Sie trug wenig Make-up, was er daran erkennen konnte, dass es ihr überhaupt nichts ausmachte, sich kräftig übers Gesicht zu wischen, weil ihr die Tropfen aus den Haaren nur so nach unten liefen. Ein schwarzes enges Kleid, das weit über dem Knie endete, lenkte seinen Blick auf unendlich lange Beine. Ihr Körper war schlank und, so wie er das sehen konnte, in Top-Form. Er lächelte sie an, bis ihm bewusst wurde, dass er vielleicht ein bisschen zu viel Strahlen in seine Augen gelegt hatte.

»Das ist meine bezaubernde Schwägerin. Nina, ich würde dir gern meinen Trauzeugen und besten Kumpel Erik vorstellen.«

»Hi, Nina. Du bist also meine Partnerin an diesem Wochenende.«

Nina sah ihn schockiert an.

»Ich meine, im Team. Du bist doch die Trauzeugin.«

Er merkte, wie ihm die Wärme in den Kopf stieg.

»Ja, da hast du recht.«

Sie schien sich wieder zu entspannen. Ben war ganz in seinem Element: Charme versprühen.

Er legte Erik eine Hand auf die Schulter, während er Nina noch im anderen Arm hielt.

»Dieser Mann hätte eigentlich mein Bruder werden sollen, wenn ich einen gehabt hätte. Ich habe mein ganzes Leben auf ihn zählen können, und ich weiß, er würde für mich durchs Feuer gehen, wenn er müsste.«

Ben sah bei diesen Worten sehr stolz aus.

Erik schluckte ein bisschen verlegen, obwohl Ben recht mit dem hatte, was er sagte. Dennoch glaubte er, dass der wahrscheinlich einen Gin Tonic zu viel genossen hatte, um sich auf den Abend einzustimmen. Er klopfte Ben zwei Mal kräftig auf die Schulter und schaute ihm dabei tief in die Augen.

»Ich liebe dich auch, Kumpel. Brauchst du ein Taschentuch?« Ben schmollte ein bisschen, nickte dann vielsagend und ließ von ihm ab, um sich dann charmant lächelnd an den Tisch zu den anderen zu setzen.

»Wollen wir?«

»Ich habe einen mörderischen Hunger.«

»Na, dann mal los.«

Erik und Nina nahmen ebenfalls Platz und schickten sich jeweils noch ein unsicheres Lächeln über den Tisch, bevor sie einen Blick in die Karte warfen.

Nina leckte sich die Lippen, nachdem sie den Rest ihrer Seezunge verspeist hatte, und legte ihr Besteck auf einen geradezu sauber geputzten Teller. Sie hatte kurz ein schlechtes Gewissen, weil sie verhungert wirken musste. Sie hatte sogar die Dekoration neben dem Fisch gegessen, aber die Massage und das anschließende Schwimmen hatten ihre letzten Kraftreserven aufgebraucht.

Sie fühlte sich ein bisschen linkisch, schon den ganzen Abend lang. Dieser verboten gut aussehende Mann ihr gegenüber hatte sie immer wieder gemustert, und sie vermutete, dass ihm aufgefallen war, wie unsicher sie sich in dieser Situation fühlte. Das hier war zwar ein Essen mit ihrer Familie und bei denen hatte sie sich immer entspannen können. Aber sie kannte Ben noch nicht so gut und dieser Erik wirkte wie ein aalglatter Fisch auf sie. Wie er so dasaß in seinem grauen Anzug, der edel schimmerte und nach Maßarbeit aussah, teurer Haarschnitt und auf Hochglanz polierte Schuhe. Er wirkte in diesem Outfit nicht, als wäre es ungewohnt für ihn, sondern eher, als handelte es sich um seine zweite Haut. Er erinnerte sie ein bisschen an Leo und wie der gewirkt hatte, als sie sich kennengelernt hatten.

Seine Erzählungen waren geistreich und sie erfuhr, dass er ein sehr erfolgreicher Romanautor war, dessen Thriller hauptsächlich in der Finanzwelt spielten. In diesem Ambiente schien er sich offensichtlich auch gut auszukennen, und so fühlte sie sich, gleich zu Beginn des Gespräches am Tisch, irgendwie unterlegen.

Es war ihr äußerst unangenehm, dass sie vorhin tropfnass

in dieses Restaurant gestolpert war. Romy hatte sich so viel Mühe mit ihrem Outfit und ihren Haaren gegeben. Als sie auf halbem Wege zu diesem Italiener die ersten Schauer überraschten, hatte Nina ihr edelmütig den einzigen Schirm aufgedrängt, den sie pro forma mitgenommen hatten. Sie hatte sie beschworen, keine Rücksicht auf sie zu nehmen. Schließlich war sie die Braut und dass sie eine schöne Zeit hatte, für Nina das Wichtigste. Der Schirm schien ein bisschen zu klein gewesen zu sein, um zu zweit darunter zu passen. Und so war das Ergebnis von Ninas Bemühungen sich herzurichten, dem stürmischen Ostseewetter zum Opfer gefallen. Nun saß sie gegenüber diesem Schönling und ärgerte sich, da es ihr etwas auszumachen schien, dass ihre Haare am Kopf klebten und auch nach zwei Gängen immer noch nicht vollständig getrocknet waren. Wenigstens hatte sie noch auf dem Zimmer die Zeit gehabt, sich die Beine zu rasieren. Besten Dank an die Dame in den goldenen Sandalen! Sie drehte sich zu Ben, der neben ihr saß.

»Ich habe heute deinen Cousin und seine Frau kennengelernt! Jens und Annette, richtig?«

Sie schaute ihn über ihr Rotweinglas an und wartete ab, wie er die Neuigkeit aufnehmen würde, dass sie der offiziellen Vorstellung bereits zuvorgekommen war. Ben stockte kurz und hörte auf, an seiner Entenbrust zu kauen.

»Wie hast du das denn geschafft? Ich wusste, dass sie eher anreisen wollten, aber ich habe sie noch gar nicht gesehen. Tatsächlich haben sie sich bei mir noch nicht einmal gemeldet.«

Er wandte sich an die ganze Runde.

»Jens ist der Sohn des Bruders meiner Mutter. Wir haben uns lang nicht mehr gesehen, weil sie immer irgendwo im Ausland waren, wenn eine Familienfeier angestanden hatte. Ich freue mich, dass unsere Planung diesmal nicht mit einem seiner Termine kollidiert.«

Nina musste husten.

»Da lieferst du mir das perfekte Stichwort. Irgendwie sind

wir heute Mittag fast mit unseren Autos kollidiert.«

Die Runde am Tisch schaute sie abwartend an.

»Wie meinst du das, Schatz?«, wollte ihr Vater wissen. »Ist dir was passiert? Hast du jemanden angefahren?«

Nina schluckte die direkte Andeutung ihres Vaters runter, sie könnte die Ursache des Beinahe-Crashs gewesen sein.

»Nichts dergleichen. Ich bin ganz normal die Straße entlanggefahren und etwa einhundert Meter vom Hotel entfernt sind sie mir auf meiner Seite direkt entgegengekommen.«

Ben runzelte die Stirn.

»Das kann ich mir kaum vorstellen. Jens ist ein hervorragender Fahrer, ein richtiger Autonarr. Ich glaube, der hatte in seinem ganzen Leben noch keinen einzigen Unfall.«

»Nun, meine Schwester hatte unzählige.«

Romy grinste und Erik sah verstört aus. Nina trat ihr unter dem Tisch gegen das Schienbein.

»Nein, er ist nicht gefahren. Entschuldige, da hab ich mich falsch ausgedrückt, Annette saß am Steuer. Er kam später zu Fuß dazu. Sie war ziemlich …«

»Alles klar!«, sagte Ben. Er blickte in sein Glas und kippte seinen Gin Tonic runter.

»Was meinst du mit ›Alles klar!‹?«

Nina ärgerte sich ein bisschen über Ben. Diesen machomäßigen Zug hatte sie schon so manches Mal an ihm beobachtet und er brachte sie bei dieser Gelegenheit immer wieder zur Weißglut. Offensichtlich sollte das eine Geschlechterfrage werden. Das hatte Potenzial, ihr den Abend zu verderben.

»Willst du damit andeuten, dass du es Annette zutraust, weil sie eine Frau ist?«

Erik, der ihr gegenübersaß, verschluckte sich an seinem Wein und fing an zu husten. Sie schickte ihm einen herausfordernden Blick rüber und wandte sich dann wieder an Ben. Erik heftete seinen Blick auf den Bodensatz in seinem Glas und lächelte verschmitzt. Sie wusste nicht, ob ihr das sympathisch war oder ob er über sie lachte.

»Nichts dergleichen, es ist nur so, dass das einfach typisch Annette ist, weiter nichts.«

Er wirkte genervt, allerdings mehr von Annette als von Nina.

»Wie meinst du das?«

Nina ließ nicht locker.

»Sie ist einfach … überspannt würde ich sagen. Hypersensibel und leidet ständig.«

Ben bestellte sich noch einen Drink und wandte sich, während er sprach, an die komplette Runde.

»Jens arbeitet hart für sein Geld. Er ist Zahnarzt und führt in Zürich, Köln und Hamburg jeweils eine gut gehende, eigene Praxis. Er hat einen Geschäftspartner und lebt mit seiner Frau in Köln. Ich glaube aber, dass sie auch eine Stadtwohnung in Hamburg haben. Sie verkehren in den besten Kreisen, aber Annette hat keinen Job, und ich halte sie für den Typ Frau, der sich langweilt und vernachlässigt fühlt. Ständig befindet sie sich mitten in einem Drama, das Jens wieder auflösen soll. Wenn ihr mich fragt, versucht sie nur seine Aufmerksamkeit zu bekommen, nichts weiter.«

Er nahm einen kräftigen Schluck von dem Cocktail, den er gerade erhalten hatte, schluckte, stellte das Glas vor sich ab und beendete damit das Gespräch.

»Ich fand sie eigentlich sehr nett, als ich mit ihr gesprochen habe«, sagte Nina. »Zugegeben, sie ist etwas nervös, aber sie schien mir irgendwie leidzutun. Sie hatte viel Pech in letzter Zeit, weißt du?«

Ben winkte ab.

»Hat sie dir das erzählt? Ich glaube das meiste davon, findet nur in ihrem Kopf statt.«

Er tippte sich an die Stirn und warf einen bedeutungsschwangeren Blick in die Runde. Nina wusste nicht so recht, was sie davon halten sollte, aber sie fand es das Beste, das Thema an dieser Stelle zu beenden. Sie kannte

Annette nicht gut genug und auch wenn ihr diese Frau sehr ehrlich und vertrauensselig erschienen war, musste das ja nichts heißen. Es war Bens Familie und er wusste sicher deutlich besser über sie Bescheid. Sie fragte sich allerdings, ob er von dem Unfall mit dem Kamin gehört hatte.

Nina strich über die rot-weiß karierte Tischdecke und stocherte in ihrem Dessert herum, während sie nachdenklich den Nachmittag in ihrem Kopf Revue passieren ließ. Ein anderes Thema wurde am Tisch aufgenommen. Bald unterhielt man sich über die gemeinsamen Pläne für den morgigen Tag und diskutierte, inwieweit die Hochzeitsplanerin noch Unterstützung seitens der Trauzeugen benötigte. Wahrscheinlich tat sie ihm leid, aber Bens Trauzeuge, der sie die ganze Zeit fixiert hatte, sprach sie schließlich an.

»Hattest du schon Gelegenheit, das Hotel zu erkunden? Ich war bisher nur am Strand, aber ich habe gehört, sie haben hier ein wundervolles Spa und zwei nette Bars. Was meinst du, wollen wir nach dem Essen noch was trinken gehen? Du könntest mir mehr über eure Familie erzählen und ich stecke dir ein paar Geheimnisse über Ben.«

Er lächelte herausfordernd und sprach so laut, dass Ben ihn hören musste.

»Moment, was heißt hier, ihr wollt noch was trinken gehen? Da sind wir auf jeden Fall dabei. Keine Sorge, Nina! Mit dem Schürzenjäger lasse ich dich keine Sekunde allein.«

»Ich bin dort später mit Annette und Jens verabredet. Wir könnten alle zusammen gehen. Das wäre doch nett«, meinte Nina.

»So soll's sein.« Sagte Ben und genehmigte sich noch einen Drink.

KAPITEL 8

In der ›Nelson Bar‹ herrschte reger Betrieb und Jens beglückwünschte sich dazu, zuvor einen Tisch reserviert zu haben. Er schob seine Frau sanft vor sich her, während sie gemeinsam dem Kellner folgten, der sie, vorbei an den vielen wartenden Menschen, zu ihrem Tisch geleitete. Jens schaute sich genau in dem Raum um. Die Wände waren mit dunkler Eiche getäfelt und wurden von alten Landschaftsgemälden geziert. Hauptsächlich Motive aus der Seefahrt, vermutlich, um einen Bezug zum Namensgeber für die Bar herzustellen. Er fragte sich, ob es sich um allgemeine Gemälde der Schifffahrt handelte oder ob er beim näheren Hinsehen die HMS Victory entdecken würde. Direkt neben dem Eingang hing ein großes Gemälde von Lord Nelson.

Er ging langsam und aufmerksam durch das Gedränge und sah sich die Gäste im Vorbeigehen genau an. Er hatte nicht vor, den Schützen auf dem Mast der napoleonischen Flotte zu übersehen.

Hochpolierte Vierer-Mahagonitische waren locker im Raum aufgestellt und über den Bildern verbreiteten Lampen ein dezentes Licht. Der Mann am Piano spielte ›Dream a Little Dream‹ in einer jazzigen Interpretation und unterstrich damit das Flair einer längst vergangenen Zeit. Eine imposante Schar aus Gästen in Smokings, dunklen Anzügen und Paillettenkleidern trank Cocktails und Whisky aus kräftigen Kristallgläsern und unterhielt sich angeregt. Das Grundgeräusch der Bar mit den vielen Menschen, die angeregte Gespräche zu führen schienen, wurde hin und wieder von dem klirrenden Geräusch eines Cocktailshakers unterbrochen. Während er schmunzelnd darüber sinnierte, ob die Bar im Keller Branntweinfässer lagerte, um ihn nach Hause zu bringen, erreichten sie ihren Tisch in einer Ecke des Raums.

Deinen schwarzen Humor kann dir so schnell keiner nehmen, Junge, dachte er. Er fühlte sich gleich viel selbstbewusster.

Sie setzten sich und er bestellte für beide einen Scotch.

Annette blickte auf.

»Schatz du brauchst jetzt etwas zur Stärkung. Du hast das ganze Abendessen hindurch ausgesehen, als wäre dir ein Geist begegnet. Ich bin zwar nur Zahnarzt, aber ich verordne dir jetzt was Kräftigendes für deinen Kreislauf.«

Er nahm die beiden Gläser entgegen, noch bevor der Kellner sie auf den Tisch stellen konnte, und reichte eines seiner Frau über den Tisch hinweg. Sie nahm es widerspruchslos entgegen und schluckte die braune Flüssigkeit hinunter. Dann verzog sie den Mund, und noch bevor sie etwas sagen konnte, bestellte ihr Mann zwei weitere. Dann lehnte er sich in seinen bequemen schwarzen Ledersessel und schaute sich erneut im Raum um. Als er feststellte, dass er hier niemanden persönlich kannte, blickte er zu seiner Frau und lächelte sie an.

»Wonach hältst du Ausschau? Du bist schon den ganzen Abend so merkwürdig.«

»Ach nichts, ich dachte nur, ich hätte jemanden gesehen, den ich kenne.«

»Wen?« Wie er sie kannte, würde sie nicht lockerlassen, bis sie es aus ihm herausgequetscht hatte.

In diesem Moment traten Ben und Romy durch die Tür, gefolgt von der Frau, die er heute Mittag bereits kennengelernt hatte. Und einem hochgewachsenen Schnösel, der ihm eine Spur zu lässig und selbstbewusst rüberkam. Ben schien ihn erkannt zu haben und schritt freudestrahlend auf seinen Cousin zu. Jens setzte ein freudiges Gesicht auf.

»Na, ihr beiden, ihr habt wohl gehofft, dass wir euch vor der Hochzeit nicht mehr aufstöbern würden. Schämt euch!«

Ben umarmte ihn und ging dann zu Annette, um sie leidenschaftslos zu drücken. Annette zuckte unmerklich etwas zusammen, und Jens bemühte sich, schnell das Wort an sich zu reißen.

»Seid bitte nicht böse, wenn wir Nina heute nicht getroffen hätten, hätte ich euch vor dem Abendessen noch angerufen und gebeten, mit uns was trinken zu gehen. Aber so war es gar nicht nötig. Wir haben zuvor versucht, ein bisschen anzukommen und noch ein bisschen Ruhe zu finden.«

Er hielt inne, schaute bedeutungsschwanger auf seine Frau und wechselte einen Blick mit Ben.

Annette sah etwas blass aus und so wurde sie von Nina, die eine ausgezeichnete Beobachterin zu sein schien, gefragt, ob sie sich wohlfühle. Jens wusste bereits, was jetzt kommen würde, aber er sah keine Möglichkeit, es zu vermeiden. Er atmete hörbar ein, während er sich mit seinem Glas in der Hand und überschlagenem Bein tief in den Sessel zurücklehnte.

»Ich habe vorhin einen riesen Schreck bekommen«, begann seine Frau die Geschichte. Die Geschichte, die sie ihm bereits den ganzen Abend unter die Nase gerieben hatte.

»Ich war nach dem Schwimmen noch in der Sauna gewesen und hab's vielleicht ein bisschen übertrieben. Ich bin kurz eingenickt, habe aber schnell gemerkt, wie mir die Knie weich wurden. Ich war allein im Raum, und als ich die Tür öffnen wollte, war sie verschlossen.«

Annette wirkte wackelig. Ihre Stimme war brüchig und sie

ließ keinen Zweifel daran, dass sie das ein oder andere Mal geweint hatte.

»Schatz, entschuldige, wenn ich unterbreche, aber sie hat geklemmt, sie war nicht verschlossen.«

Er versuchte, dies so wenig genervt wie möglich zu sagen, aber ihm fiel sofort auf, dass ihm das nicht gelungen war.

»Sie war verschlossen!« Annette klang leicht hysterisch. Er winkte ab.

»Ich hab's mit der Angst zu tun gekriegt und hab laut um Hilfe gerufen. Mein Kreislauf fühlte sich immer schwächer an und alles drehte sich. Irgendwann hat mich eine Frau gehört, kam herbeigerannt und hat die Tür geöffnet. Ich weiß nicht, was sonst geschehen wäre.«

Sie ließ die Frage im Raum stehen und rieb sich mit den Händen die blassen Arme. Jens hatte das immer und immer wieder mit ihr durchgekaut, aber sie war gewillt, ein Drama aus der ganzen Geschichte zu machen.

»An der Rezeption des Spa hat man uns bestätigt, dass diese Tür hin und wieder klemmt, wenn sie vom Personal oder einem Gast zu schwungvoll geschlossen wurde. Dass jemand nicht mehr rauskam, ist noch nie vorgekommen, deshalb hat man hier keine Sicherheitsbedenken.«

Er nahm einen kräftigen Schluck.

»Fakt ist, dass dieser Bereich halbstündlich überprüft wird und deshalb zu keinem Zeitpunkt eine Gefahr besteht.«

Er machte mit beiden Händen eine beruhigende Geste, sehr zur Missbilligung seiner Frau.

»Du irrst dich. Sie alle irren sich. Die Frau, die mir geholfen hat, musste erst einen Riegel umlegen. Die Tür hat eine Möglichkeit zum Abschließen. Irgendjemand hat den vorgelegt!«

»Wer soll dich denn dort mit Vorsatz eingesperrt haben und warum?«

Jens spürte wie die anderen unruhig auf ihren Sesseln hin und her rutschten.

»Was sagt denn die Frau dazu?«, wollte Nina wissen. Sie

erntete ein Augenrollen von Ben.

»Wir können sie nicht finden«, sagte Jens kleinlaut. »Sie hatte sich nicht vorgestellt und ist nicht mehr auffindbar.«

Unangenehmes Schweigen breitete sich aus.

»Das Management hat sich überschwänglich bei uns entschuldigt und uns eine Massage zum Wert von einhundert Euro geschenkt. Ich finde, das hätten sie gar nicht tun müssen.«

»Ich fühle mich bedroht. Es ist mir egal, ob du mir glaubst.«

Jens sah, wie Ben einen vielsagenden Blick zu Nina warf und die ihn zornig anfunkelte. Jeder in der Runde fühlte sich unwohl, und bis auf Nina schienen alle erpicht darauf, das Thema schnell zu wechseln. Er merkte, dass er einen Fehler begangen hatte, seine Frau so weit in die Ecke zu treiben.

»Entschuldige, mein Schatz. Ich habe unterschätzt, wie sehr dich dieser Vorfall verängstigt haben muss.«

Sie schaute ihn dankbar an. Schließlich vertieften sich die Frauen in andere Themen und die Männer sprachen über die Pläne für den morgigen Tag.

Jens fühlte sich einigermaßen erleichtert und stellte fest, dass es sich bei dem dritten Mann im Bunde um Erik, den besten Freund von Ben, handelte, den er zum letzten Mal als Teenager gesehen hatte. Er versuchte, die Männer zu bewegen, mit ihm am frühen Morgen schwimmen zu gehen und schwärmte davon, wie erfrischend die Ostsee insbesondere vor dem Frühstück war. Keiner konnte sich so richtig für seine Idee erwärmen und so widmete er sich wieder seinem Whisky, während er den Raum einmal mehr nach bekannten Gesichtern absuchte.

Die vielen Mai Tais mit den strahlend bunten Schirmchen hatten bei ihr ihre Wirkung nicht verfehlt. Erik beobachtete, wie Nina über die Kurhausterrasse neben ihm her wankte, auf das ›Haus Mecklenburg‹ zu. Sie summte ›Somewhere over the Rainbow‹. Manchmal sah es so aus, als würde sie ins

Straucheln geraten, doch er war darauf vorbereitet und wappnete sich, sie jeden Moment aufzufangen. Leider fing sie sich voller Leichtigkeit immer wieder, obwohl er insgeheim hoffte, sie würde es nicht tun. Sie war einfach bezaubernd.

Er wusste nicht, weshalb sie so anziehend für ihn war. Sicher war sie schön, aber auf eine unauffällige natürliche Art und Weise. Sie hatte so etwas an sich, das bei ihm die richtigen Knöpfe drückte. Sie war ehrlich, offen und wirkte irgendwie unschuldig, auch wenn sie das sicher nicht mehr war. Er hatte das dringende Bedürfnis, sie vor der Welt zu beschützen. Eigentlich total albern, weil sie eine selbstbewusste geradlinige Frau war, die das tat, was sie wollte und sich von niemandem reinreden ließ.

Der Mond stand hoch über ihnen und hin und wieder zogen kleine Wolkenschwaden an ihm vorbei. Inzwischen konnte man die Sterne sehen, da der Wind die meisten Wolken davongeweht hatte, bevor er sich gegen Mitternacht in ein laues Lüftchen verwandelt hatte.

Der Abend war durchweg unterhaltsam verlaufen, und sie hatte ihm von ihren Zukunftsplänen erzählt, der Idee, diesen kleinen traditionellen Haushaltswarenladen mitten in der Hamburger Innenstadt zu eröffnen. Es klang verrückt, aber die Leidenschaft, wie sie von solchen altmodischen Läden in England berichtete, riss Erik mit. Er kannte diese Sorte Geschäfte und wusste, wovon sie sprach. Auf der Insel gab es qualitativ hochwertige Ausrüstung für die Küche, die nichts mit Massenfertigung oder Billigproduktion aus Niedriglohnländern zu tun hatte. Vielleicht war sie ja einer Marktlücke auf die Spur gekommen und lag richtig, wenn sie sagte, dass es eine Renaissance der Familie und ihrer Werte geben würde. Sie war überzeugt davon, dass die Leute Dinge von Wert kaufen würden, die man vererben konnte, die eine Geschichte erzählten und einen festen Platz im Haushalt einnehmen würden. Etwas an das man sein Herz hängen konnte. Suchten das nicht die meisten von uns, etwas, das sie ein Stück in ihrem Dasein definierte und ihnen Halt und Sicherheit gab?

Seine Gedanken schwirrten ihm leicht konfus durch den Kopf. Es war spät und der Anreisetag war lang gewesen. Dann hatte er überraschend diese junge Frau kennengelernt – und das an einem Punkt seines Lebens, an dem er weder gesucht hatte noch darauf vorbereitet gewesen war. Sie war anders als die Frauen, die er bisher kennengelernt hatte. Sie interessierte sich nicht für den Klatsch und Tratsch irgendwelcher Promis, kannte sich nicht mit Botox aus und sprach nicht pausenlos über ihr Gewicht. Sie hatte Werte und war sich ihrer Schwächen ganz genau bewusst. Sie witzelte sogar ein bisschen über sich selbst, aber sie verstellte sich nicht. Sie war menschlich und das war ein Zug, den er seit Langem bei den Frauen vermisst hatte, die er traf: eine Frau aus Fleisch und Blut.

Sie betraten das Gebäude, in dem sein Zimmer lag und er fragte sie, in welchem Stock sie wohnte. Sie antwortete, es wäre der zweite. Er lächelte.

»Im zweiten Stock wohne ich auch.«

»Perfekt«, sagte sie und rief den Fahrstuhl. Sie stiegen beide ein und mit einem leisen Bing schlossen sich die Türen. Nina stand neben ihm und schaute ihn mit ihren unschuldigen blauen Augen an, während der Fahrstuhl mit einem leichten Ruck sanft nach oben fuhr. Sie war fast einen Kopf kleiner als er, verströmte den Duft einer Sommerwiese und er merkte, wie er tief einatmete. Er spürte ein Kribbeln, das sich von seinem Nacken über seinen Rücken nach unten ausbreitete. Sehnsucht trat in seine Augen und er ging langsam einen Schritt auf sie zu. Sie zögerte einen Moment, dann ging sie entschlossen zu ihm und überbrückte die letzten Zentimeter, die noch zwischen ihnen gewesen waren. Sie griff mit der rechten Hand nach seinem Nacken und zog ihn an sich heran, bis er so nah war, dass er ihren Atem auf seiner Haut spüren konnte. Er schloss die Augen und sie küsste ihn wild und so leidenschaftlich, dass sich das

Kribbeln über seinen ganzen Körper verteilte. Er packte sie mit seinen Armen und presste sie ganz dicht an sich heran. Sie hatte ihre Augen ebenfalls geschlossen und stöhnte leicht, während er sie noch dichter an sich zog.

Der Fahrstuhl ließ ein weiteres Bing vernehmen und die Türen öffneten sich. Sie konnten Gäste auf dem Gang hören, also ließen sie voneinander ab. Einige von ihnen wollten den Fahrstuhl betreten und so beeilte sich Erik auszusteigen. Nina blieb darin stehen und bewegte sich auch noch nicht, als das Paar, das gerade eingetreten war das ›E‹ für Erdgeschoss gedrückt hatte.

»Willst du nicht aussteigen?«, fragte Erik. Er war immer noch überrumpelt und erregt von Ninas Vorstoß. Er war verwirrt und fühlte sich zugleich, als könnte er Bäume ausreißen.

»Ich wohne im Haupthaus«, sagte Nina, und noch bevor Erik, der jetzt ziemlich verdutzt aus der Wäsche guckte, antworten konnte, schloss sich die Fahrstuhltür vor seiner Nase.

Er war nicht ganz sicher, was da gerade geschehen war. Die letzten Gin Tonics mit Ben hatten ihn träge gemacht, und er brauchte einen Moment, um in die Realität zurückzukommen.

Nach einigen Sekunden fasste er einen Entschluss und rannte zum Treppenhaus. Er musste ein Pärchen durchlassen, das sich gegenseitig stützte, um nach oben zu steigen. Wieso die nicht den Fahrstuhl nahmen, war ihm ein Rätsel. Schließlich stürmte er an ihnen vorbei und rannte die Treppen hinunter. Er riss die Tür, die nach draußen führte, auf und schaute über den Platz den Weg entlang, den er gerade mit Nina gegangen war. Sie war nicht mehr zu sehen. Enttäuscht ging er auf sein Zimmer.

KAPITEL 9

Es war noch sehr früh am Freitagmorgen. Richard hatte den Blick starr auf die Zeitung gerichtet, die er schützend vor seinen Kopf hielt und grübelte. Heute war ihm das erste Mal in seinem Leben gedroht worden. Im Innersten war er immer noch vollkommen aufgewühlt. Die Angst, die dieser Mann mit seiner kaltblütigen primitiven Art bei ihm ausgelöst hatte, war noch nicht ganz erloschen. Nach dem Gespräch hatte sein Körper gezittert. Sein Herz war trotz der gut eingestellten Medikamentierung laufend aus dem Takt geraten und hatte die wachsende Panik angefacht – wie Benzin, das man auf ein Feuer goss. Er selbst war Ende vierzig und hatte schon viel in seinem Leben gesehen. Dennoch, mit dieser Welt gab es bisher keinerlei Berührungspunkte und er würde alles dafür tun, dass das auch in Zukunft so bliebe.

Er schaute auf seine Frau ihm gegenüber, und das Herz wurde ihm schwer bei dem Gedanken, dass sie Kontakt mit solchen Menschen haben könnte. Wut stieg in ihm auf. Wut, die stärker war als die Angst, die er heute Morgen am Strand gespürt hatte. Diese Angst schnürte ihm die Kehle zu. Er würde ganz genau darüber nachdenken müssen, was zu tun war. Vielleicht kannte er auch Leute, die ihm helfen konnten.

Er schob die düsteren Gedanken beiseite und versuchte, sich abzulenken. Außerdem war es wichtig, sich nichts anmerken zu lassen. Er würde es ihr über kurz oder lang ohnehin erzählen müssen. Aber nicht jetzt. Er war noch nicht so weit. Er würde noch über einiges nachdenken müssen.

»Hey, Schatz, habe ich dir eigentlich erzählt, dass sie ihn angefleht hat, in den nächsten Wochen nicht zu verreisen und sie allein zu lassen?«

Richard knickte eine Ecke seiner Zeitung mit dem Zeigefinger um, sodass seine Frau ihn dahinter sehen konnte. Er hob die Augenbrauen, während er sprach, und warf Luisa einen gewichtigen Blick über seine Lesebrille zu. Seine Frau schmierte sich gerade eine unvernünftig dicke Schicht Marmelade auf ihr Brötchen und warf einen genervten Blick zurück. Dann biss sie herzhaft und voller Genuss ins Backwerk.

»Du weißt, dass sie meine Freundin ist. Erwarte nicht, dass ich mich da hineinziehen lasse. Ihr geht's offensichtlich nicht gut und da sollten wir für ihre Lage Verständnis haben.«

Es war gerade einmal sieben Uhr und die beiden waren die Ersten beim Frühstück.

»Ja, ja, schon gut.«

Richard widmete sich wieder seiner Zeitung und studierte den Lokalteil. Relativ schnell faltete er seine Lektüre zusammen und legte sie auf den Tisch neben das Frühstücksgeschirr. Die Sonne schien durch das Fenster und spiegelte sich in dem silbernen Eierbecher, der neben seiner Kaffeetasse stand. Er nahm sich einen Löffel und begann genüsslich sein weich gekochtes Ei zu essen.

»Was ist dein Plan für heute, Schatz?«

Er winkte der Kellnerin und bestellte diesmal eine Tasse Tee.

»Ich würde gern ein bisschen durch die Geschäfte bummeln und zum Mittag irgendwo einkehren. Vielleicht gehen wir auch an den Strand, wenn sich das Wetter hält. Tante Ilse würde sich freuen, wenn wir sie am Nachmittag besuchen. Ich hab sie vorhin angerufen. Vorher hat sie irgendwo einen Kurs. Keine Ahnung, aber ich will ihren Tagesablauf nicht durcheinanderbringen. Sie fühlt sich beschäftigt und es gibt ihr ein gutes Gefühl, uns einen Termin zu geben.«

Luisa setzte die Gänsefüßchen mit vier Fingern in der Luft und warf vorsichtig einen erneuten Blick in die Frühstückskarte. Inzwischen war die Kellnerin mit einem grünen Tee erschienen, ›Morgentau‹. Luisa zog die Augenbrauen hoch.

»Tee?«

»Korrekt«, sagte ihr Mann. Er rieb sich unbemerkt über den Bauch.

»Ich beschränke meinen Kaffeekonsum jetzt auf eine Tasse morgens und eine zum Nachmittag und dazwischen ernähre ich mich gesund. Dazu gehört auch Tee. Es war eine gute Idee von dir, mich zum Joggen zu überreden. Ich kann die Veränderung bereits spüren, aber mein Ratgeber sagt, ›Bauchmuskeln entstehen in der Küche‹ und deshalb muss ich in der Spaßabteilung auch etwas verändern.«

Er schaute zufrieden an sich herunter.

»Ich wünschte, du würdest mich morgens einmal begleiten, wenn ich joggen gehe. Um die Zeit schläft der ganze Ort noch und man hat den Strand für sich allein.«

Er stolperte kurz über diesen blödsinnigen Satz und setzte für einen Moment einen grimmigen Gesichtsausdruck auf. Dann lächelte er seine Frau an, die das Gesicht verzog und auf ihrem Teller nach etwas zu suchen schien, das sie bereits gegessen hatte.

»Ich habe um diese Zeit noch geschlafen und ich habe auch die nächsten Tage nicht vor, bei den ersten Sonnenstrahlen in meine Sportklamotten zu schlüpfen. Nein, danke.«

Richard betrachtete seine Frau verliebt.

»Du hast es auch nicht im Geringsten nötig, mein Schatz.« Er bedachte ihre Kurven mit einem lüsternen Blick.

»Ich hätte nur gedacht, es wäre schön, gemeinsam den Sonnenaufgang zu sehen oder zumindest die Morgensonne.« Sie revanchierte sich mit einem belustigten Gesichtsausdruck.

»Du kannst ja nachher mit mir Shoppen gehen. Das wäre eine tolle gemeinsame Aktivität.«

Ihr Mann rollte mit den Augen.

»Denkst du, wir sollten noch mal bei ihnen vorbeischauen?«

»Lieber nicht. Sie sehen ihre Familie so selten, da sollten sie ein paar Tage mit ihnen verbringen können, ohne dass wir sie stören. Es ist gut, dass wir nicht im selben Hotel untergekommen sind. Sie würden sich sonst nur genötigt fühlen, uns in den nächsten Tagen in ihre Aktivitäten einzubinden. Es würde sie unter Druck setzen. Ich will mich nicht aufdrängen.«

Sie entschied, noch ein Spiegelei zu bestellen, und winkte die Kellnerin herbei. Richard synchronisierte gerade seine Fitnessuhr mit seinem Handy und sinnierte darüber, dass er tatsächlich ein glücklicher Mensch war.

Er hatte in seinem Leben alles erreicht, was er sich gewünscht hatte. Er genoss die Freiheiten, die er aufgrund seines Berufes und seiner finanziellen Möglichkeiten hatte, und das private Glück, das ihn abends zu Hause erwartete. Dann dachte er daran, wie schnell sich so ein Leben ändern konnte. In einem Moment warst du glücklich und alles schien perfekt zu sein, im anderen passierte etwas, das alles, an das du geglaubt hast, auf den Kopf stellte.

Er blickte gedankenverloren auf die Tasse Tee. Sein Freund und Partner hatte Probleme, große Probleme, und er hatte ebenfalls Angst, das wusste Richard. Der Freund hatte sich an Leute gewandt, die unberechenbar waren und damit alles aufs Spiel gesetzt. Richard wünschte sich, er wäre zu ihm gekommen. Stattdessen hatte er sich entschieden, ihn zu hintergehen. Sehr schade! Er starrte auf seinen Tee.

Wovon hing es ab, ob man glücklich war? Das gekochte Ei im Silberbecher? Ein gesunder Puls?

Was ist für mich das Wichtigste im Leben?

Er rieb sich in Gedanken versunken, die Finger der rechten Hand.

Loyalität.

Dann stand er auf, drückte seiner Frau einen dicken Kuss auf die Stirn, während die herzhaft in ein Würstchen biss. Er ging auf sein Zimmer, um einen Anruf zu erledigen.

KAPITEL 10

Jens fühlte sich wie neu geboren. Er stapfte langsam aus dem frischen Wasser der Ostsee an den Strand, während die Wellen stetig gegen seine Waden schwappten. Er konnte die Kraft der Sonne auf seiner feuchten Haut spüren, während ein leichtes Lüftchen kleine Schauer über seinen nassen Rücken jagte. Er erreichte sein Handtuch und trocknete sich damit ab.

An diese morgendliche Schwimmerei konnte er sich gewöhnen. Die blauen und weißen Strandkörbe waren noch geschlossen und nur der aufgewühlte Sand drum herum ließ erahnen, wie geschäftig es hier in ein paar Stunden zugehen würde. Die wenigen Zirruswölkchen am Himmel hatten einen korallenfarbigen Ton und das frische satte Blau des Morgens ließ den Himmel erstrahlen. Der Italiener am Ende der Promenade und die Eisdiele hatten noch geschlossen, aber es wischte bereits jemand die Tische ab und arrangierte die Sonnenschirme. Kindheitserinnerungen wurden wach und er lächelte bei dem Gedanken an die vielen Urlaube, die er mit seinen Eltern an der Ostsee verbracht hatte.

Er würde sein Leben lang niemals vergessen, wie es war, wenn sie auf dem Parkplatz im Wald das Auto verlassen hatten, um danach bepackt mit Taschen, Decken und dem obligatorischen Windschutz einen schmalen Waldweg Richtung Meer zu gehen. Der Waldweg veränderte sich, je dichter sie ans Wasser kamen. Der Weg bestand irgendwann nur noch aus Sand, durchsetzt mit dicken Kiefernnadeln, die unangenehm in die Füße stachen, weil man zu dem Zeitpunkt nur noch barfuß laufen konnte. Das Geschleppe des Equipments für so einen unbeschwerten langen Strandtag wurde immer anstrengender, während sie die Düne nach oben Richtung Strand gingen. Jens erinnerte sich an die riesigen Waldameisen, die für ihn untrennbar mit dieser Kindheitserinnerung verbunden waren.

Irgendwann tauchten er und seine Familie dann aus der Dunkelheit des Waldes auf und erblickten das glitzernde Meer am Horizont. Das war der Moment gewesen, an dem er und seine Schwester losgerannt waren, um als Erste unten am Meer zu sein. Seine Eltern hatten die Holzpfähle des Windschutzes mit einem Gummihammer in den Sand geschlagen und ein Loch für die Getränke gegraben, um sie vor der brennenden Sonne zu schützen. Es gab eine prall gefüllte Kühltasche mit Essen und es gab Luftmatratzen, die sein Vater aufpumpte. Er und seine Schwester Sophia waren zu den Buhnen gelaufen und darüber balanciert.

Heute war das nicht mehr erlaubt, aber damals hat man es nicht gewusst oder ignoriert, da war er sich nicht sicher. Jens spürte die Sehnsucht nach einer sorglosen unbeschwerten Zeit in sich aufkommen. Einen Moment wünschte er sich das Glück jener Tage zurück.

Er zog sich langsam seine Kleidung über, die er über einen Strandkorb gelegt hatte. Während er sich das Hemd zuknöpfte, schaute er Richtung Perlenkette und konnte ihn sehen. Er war hier. Jens stockte der Atem. Panisch schaute er sich um, ob inzwischen andere Menschen am Strand waren. Fehlanzeige. Niemand im Umkreis von zweihundert Metern. Er dachte an seine Eltern zurück, an seine Mutter. In den letzten Momenten seines Lebens rief man nach seiner

Mutter, hatte er mal gelesen. Das Leben begann und es endete mit ihr. Diese irrwitzigen Gedanken gingen ihm durch den Kopf, während er ihn näher kommen sah. Ihm war bewusst, dass es keinen Ausweg aus dieser Situation geben würde.

Der Mann trug eine leichte Jacke über einem schwarzen dünnen Rollkragenpullover. Seine maßgeschneiderten Stoffhosen saßen akkurat und berührten nur leicht seine sauberen, wie neu wirkenden schwarzen Lederschuhe. Am Arm saß üblicherweise eine Uhr von Bvlgari und den kleinen Finger der rechten Hand schmückte ein dicker Ring. Das dichte dunkelbraune Haar war etwas länger, aber immer noch kurz genug, um mit Haargel nach hinten gehalten werden zu können. Er benutzte nicht übermäßig viel davon und wirkte mit seinem perfekt getrimmten Dreitagebart gepflegt und sogar attraktiv auf eine bedrohliche Art und Weise.

Er ging langsam auf Jens zu und sagte kein Wort, bis er direkt vor ihm stand. Jens konnte sehen, wie ihn seine Augen taxierten und, glaubte, einen belustigten Zug um seinen Mund zu entdecken, nachdem er die Unruhe in Jens Augen gesehen hatte. Er sah ihn eine Weile nachdenklich an. Dann schlug er ihm unvermittelt mit der Faust ins Gesicht.

Tentakel aus Schmerz breiteten sich von seiner Nase abwärts in seine Oberlippe aus und zogen ihm unter die Augen bis zu den Ohren. Jens jaulte auf. Sein ganzes Gesicht brannte wie Feuer. Entsetzt starrte er auf seinen Angreifer. Der wischte sich in aller Seelenruhe das Blut von seinen Fingerknöcheln und polierte kurz liebevoll seinen Ring. Mit dem Ring hatte er ihm die Lippe aufgerissen.

»Ich weiß, Antonio.« Seine Stimme zitterte. »Ich hätte es dir gestern geben sollen.«

Der andere Mann schaute ihn angewidert an.

»Ich bitte dich, mir noch etwas Zeit zu geben. Ich versuche, was ich kann. Ich werde meinen Cousin bitten, mir zu helfen.«

»Du meinst diesen jungen Anwalt, der morgen heiraten

will.« Er lächelte herausfordernd.

Jens erschrak. Er spürte, wie das schmerzende Fleisch bereits anschwoll. Vorsichtig betastete er die inzwischen taube Stelle.

»Ich bitte dich. Ich werde mich darum kümmern, aber bitte lass meine Familie da raus. Ich beeile mich. Versprochen.«

»Deine Versprechen sind nichts wert, das habe ich gemerkt. Ich war heute bei deinem Partner. Junge, hübsche Frau hat der, nebenbei gesagt …«

Jens wurde übel. Alles geriet außer Kontrolle. Wie konnte er es jetzt noch aufhalten. Alles würde in die Brüche gehen.

»Er joggt offensichtlich gern, noch viel früher, als du aus den Federn steigst. Er war überrascht zu hören, dass du deinen Verpflichtungen nicht nachkommst, und wollte mir tatsächlich erst nicht glauben, was für ein Wurm du bist. Ich denke, ich habe ihn aber überzeugen können.«

Er grinste wissend, als hätte er ein Geheimnis, das er Jens aber nicht verraten würde.

»Er wird mir die nächsten zwanzig Prozent deiner Schulden zahlen. Alexander holt das Geld nachher bei ihm ab.«

»Hast du ihm gesagt, wofür das Geld ist?«

Antonio wirkte belustigt.

»Nein, das würde das Ganze doch sinnlos machen, meinst du nicht auch?«

Er musste den Hauch von Erleichterung gesehen haben, der über Jens' Gesicht huschte.

»Das deckt nur den Teil deiner Zinsen. Deine Frist ist abgelaufen. Jede angefangene Woche seit gestern erhöht sich der ausstehende Betrag um zwanzig Prozent.«

Er genoss die Erschütterung in Jens' Gesicht.

»Alexander wird dir helfen, die Sache ernst zu nehmen. Ich erwarte die nächste Zahlung morgen.«

Jens war erschüttert. Er schaute sich um, doch der Strand war immer noch leer. Aus der Richtung, in die Antonio zurückging, kam ein schwerer brutaler Mann auf ihn zu, der mit schnellen Schritten und entschlossenem Gesichtsausdruck zielstrebig auf ihn zusteuerte. Der Strand war verlassen und keine Menschenseele konnte ihm helfen.

Ich will heute nicht sterben.

Der Kerl würde ihn womöglich noch umbringen und es Antonio gegenüber als Unfall darstellen. Sollte er weglaufen? Das würde nichts nützen. Er konnte diesem Schicksal nicht entrinnen. Das wusste er, seit er die Bedingungen für den ›Kredit‹ mit Antonio ausgehandelt hatte. ›Ausgehandelt‹ war nicht das richtige Wort. Er hatte die Bedingungen genannt bekommen. In einer Situation, die für ihn alternativlos war.

Jetzt kam sein Vollstrecker auf ihn zu und die Gedanken an vergangene Kindertage erzeugten einen bitteren Geschmack in seinem Mund.

Die Schläge, die auf ihn niederschmetterten, verschonten größtenteils seinen Kopf. Sie trafen seinen Bauch und seine Nieren. Er jaulte auf und krümmte sich, während Alexander unbarmherzig in seinen Rücken trat. Die Luft entwich aus seinen Lungen und sein Gesicht wurde tief in den Sand gedrückt. Er spürte den Sand auf seinen Lippen, seiner Zunge und zwischen seinen Zähnen. Er schmeckte nach Blut.

Dann war es vorbei. Ein kleiner Denkzettel, um ihn daran zu erinnern, dass er nicht frei war. Dass er sich auf einen Pakt mit dem Teufel eingelassen hatte und bezahlen würde für die Fehler, die er in seinem Leben gemacht hatte.

Er dachte an seine Frau, an die glücklichen Tage nach ihrer Hochzeit. Sie war ein Engel, der glücklichste Mensch, den er kannte. Er hatte sie erobert und sie hatte sich für ihn entschieden. Was sie in ihm sah, wusste er bis heute nicht. Er hatte sie nicht verdient. Ein Bild erschien vor seinem geistigen Auge, wie er sich von den Schmerzen erholte und in die Leere und Taubheit hineinspürte, die sie hinterließen. Seine Frau, wie sie mit ihren langen lockigen Haaren durch eine Mohnblumenwiese ging. Sie trug ein langes luftiges

Sommerkleid mit Spaghettiträgern und war barfuß. Ein Picknick während der Zeit ihres gemeinsamen Studiums. Eine Frau, gelöst, sorglos und voller Zuversicht für die Zukunft, ehrgeizig, wissbegierig, leidenschaftlich. Er hielt sich die Hand an den Bauch und weinte.

KAPITEL 11

Nina streckte sich und arbeitete sich langsam verschlafen aus der Fülle schneeweißer Kissen und Decken, die in ihrem Doppelbett lagen. Sie hatte wie auf Wolken geschlafen und zufrieden blinzelte sie und ließ die ersten Strahlen Tageslicht durch ihre schweren Lider in die Augen fallen. Sie fühlte sich ausgeruht und angefüllt mit einer euphorischen Energie.

Schlagartig dämmerte es ihr.

Oh mein Gott, ich habe Erik geküsst! Wie konnte das nur passieren?

Sie zog sich erneut die Decke über den Kopf und hoffte, dass sie einfach hier liegen bleiben konnte, bis die Hochzeit vorbei war. Was würde er jetzt von ihr halten? Wahrscheinlich dachte er, dass sie ein lebenslustiges Mädchen war, was nichts anbrennen ließ. Voller Scham hielt sie sich beide Hände vor die Augen.

Ich muss da jetzt durch. Es nützt nichts.

Sie seufzte und schlug die Bettdecke beiseite. Die Euphorie von eben war einem Gefühl der Peinlichkeit gewichen. Sie ging ins Bad, um sich fertigzumachen.

Die Regendusche vermochte es, für einen Moment das Gefühl wegzuspülen, sie würde immer und zu jeder Zeit nur

Probleme verursachen. Er reizte sie, aber sie war gedanklich immer noch nicht über ihren letzten gescheiterten Versuch einer Beziehung hinweg und sie konnte sich kein weiteres Gefühlschaos leisten. Erik spielte in einer anderen Liga. Er wusste das und sie wusste das und wahrscheinlich ging er auch davon aus, dass sie das wusste. Es ärgerte sie plötzlich, dass sie so leichte Beute für ihn gewesen war. Er hatte ausgenutzt, dass sie emotional gerade so instabil war, und der Gedanke, eine Kerbe an einem Bettpfosten zu werden, erzürnte sie. Okay, die Initiative war von ihr ausgegangen, aber er hatte hemmungslos mit ihr geflirtet und das machte ihn zumindest mitschuldig. Zufrieden mit dieser Erkenntnis drehte sie das Wasser ab und schnappte sich ein überdimensionales Handtuch. Ihre Haare hatte sie erneut waschen müssen, da der Regen sie gestern komplett ruiniert hatte. Sie trocknete sich ab und ging ins Schlafzimmer zurück, wo sie sich für ein Sommerkleid entschied, und machte sich dann daran, ihre Haare zu föhnen. Es konnte nicht schaden, heute ein bisschen Make-up aufzulegen, schließlich war das ein vornehmes Hotel.

Sie hatte während des Föhnens den Entschluss gefasst und telefonisch die Zimmernummer der Riesbergs erfragt. Die wohnten im selben Gebäude wie sie, nur waren sie auf einer anderen Etage untergebracht. Sie nahm ihre Handtasche, zog die schwere Zimmertür hinter sich zu und tänzelte auf den Flur hinaus, um über einen dicken, weichen Teppich zum Fahrstuhl zu gehen. Sie drückte den goldenen Knopf und schaute zur digitalen Anzeige, um herauszufinden, in welchem Stockwerk sich der Fahrstuhl derzeit aufhielt. Da ertönte bereits das bekannte Bing und die Türen öffneten sich. Vor ihr stand Erik, sichtlich erschreckt – und einen Moment wusste keiner, was er sagen sollte.

»Hi, äh, guten Morgen!«, stammelte sie.

»Das ist ja … ich … also …«

Erik ging es offensichtlich ähnlich. Sie fasste sich ein Herz und stieg zu ihm in den Fahrstuhl. Irgendjemand musste ja was tun.

»Ich wollte dich zum Frühstücken abholen. Ich habe für uns einen Tisch auf der Terrasse reserviert, wenn du Lust hast.«

Er schaute sie erwartungsvoll an. In seinem Blick schien sie einen Hauch von Sehnsucht zu sehen, der ihr sofort schmeichelte, aber sie schob diesen Gedanken ganz schnell wieder zur Seite.

Wahrscheinlich erhofft er sich einfach nur, dass wir an der Stelle weitermachen, wo wir gestern aufgehört haben und sich dieser Kurzurlaub für ihn lohnt, dachte sie.

»Eigentlich wollte ich gerade Annette fragen, ob sie Lust hat, mit mir zu frühstücken. Ich hab das Gefühl, dass sie eine Freundin braucht. Ich glaube, dass sie ein ganz lieber Mensch ist. Sie wohnt eine Etage über meiner.«

Er legte den Kopf schief.

»Jeder tut ihre Probleme einfach so ab und ich will nicht voreingenommen sein. Sie tut mir irgendwie leid.«

Nina zuckte mit den Schultern. Erik schaute sie einen Moment schweigend an.

»Wenn es dir recht ist, würde ich euch gern begleiten. Okay? Der Tisch ist ohnehin reserviert, dann müsst ihr nicht warten.«

»Sehr gern.« Nina lächelte. Sie kamen an der Tür der Riesbergs an und klopften. Annette öffnete, und als sie hörte, dass die beiden sie zum Frühstück abholen wollten, blühte sie regelrecht auf und war auf eine dankbare Weise begeistert.

»Jens ist noch schwimmen, aber er isst immer etwas später als ich, deshalb komm ich gern allein mit.« Sie griff nach ihrer Handtasche und folgte den beiden zum Fahrstuhl. Nach einem kurzen Gang durch die Lobby öffneten sich die automatischen Eingangstüren mit ihren glänzenden Edelstahlbeschlägen. Sie hielten sich rechts und gelangten über drei Stufen zur Terrasse des Kurhauses, einem tempelartigen Bauwerk, in dem sich das Frühstücksrestaurant befand.

Heic te laetitiam inviat post balnea sanum stand in großen Buchstaben über seinem imposanten triglyphengeschmückten Architrav auf glattgeputzter Attika: Frohsinn empfängt dich hier, entsteigst Du gesundet dem Bade.

Es war noch früh, aber die Sonne hatte langsam an Kraft gewonnen und die ersten Sonnenschirme waren von den Besuchern aufgeklappt worden. Die Teakholztische mit gestärkten weißen Leinendecken, die makellos sauber strahlten, luden zum Frühstück ein.

Nachdem ihnen der Kellner ihren Tisch zugewiesen hatte, setzten sich die drei und warteten darauf, ihre Getränkebestellung aufzugeben.

Nina überlegte, wie sie das Gespräch beginnen könnte. Zu ihrer Erleichterung war es gar nicht nötig, den ersten Schritt zu machen.

»Es tut mir leid, wenn ich euch gestern ein bisschen die Stimmung verdorben habe«, sagte Annette.

»Was? Nein … nicht doch«, stammelten beide durcheinander.

»Doch, doch. Jens hat mich auch noch einmal darauf angesprochen und er hat recht. Im Grunde ist mir nichts passiert. Ich bin vielleicht einfach nur nervös.«

Sie nippte an ihrem Kaffee.

»Bitte sag mir, wenn diese Frage zu direkt ist, aber wieso bist du nervös?«, wollte Erik wissen.

Annette überlegte eine Weile.

»Ich kann gar nicht sagen, wie lang das schon so geht, aber seit einiger Zeit habe ich das Gefühl, dass irgendwas in der Luft liegt. Ich spüre, dass da etwas ist, das nichts Gutes bedeutet. Ich kann es euch nicht erklären. Es klingt merkwürdig, ich weiß, aber manchmal denke ich, dass ich in bestimmten Situationen beobachtet werde.«

Nina sah, wie Erik seine Brauen hochzog, und beeilte sich als Erste etwas zu sagen.

»Wer sollte dich beobachten und wieso?«

»Das ist es ja, ich weiß es nicht!«

Sie klang zerknirscht.

»Manchmal habe ich Angst, wenn ich allein zu Hause bin. Jens ist vielleicht noch in der Praxis mit seinem Partner und es wird bereits dunkel. Ich kann Schritte hören oder der Bewegungsmelder im Flur schaltet sich einfach so ein. Ich schaue dann manchmal nach und kann nichts entdecken. Das macht mich einfach nervös. Vielleicht passieren mir deshalb diese vielen Unfälle. Ich hab Schwierigkeiten, mich zu konzentrieren.«

Sie hielt inne, während Nina überlegte, wie sie darauf reagieren könnte.

»Ich denke, was du da erlebst, ist ganz normal. Ihr habt bestimmt ein schönes großes Haus und das ist sicherlich ziemlich einsam, wenn man da abends im Dunkeln allein ist.«

Nina lächelte sie an. »Mir würde es nicht anders gehen. Ich bin ein ziemlicher Schisser. Ich schließe abends sogar meine Schlafzimmertür ab, nur um ganz sicherzugehen.« Das alles kam mit einem verschwörerischen Unterton.

Erik warf ihr einen vielsagenden Blick zu und Nina wurde rot.

»Schaff dir doch einen Hund an. Einen großen. Der ist das beste Mittel gegen jeden unerwünschten Besuch. Damit wirst du dich sicher fühlen.«

Annettes Gesicht wurde unendlich traurig und man konnte sehen, wie sie damit rang, die Fassung zu bewahren.

»Alles okay?«, wollte Erik wissen.

»Wir hatten einen Hund, einen braunen Labrador, er war noch ein Baby … er ist gestorben. Eines Tages habe ich ihn im Garten gefunden. Es ging mit ihm zu Ende, das konnte man sehen. Er hatte sich ein Loch gegraben, in dem er lag, und er hechelte die ganze Zeit. Seine Augen liefen und er schien zu schwitzen. Ich habe ihn zum Tierarzt gebracht, aber da war nicht mehr viel zu machen. Er ist gestorben, noch bevor die Untersuchung abgeschlossen war.«

Eine dicke Träne kullerte ihr über die Wange und sie griff schnell nach einem Taschentuch in ihrer Handtasche, um sie wegzuwischen.

»Die Ärztin sagte, er müsse etwas Giftiges gefressen haben. In unserem Garten gab es aber nichts, das dafür infrage gekommen wäre, keine Pflanze oder so.«

Nina merkte, wie sie einen Kloß im Hals bekommen hatte. Auch Erik schaute verlegen aus. Das war keine gute Idee gewesen.

»Habt ihr irgendwelchen Ärger mit den Nachbarn gehabt? War der Hund vielleicht zu laut oder hat nachts immer gebellt«, fragte er ganz pragmatisch.

»Nein, gar nicht. Auf der einen Seite wohnt eine sehr alte Frau, die selten ihr Haus verlässt und mit dem Pärchen auf der anderen Seite haben wir einen sehr engen Kontakt. Außerdem war er nicht laut. Sicher hat er auch mal gebellt, wenn er eine Katze gesehen hat, aber das kam selten vor.«

Annette war um die Augen sehr rot geworden und Nina überlegte verzweifelt, wie es möglich war, das Thema zu wechseln, ohne unhöflich zu sein. Offensichtlich tat Annette dieses Gespräch überhaupt nicht gut. Sie wollte keine weiteren Wunden aufreißen.

»Wisst ihr, diesen Hund habe ich wirklich geliebt. Ich habe ihn überall mitgenommen. Er wich niemals von meiner Seite.«

Sie wirkte gebrochen. Nina legte ihr die Hand auf die Schulter und versuchte, ein paar tröstliche Worte zu finden.

Romy und Ben waren plötzlich auf der Terrasse erschienen und begrüßten die drei fröhlich. Sie kamen zum Tisch und begannen ein entspanntes Gespräch, sodass Erik für sich die Möglichkeit sah, aufzustehen, um endlich zum Buffet zu gehen. Am Eingang zum Restaurant drehte er sich um und bedeutete Nina verschwörerisch und so unauffällig wie möglich, sie möge ihm folgen. Nina nutze die Chance, dass Annette in ein Gespräch eingebunden war, bedeutete ihrer Schwester, sie würde gleich wiederkommen und ging zu ihm. Sie betraten das Kurhaus und kämpften sich an edlen Designer-Sommerkleidern und Polos vorbei zum üppigen

Buffet.

»Was hältst du davon?«, wollte Erik wissen.

Er griff sich einen leeren Teller.

»Für meinen Geschmack hat sie ein bisschen zu viele zufällige Dinge erlebt. Das muss sie sehr belasten.«

Erik blähte die Nüstern leicht und nickte mit hochgezogenen Augenbrauen.

»Kein Wunder, dass sie nervös ist.«

»Ich frage mich, wie lang sie das noch aushält. Eine schwache Person wäre daran schon zerbrochen.«

»Vielleicht wäre es ganz sinnvoll, wenn sie sich jemand sucht, mit dem sie darüber reden kann. Einen Therapeuten.« Nina verzog das Gesicht.

»Nein, im Ernst. Es geht nicht darum, ob ich sie für verrückt halte. Manchmal ergibt es Sinn, sich bei einem Profi seine Sorgen von der Seele zu reden.«

Nina sah Erik nachdenklich an. Dieser Mann schien eine sensible Seite zu haben.

»Ich frage mich, was ihr Mann von der ganzen Sache hält.«

»Wir können ihn schlecht darauf ansprechen.«

»Mich macht die ganze Geschichte neugierig. Mag an meinem Beruf liegen, aber mir gibt es hier einfach zu viele Zufälle.«

»Ich weiß, was du meinst, aber manche Sachen lassen sich nicht so leicht erklären. Ich finde, es ist ein Unterschied, ob ein Hund vergiftet wurde oder ob sie mir aus Versehen fast in den Wagen fährt.«

»Mag sein, vielleicht geht auch meine Fantasie mit mir durch. Ich wittere den Bestseller.«

Er grinste übers ganze Gesicht und sie fand, dass er sehr charmant aussah. Während sie sich Speck und Eier auf den Teller legte und mit einem kleinen Schokomuffin liebäugelte, trat er ein Stück dichter an sie heran und sagte vorsichtig: »… was gestern Abend anbelangt …«

Sie merkte, wie ihr augenblicklich die Hitze in den Kopf

schoss und ihr Puls sich beschleunigte. Sie schaute peinlich berührt auf, hatte dabei aber Probleme, ihn direkt anzusehen.

»Es tut mir wirklich leid. Ich weiß nicht, was da in mich gefahren ist. Wer weiß, was du jetzt von mir halten musst.«

Er trat ein kleines Stück dichter an sie heran, um etwas mehr Privatsphäre zu schaffen.

»Ich fand's schön«, sagte er und schaute ihr dabei direkt in die Augen. Sie spürte ein Kribbeln, lächelte und schaute verlegen zur Seite.

»Weißt du, ich habe gerade so eine blöde Geschichte hinter mich gebracht, die ich immer noch nicht so ganz überwunden habe. Ich weiß nicht, ob ich schon offen für was Neues bin, auch, wenn es dabei vielleicht nur darum geht, Spaß zu haben.«

Er zog die Augenbrauen zusammen und wich ein kleines Stück zurück. Offensichtlich hatte sie etwas gesagt, das ihn beleidigt haben musste, denn er fuhr nun in deutlich sachlicherem Tonfall fort.

»Ich respektiere das natürlich. Bitte entschuldige. Ich werde das mal zu meinem Platz bringen.«

Er goss sich einen Orangensaft ein und ging an ihr vorbei, Richtung Ausgang. Nina blieb perplex zurück und fühlte sich plötzlich, als wäre sie zu weit gegangen.

KAPITEL 12

»Was erwarten Sie jetzt von mir?« Jacques Melville beugte sich nachdenklich nach vorn und legte sein Kinn auf seine gefalteten Hände, während er seine Ellbogen auf dem alten Mahagonitisch abstützte.

»Zunächst müssen Sie gar nichts tun. Ich möchte Sie erst einmal nur warnen.«

»Das ist eine wirklich hässliche Sache.«

Melville fasste sich an den Bauch. Die Details dieses Gespräches waren ihm auf den Magen geschlagen.

»Das gilt für jede Gewalttat.«

Der Mann, der in seinem Besucherstuhl saß, verzog keine Miene.

»Womit rechnen Sie?«

Der Hoteldirektor schaute sich sein Gegenüber sehr genau an. Kriminalhauptkommissar Ullrich Otte. Der Mann trug ein einfaches blaues Hemd, eine Jeanshose und gründlich polierte braune Kalbslederschuhe. Er wirkte unauffällig, versprühte aber dennoch ein gewisses Maß an Klasse.

Er war vor einer halben Stunde in sein Büro gekommen und hatte ihm seine Dienstmarke gezeigt, eine kleine ovale

Messingscheibe mit den Worten ›Kriminal‹ und ›Polizei‹ und dem Polizeistern darauf.

»Es ist schwer, etwas vorherzusagen. Wir sind erst vor zwei Stunden informiert worden. Fakt ist, dass man Ihr Hotel in etwa fünf Minuten von der Kapelle aus erreicht. Er kann also bereits hier sein.«

»Was kann ich tun?«

»Zunächst erst einmal nichts. Wir haben Beamte überall in der Gegend. Straßensperren ergeben wenig Sinn, weil er zu Fuß unterwegs ist.«

»Sind meine Gäste in Gefahr?«

Der Kriminalhauptkommissar ihm gegenüber, nahm sich einen Moment Zeit, bevor er antwortete.

»Der Mann ist potenziell gefährlich, so viel steht fest, allerdings gehen wir davon aus, dass er sich bedroht fühlen muss, um jemandem etwas anzutun. Zu der Person, die er getötet hat, besitzt er keinerlei Beziehung. Es handelt sich dennoch um ein besonders scheußliches Verbrechen, keinen Unfall. Ich schlage vor, dass Sie Ihr Personal informieren.«

»Haben Sie ein Foto, das Sie mir zur Verfügung stellen können?«

»Selbstverständlich. Er wird sofort auffallen unter ihren Gästen.« Der Beamte machte eine bedeutungsschwangere Pause.

»Er trägt nur ein Schlafanzugoberteil und eine Jeans. Wenn jemand ihn sieht, soll er ihn auf keinen Fall ansprechen, sondern uns umgehend informieren. Ich gebe Ihnen meine Karte.«

Er kramte umständlich in seiner Hosentasche und legte Jacques eine zerknickte Visitenkarte auf den Tisch, die so aussah, als hätte er sie nach dem Drucken selbst in Form geschnitten.

»Ich würde gern einige Beamte bei Ihnen auf dem Gelände lassen, vielleicht könnten sie auch hier übernachten.«

»Natürlich. Woher wissen Sie, wer der Täter ist, wenn es

keine Zeugen bei dem Verbrechen gab?«

»Dieser Mann wird seit eineinhalb Tagen vermisst. Man hat Fußabdrücke am Tatort gefunden, die von der Größe zu ihm passen könnten. Viel mehr haben wir bisher nicht. «

»Also raten Sie nur?«

Jacques war schockiert.

»So würde ich das nicht sagen. Das psychologische Profil passt auf diesen Mann. Sagen wir, es ist das Beste, was wir bisher haben. Es gibt natürlich Spuren am Tatort. Fremdes Blut. Aber wir sind noch dabei, das auszuwerten, und die Ergebnisse stehen noch aus. Handeln müssen wir jetzt und ich habe ein ganz gutes Gefühl bei dieser Spur. Ich will keine kostbare Zeit verlieren.«

»Verstehe.«

»Wir wissen, dass wir Ihren Betrieb nicht zum Erliegen bringen dürfen, aber wir müssen die Leute informieren. Das geschieht kurzfristig online und über die Nachrichten im Radio. Die Gäste werden sehr schnell Wind davon bekommen. Ich rate Ihnen deshalb, zügig Ihr Personal einzuweihen und sie zu unterrichten, worauf sie achten müssen und wie das weitere Vorgehen sein muss, wenn sie ihn hier irgendwo entdecken.«

Jacques nickte, als sei er resigniert. Er würde sich in sein Schicksal fügen müssen.

»Wieso glauben Sie, dass er noch hier ist?«

Er konnte einen kleinen hoffnungsvollen Seufzer nicht unterdrücken.

»Das wissen wir natürlich nicht. Der Vorfall hat sich gestern an der Waldkapelle ereignet, die, wie Sie wissen, nur vierhundert Meter entfernt liegt. Seitdem haben wir keine Spur von ihm. Es kann sehr gut sein, dass er inzwischen meilenweit entfernt ist.«

»Wieso ist gestern noch niemand hier gewesen?«

»Der Tote ist gerade erst gefunden worden. Seine Freundin hatte ihn gestern als vermisst gemeldet, nachdem er von einem Spaziergang nicht zurückgekehrt war. Sie konnte überhaupt keine Angaben machen, wohin er wollte und wir konnten leider noch nichts unternehmen, weil ein Erwachsener nach ein paar Stunden noch nicht als vermisst gilt. Heute Morgen wurde er von Besuchern der Kapelle entdeckt. Sie ist, wie Sie wissen, für die Öffentlichkeit gesperrt, deshalb kommen nur selten Leute dort vorbei, um sie sich von außen anzusehen.«

Der Kommissar beugte sich vertraulich nach vorn.

»Ich denke, Sie müssen nicht übermäßig besorgt sein. Es gibt die Möglichkeit, dass er längst weg ist. Ich halte es für ausgeschlossen, dass er unbemerkt in eines ihrer Gebäude hereinkommt. Vielleicht ergibt es ja Sinn, wenn Sie vor jedem Eingang einen Mitarbeiter postieren. Auf dem Gelände wird man ihn sofort erkennen.«

»Was ist mit dem Strand?«

»Das ist sicherlich nicht ganz so einfach. Der ist öffentlich. Wir werden einen Beamten dort patrouillieren lassen. Er wird Ausschau halten.«

Das Geräusch eines Hubschraubers kam näher. Jacques hielt inne, als er merkte, dass der direkt über das Gelände des ›Grand Hotel‹ flog.

»Der gehört zu Ihnen, oder?«

»Ja, wir versuchen, ihn aus der Luft zu entdecken. Wir werden allerdings einen großen Bereich abfliegen. Das heißt, dass Sie kaum Lärmbelästigung durch uns haben werden.«

»Das ist sehr anständig von Ihnen, dass Sie unseren Hotelbetrieb im Auge haben. Bitte entschuldigen Sie, wenn das ein bisschen sarkastisch klingt. Ich bin Ihnen ehrlich dankbar.«

»Schon gut. Wir machen alle nur unsere Arbeit. Sie genauso wie ich. Ich lasse Ihnen sein Foto hier und Sie sprechen mit ihren Leuten. Wenn ich Neuigkeiten habe, melde ich mich wieder bei Ihnen.«

»Danke.«

»Ach ja, bevor ich es vergesse: Ich hätte gern Ihre Erlaubnis, dass sich meine Mitarbeiter auf dem Gelände frei bewegen dürfen. Sie können sich jederzeit bei Ihrem Personal ausweisen. Außerdem möchten wir die baufälligen Villen am Strand genauer unter die Lupe nehmen.«

»Machen Sie das. Wir haben gerade einen Baustopp. Sie werden dort keine Handwerker antreffen.«

»Gut. Ich danke Ihnen und wünsche Ihnen noch einen schönen Tag.«

Jacques lächelte schief und verabschiedete sich ebenfalls. Dann rief er seine Assistentin herbei und trug ihr auf, welche Leute er in fünfzehn Minuten im Großen Ballsaal des Kurhauses sprechen wollte. Die Frühstückszeit war längst vorbei, und er hatte dort die Möglichkeit, viele Mitarbeiter gleichzeitig zu informieren.

Nachdem die Assistentin gegangen war, stellte er sich an eines seiner Fenster, das auf den großen Platz zwischen den Gebäuden zeigte, und dachte nach. Eine wirklich ekelhafte Sache. Das Hotelgelände war riesig und nicht vollständig eingezäunt. Man konnte es vom Strand und auch von der Straße erreichen. Es gab Zugangskontrollen, wo man seine Zimmerkarte benötigte, aber nachts konnte jeder einfach über diese hüfthohen Barrieren steigen. Er würde einige Leute abstellen, um jeden verlassenen Abstellraum zu untersuchen.

Plötzlich stutzte er. Dort unten auf der Kurhausterrasse sah er einen alten Bekannten. Er saß ein gutes Stück weit entfernt, aber er erkannte ihn sofort hinter seiner Zeitung.

KAPITEL 13

Das Wasser glitzerte wie tausend Diamanten auf hellblauem Samt. Er sah sie ein Stück entfernt vor ihm stehen. Sie lächelte ihn an. Ihre schulterlangen rotblonden Haare flogen im Wind und zerrten an dem Band, das sie zusammenhalten sollte. Sie trug einen weißen Strickpullover mit marineblauen Streifen und eine dunkelblaue Leinenhose. Ihre Augen waren die gütigsten, die er je gesehen hatte und die er wohl je sehen würde. Er spürte die Sonne, die unerbittlich von oben auf ihn herunterbrannte, spürte den Fahrtwind in seinem Gesicht und die feuchte Gischt, wenn das Boot über eine Welle hüpfte.

Lars steuerte nach links und verließ seinen Platz, um zu ihr zu gehen. Er sah zu ihr hinüber. Ihr wunderschönes Gesicht war zu einer Fratze verzerrt. Das Haar klebte nass an ihrem Kopf und ihre Augen traten unnatürlich weit aus den Höhlen. Ihr Mund war zu einem Schrei geformt, aber nichts war zu hören. Schauer liefen ihm über den Rücken. Er streckte die Arme nach ihr aus und konnte sich nicht bewegen. Er sah und spürte die Enttäuschung und den Vorwurf in ihren Augen, dann war sie plötzlich weg. Er war allein. Um ihn herum hatten sich riesige Wolkenberge aufgetürmt. Das Boot stieg in die Höhe und rollte über riesige Wellen hinweg. Der Wind hatte sich in einen Sturm verwandelt. Regen peitschte ihm ins Gesicht. Die Großschot war plötzlich nicht mehr gespannt. Er sah den Baum nicht, der auf ihn zuflog, entfesselt, doch er spürte einen Schlag gegen seine Stirn.

Er wachte auf. Schweiß lief ihm über Rücken und Brust und er spürte, wie schnell seine Atmung ging. Seine Glieder schmerzten. Er hatte auf diesem harten Steinfußboden geschlafen und so dankten es ihm jetzt seine Knochen. Er verdrängte den Gedanken an die Bilder in seinem Kopf. Dann griff Lars in seine Tasche und holte den Ring heraus. Eine Weile betrachtete er ihn andächtig, drehte ihn zwischen den Fingern hin und her und las die Inschrift.

Für die Liebe meines Lebens.

Fast hatte er ihn liegen lassen. Gott sei Dank, war es ihm noch eingefallen und er war wenig später zurückgekommen und hatte ihn geholt.

Bisher konnten sie ihn nicht finden, aber er würde vorsichtig sein müssen. Überall besaßen sie Verbündete und er konnte niemandem trauen.

Dieses Versteck war perfekt für die Nacht gewesen, aber seit dem Morgen wimmelte es hier nur so von Menschen. Er hörte sie über sich tuscheln und war sich sicher, dass sie über ihn sprachen. Ihr Flüstern drang in das Mauerwerk und sickerte unter dem Putz bis hinunter in seinen Kellerraum – wie Blut in einem schlechten Horrorfilm. Sie wurden langsam lauter – die Stimmen – und Lars hielt sich immer wieder die Ohren zu, um von ihnen nicht vergiftet zu werden. Er musste hier weg.

Dieser Raum war offensichtlich mal eine Bar gewesen, aber derzeit hatte man sie wegen Umbauarbeiten geschlossen. Die Möbel waren entfernt worden und auf dem hochwertigen hölzernen Tresen lag eine Folie. Es roch feucht und nach Schimmel. Vielleicht hatte es hier auch einen

Wasserschaden gegeben. Dennoch war das Wasser inzwischen wieder angestellt worden und so hatte er etwas trinken und sich waschen können. Das Sandwich, das er gestern aus einem unbewachten Picknickkorb gestohlen hatte, war nur ein Tropfen auf dem heißen Stein gewesen. Er merkte, wie sein Magen knurrte. Er stand auf und ging zur Tür. Vorsichtig öffnete er sie und ging hinaus in einen kleinen Flur. Dahinter befand sich eine weitere Tür, die er ebenfalls durchschritt. Eine weiße Marmortreppe mit marineblauem Teppich belegt und silbernem Handlauf führte ihn nach oben ins Erdgeschoss. Er hatte jetzt die Wahl, dieses Gebäude zu verlassen, nach links einen Flur zu durchschreiten oder der Treppe weiter nach oben zu folgen. Er schritt den Flur entlang, leise und vorsichtig. Durch die Fenster zu seiner rechten Seite konnte er auf eine riesige alte Eiche blicken. Linker Hand gingen die Zimmer ab. Plötzlich stand er vor einer Wendeltreppe. Die machte ihn neugierig. Er stieg die einundvierzig Stufen bis ganz nach oben und gelangte so in den dritten Stock. Rechts und links gingen Zimmer ab. Dahinter hörte er Stimmen und Schritte und plötzlich öffnete sich neben ihm eine Tür.

KAPITEL 14

»Was sagt ihr?« Ben breitete seine muskulösen Arme aus und strahlte übers ganze Gesicht. »Ich dachte mir, ich tue euch allen mal was Gutes, bevor die ganzen Gäste eintrudeln.«

»Damit?« Nina schaute skeptisch auf den Katamaran. Erik konnte eine winzige Falte über ihrer Nase entdecken.

Sie standen auf einem Bootsanlegesteg im Hafen von Kühlungsborn. Vor etwa einer Stunde hatte Erik eine Nachricht von Ben erhalten. Er benötige ihn dringend für ein wichtiges Projekt, anbei ein Link für seinen Standort. Dort war er auf das Brautpaar und auf Nina getroffen, die augenscheinlich auch nicht eingeweiht gewesen waren.

In der Marina lagen jede Menge Boote und Jachten. Die freien Plätze zwischen ihnen deuteten darauf hin, dass es viele Segler heute schon raus aufs Meer gezogen hatte. Die Möwen kreisten über ihnen und stießen ihre charakteristischen kreischenden Laute aus. Die sengende Sonne wurde als tausend funkelnde Sterne auf dem Wasser reflektiert. Ein frischer Wind blies ihm um die Nase und er schloss kurz die Augen, während er genießerisch die salzige Seeluft tief einsog.

»Na klar! Das ist die Überraschung. Ich habe uns vom

Hotel einen Picknickkorb packen lassen und einige Flaschen Champagner liegen ganz oben auf.«

Er grinste mit einem schelmischen Ausdruck in seinen Augen.

»Romy und ich finden es wichtig, noch ein bisschen Zeit nur mit euch zu verbringen. Wir sehen uns viel zu selten. Die nächsten drei Stunden gehört er uns.«

»Ich finde, das ist eine großartige Idee. Vielen Dank, Kumpel.«

Erik lief über die Gangway und gesellte sich zu Ben aufs Boot. Es handelte sich um eine ›Lagoon 42‹. Nina stand weiterhin unschlüssig an der Kaimauer.

»Komm schon, Süße, gib dir ’nen Ruck!«

Romy stieß ihr in die Rippen und lief dann ebenfalls über die Gangway zu den beiden Männern. Sie brachte den Korb in die kleine Küche und kam wieder heraus.

»Nina, was ist los?« Erik kam ein bisschen näher.

Nina biss die Zähne aufeinander und atmete tief ein.

»Ich fühl mich nicht so wirklich wohl auf dem Wasser.«

»Was meinst du? Wirst du seekrank?« Erik klang enttäuscht.

»Nein … ich habe einfach Respekt vor dem Wasser. Man könnte auch sagen, ich habe Angst.«

Erik konnte sehen, wie unangenehm ihr dieses Geständnis war. Er ging den Weg zu ihr zurück und baute sich vor ihr auf, sodass er ihr den Blick auf das Boot versperrte.

»Nun, ich muss zugeben, dass ich das bei deinem Job nicht vermutet hätte, aber vielleicht kann ich dir ja helfen. Was meinst du?«

»Dann hat Romy dir schon davon erzählt?«

»Das hat sie und ich bin schwer eingeschüchtert, aber dazu später.«

Sie zuckte mit den Schultern.

»Wir könnten doch damit beginnen, dass du meine Hände nimmst und mir in die Augen schaust. Ich verspreche dir, dass ich dich auf das Boot bringe, ohne dass dir etwas passiert. Wenn wir dort angekommen sind, bleiben wir erst einmal im Hafen, und erst wenn du dich so weit wohl damit fühlst, legen wir ab.«

Er drehte sich zu den beiden anderen um und fragte über die Schulter hinweg: »Das ist für euch doch bestimmt in Ordnung. Wo wir Zeit miteinander verbringen, spielt doch keine Rolle.«

Romy strahlte ihn an und Ben sagte: »Für mich ist das vollkommen in Ordnung!«

Dann ließ er den Korken einer Champagnerflasche knallen und schenkte schon einmal vier Gläser ein. Erik drehte sich wieder zu Nina und sah sie an. Sie schaute ihm in seine grauen Augen, immer noch unschlüssig.

»Sei furchtlos und alles wird gut.«

Erik lächelte sie verschwörerisch an.

»Ich versuche es. Du kannst das nicht verstehen, weil du mich nicht kennst.«

»Das können wir ja ändern, ich habe tausend Fragen an dich.«

Sie musste schmunzeln und entspannte sich zusehends. Erik streckte ihr seine Arme entgegen. Langsam führte er sie an beiden Händen über die Gangway, indem er rückwärts ging und nie den Blickkontakt unterbrach. Als Nina auf der anderen Seite war, ließ sie sich geschafft in die Kissen der Sitzecke fallen. Ben verteilte die Gläser und sie stießen alle an. Erik fiel wieder ein, wie wütend er eigentlich auf Nina war, aber sie so hilflos an der Kaimauer zu sehen, hatte ihn weich werden lassen. Wenn er ehrlich war, wollte er ihr eigentlich gar nicht mehr böse sein.

Es war ein herrlich sonniger Nachmittag und die vier Freunde vernichteten den Inhalt des Picknickkorbes innerhalb einer halben Stunde. Als Nina ihr drittes Glas Champagner in Angriff nahm, verkündete sie übermütig, dass sie jetzt für jede Schandtat bereit wäre. Noch bevor Erik diese Steilvorlage kommentieren konnte, sprang Ben auf und rief: »Fantastisch, ihr Lieben, dann lasst uns endlich ablegen.«

»Weiß er denn, was er da tut?«

Nina schien sich für einen Moment daran zu erinnern, dass sie eigentlich Vorbehalte gegen die Fortbewegung auf dem Wasser hatte.

»Keine Sorge«, sagte Romy. »Mein lieber Ben gehört zu den wenigen Privilegierten, dessen Eltern eine eigene Segeljacht besitzen. Er ist damit aufgewachsen.«

Sie rollte mit den Augen und erntete daraufhin einen strafenden Blick ihres Verlobten.

»Bist du schon mal gesegelt?«, wollte Romy von Erik wissen.

»Ein, zwei Mal bin ich mitgefahren, ja. Aber ich wäre vollkommen hilflos ohne Ben.«

»Na, da bin ich ja sehr dankbar, dass ihr euch mit uns schnödem Fußvolk überhaupt abgebt«, rutschte es Nina raus. Dann hickste sie laut.

»Stell dein Glas weg, wir brauchen jede Hilfe, wenn wir heute noch raus wollen.«

Ben ging ans Steuer.

»Mädels, ihr wäret eine große Hilfe, wenn ihr euch hinten an Back- und Steuerbord hinstellen würdet und euch um die Festmacherleinen kümmert.«

»Was?«

Nina wirkte desorientiert.

»Komm einfach mit, ich sag dir, was du tun musst.«

Romy zeigte ihr, welche Leinen gemeint waren. Erik ging nach vorn zum Anker und nahm sich die Fernbedienung für die Winsch.

Er konnte Nina nicht sehen, aber er hoffte, dass sie weiterhin ihren Mut behielt, auch wenn sie sich Meter für Meter vom Festland entfernten. Gerade als das Boot direkt über dem Anker lag, kamen die beiden nach vorn, um zu schauen, was die Männer so trieben. Erik brach den Anker aus und holte ihn nach oben, bis er sichtbar unter dem Bug zum Vorschein kam. Er sicherte die Kette und blickte dann schmunzelnd zu Nina, die ihn anschaute, als hätte er gerade Excalibur aus dem Stein gezogen. Ben gab Vollgas und steuerte aus dem Hafen.

»Ich bin stolz auf dich, du wirst sehen, es wird dir Spaß machen. Wir bleiben die ganze Zeit dicht an der Küste und können jederzeit umkehren, wenn du magst.«

Nina nickte und schaute eisern raus zum Horizont. Ben drehte das Schiff mit dem Bug in den Wind und gab Anweisungen, das Großsegel zu setzen.

»Ben wird jetzt das Schiff leicht aus dem Wind drehen und voilà! … wir segeln.«

»So einfach ist das?«

»So einfach.« Erik grinste.

»Bitte setzt eben noch das Vorsegel, bevor ihr euch wieder dem Champagner widmet«, rief Ben.

Erik tat wie ihm geheißen und Nina setzte sich in die gemütliche Sitzecke am Heck.

Nina streckte entspannt ihre langen gebräunten Beine aus.

»Was ist das mit euch beiden?«, wollte Romy wissen.

»Was meinst du?« Nina tat unschuldig.

»Ich meine dieses Ding, was da offensichtlich zwischen euch läuft. Er ist ziemlich aufmerksam, und wenn du mich fragst: ein echtes Sahneschnittchen.«

Nina schaute sich schnell verlegen um, aber ihre Schwester lachte nur laut.

»Ich weiß nicht, das scheint mir derzeit keine gute Idee zu sein.«

»Wieso denn? Er ist Single, du bist Single, wo ist das Problem?«

Nina wusste nicht, was sie sagen sollte, noch hatte sie ihrer Schwester nichts von Leo erzählt und das Timing mit Erik an Bord war nicht das Beste.

»Ich kann mir nicht vorstellen, dass ich sein Typ bin. Der Typ Frau, den er normalerweise anschaut, brennt für das neueste Täschchen von Louis Vuitton und springt nicht aus brennenden Häusern.«

Sie biss genüsslich in eine Erdbeere und schenkte sich noch einen winzigen Tropfen ein.

»Mag sein, aber er scheint eine Schwäche für dich zu haben. Ich kenne ihn auch nicht besser als du, aber ich hab gesehen, wie er dich ansieht. Er mag dich, ganz sicher.«

Erik kam um die Ecke und schnappte sich sein Glas, während Ben den Autopiloten einschaltete und den Kopf nach unten streckte, um sich von seiner Verlobten ein Hühnerbein in die Hand drücken zu lassen. Nina bedeutete ihrer Schwester mit den Augen, das Thema zu wechseln.

»So und nun möchte ich alles über deinen Job wissen. Romy sagte, du arbeitest als Stuntfrau. Beeindruckend!«

Erik wirkte ehrlich interessiert. Er hatte sein Glas abgestellt und sich nach vorn in ihre Richtung gebeugt.

»Tja, ich schätze, ich bin da irgendwie reingerutscht. Ich habe zunächst Sportwissenschaften studiert, aber wusste als junger Mensch noch nicht wirklich, was ich damit anfangen wollte. Irgendwann kam eine Kommilitonin von mir mit der Idee um die Ecke, uns für einen Stuntman-Workshop anzumelden. Sie entschied sich letztendlich für etwas anderes und ich blieb dabei.«

»Du musst ein ziemlich sportlicher Mensch sein. Was für Rollen doubelst du?«

»Du hast recht. Ich muss mich wirklich sehr fit halten, aber das macht mir auch Spaß, es ist meine Superdroge, wenn du so willst. Das und die Möglichkeit, in tollen kreativen Teams zu arbeiten. Ich habe viele Dinge bereits gemacht, bin durch Fensterscheiben gesprungen und habe viel mit Pferden gearbeitet. Precision Driving ist ein Bereich, in dem ich immer wieder gern gebucht werde, aber auch viel für Body Stunts. Du weißt schon, wenn die Frau die Treppe runterfällt, weil sie vorher geschlagen wurde. Für Stunts mit Pferden bieten sich leider im näheren Umkreis wenig Möglichkeiten, aber wenn ich die Gelegenheit habe, bin ich sofort dabei.«

Nina spürte innerlich wieder dieses Hochgefühl, das sie immer überkam, wenn sie von ihrem Job redete.

Eriks Augen leuchteten, als er ihr folgte. Sie kannte das. Die Leute waren immer erst mal schwer beeindruckt. Aber viele vergaßen, dass sich hinter der Stuntfrau eine Frau aus Fleisch und Blut verbarg, die die gleichen Höhen und Tiefen in ihrem Leben hatte wie alle anderen auch. Die gestresst und schlecht drauf sein konnte und vielleicht nicht in allen Lebenssituationen gechillt und taff.

»Heißt das, du reitest, wenn der Darsteller Angst vorm Pferd hat?«

»Nein, ich bin die, die auf galoppierende Pferde aufspringt, sich im Sattel dreht oder von Pferd zu Pferd hechtet. Technisch anspruchsvoll ist es auch mit dem Pferd zu stürzen. Man muss sich sehr gut mit den Tieren auskennen, um zu wissen, wie man sie zu bestimmten Handlungen motiviert. Ich muss aber gestehen, ich mache das jetzt schon so lang, dass ich feststelle, dass es Rollen gibt, die ich lieber den Jüngeren überlasse. Man muss eben auch wissen, wann man Nein sagen muss, Selbstüberschätzung hat in meinem Beruf nichts zu suchen. Immer öfter arbeite ich mittlerweile hinter der Kamera, als Stunt Coordinator oder im Fall der Möglichkeit, mit Pferden zu arbeiten – als Horse Master.«

»Klingt für mich, als wärst du eine furchtlose Frau, vom Wasser mal abgesehen.«

Erik zwinkerte ihr zu und Nina sah seine Sommersprossen in der Sonne tanzen. Seine blonden Haare schimmerten golden im Licht.

»Da irrst du dich ganz gewaltig. Ich persönlich bin ängstlich vor jedem Stunt oder habe zumindest ein Kribbeln im Bauch. Aber weißt du …«

Sie schaute nachdenklich in eine große Wolke, die die Form einer Erdbeere hatte.

»Das ist gut so. Den meisten professionellen Stuntleuten geht das so. Es hilft dir, alles ins rechte Licht zu rücken.

Draufgänger haben in unserer Branche nichts zu suchen. Sie gefährden nur ihr Leben und das der anderen. Es ist wichtig die Gefahren zu kennen und sich gewahr zu sein, dass man sich verletzen kann und wehtun oder schlimmer. Das spornt dich an, in der Vorbereitung noch genauer zu sein. Im Grunde besteht der Großteil meines Jobs aus Vorbereitung, Planung, Koordination und ganz viel Ideenreichtum, den du dann in das Team transportierst und dort kreative Dinge entwickelst.«

»Du musst bestimmt viel reisen in deinem Job und siehst jede Menge aufregende neue Orte.«

»Ich bekomme sie ganz selten zu Gesicht.« Das klang wie eine Beschwerde.

»Ja, da hast du recht. Ich komme viel rum und das war auch bis zu einem gewissen Grad schön so, als ich in meinen Zwanzigern war und die Welt entdecken wollte. Aber so sehr, wie ich meinen Job liebe, so sehr wünsche ich mir doch, irgendwann anzukommen und mich irgendwo niederzulassen. Ich habe dir ja schon von meiner Idee erzählt.«

»Ja, und ich finde sie ausgezeichnet, aber meinst du nicht, dass du es vermissen wirst, angezündet zu werden oder vor ein fahrendes Auto zu laufen?«

Er grinste und seine Augen feierten.

»Doch bestimmt, aber das ist nicht schlimm. Ich erinnere mich immer gern an schöne Zeiten aus meinem Leben. Das macht mich nicht melancholisch. Ich glaube, der Wunsch, mich niederzulassen, ist noch größer, und deshalb werde ich früher oder später etwas ändern müssen. Die Zeit wird kommen.«

Sie sah, wie er sie nachdenklich musterte, ohne zu kommentieren, was sie gesagt hatte. Sie spürte, dass er genau verstand, wovon sie sprach.

KAPITEL 15

Jacques betrat die ›Nelson Bar‹ aus dem Hauptfoyer. Sein professioneller Blick schweifte über die blitzblank geputzten Tische, den Tresen und die in Reih und Glied aufgestellten Barhocker. Mit den selbstbewussten Schritten eines Mannes, der einen beachteten Stand in seiner Karriere erreicht hatte, ging er um die Ecke der Bar und steuerte auf einen Tisch am Ende des Raums zu. Mit einem professionellen Lächeln begrüßte er den Mann, der daran saß, zog sich den lederbezogenen Stuhl hervor und setzte sich.

»Schön, dich zu sehen. Warum hast du nicht Bescheid gesagt, dass du in meinem Hotel wohnen wirst?«

Jacques hatte sich bequem in seinem Stuhl zurückgelehnt und betrachtete sein Gegenüber ruhig.

Eine Kellnerin kam und stellte freundlich zwei Kaffee und eine Auswahl an Gebäck auf den Tisch. Jacques nickte ihr lächelnd zu und bedankte sich. Er griff nach seiner Tasse und schnappte sich ein Sandplätzchen.

»Ich war mir nicht sicher, ob du sehr erfreut darüber wärst, wenn wir uns wiedersähen.«

»Du meinst wie der, der dich so zugerichtet hat? Hübsches Veilchen!« Melville grinste ihn an.

Jens rollte mit den Augen und wischte diese Bemerkung beiseite. Er griff ebenfalls nach seinem Kaffee und trank einen Schluck. Die heiße Flüssigkeit verbrannte ihm die Zunge. Ein schadenfrohes Lächeln spielte um Jacques' Mund.

Jacques sah sich den Mann genauer an, der einst sein bester Freund gewesen war. Er trug eine edle cremefarbene Bundfaltenhose, ein weißes Hemd, bei dem er die obersten zwei Knöpfe offen ließ, und dunkelbraune Wildlederslipper. Um den glattrasierten Hals hatte er so ein Tuch geschlungen, wie es einige Männer heute trugen, die überzeugt davon waren, dass es sie jünger machte.

»Vielleicht hast du recht, wenn man bedenkt, wie wir auseinandergegangen sind …«

Seine Augen fixierten Jens und nach einer Weile sagte er: »Weißt du, das ist schon eine ganze Weile her – Jahrzehnte – ich glaube, ich bin darüber hinweg. Wie geht es ihr?«

Jens hatte gerade in ein Eclair gebissen und die Sahne quoll rechts und links aus dem mit Schokolade bestrichenen Gebäck heraus.

»Annette? Ihr geht's gut.«

Mit der Serviette beseitigte Jens die Sahnereste von seinen Wangen und testete im Anschluss vorsichtig mit den Lippen die Temperatur des Kaffees. Augenscheinlich zufrieden mit dem Resultat trank er einen Schluck und wandte sich dann wieder seinem ehemaligen Mitbewohner zu.

»Ich bin mir nicht sicher, ob sie weiß, dass du dieses Hotel führst. Dieses Thema kam gar nicht zur Sprache. Ich wollte sie auch nicht direkt darauf stoßen … weißt du … in letzter Zeit ist sie ein bisschen angegriffen. Außerdem denke ich, es wäre vielleicht nicht gut, alte Wunden wieder aufzureißen.«

Jens lächelte Jacques an, als wären sie hier bereits einer Meinung.

»Sagtest du nicht eben noch, es ginge ihr gut?«

Der Hoteldirektor hatte sich nach vorn gelehnt und seine Tasse auf den kleinen Tisch gestellt. Seine hochgezogenen

Augenbrauen erwarteten von Jens eine klare Antwort, ohne Umschweife. Er duldete keine Ausflüchte bei seinem Personal und genauso wenig würde er sich von diesem Kerl etwas vormachen lassen.

Streitlustig trat ihm Jens entgegen, indem er sich so gerade aufrichtete, wie es ihm möglich war und seinen Kopf nach vorn streckte.

»Sie ist in letzter Zeit ein bisschen überspannt, du kennst sie ja, aber in Wahrheit geht es ihr gut. Sie führt ein großartiges Leben, und ich biete ihr die Freiheit, zu tun und zu lassen, was sie will. Ihre Probleme spielen sich nur in ihrem Kopf ab.«

»Ich weiß ganz und gar nicht, was du meinst. Die Annette, die ich kannte, war weit davon entfernt, überspannt zu sein.«

Melville dachte an das ausgelassene Mädchen, das er einmal geliebt hatte. Wieso wollte Jens ihn glauben lassen, dass sie eine nervöse Natur hatte? Irgendetwas stimmte hier ganz und gar nicht. Plötzlich begann er, sich Sorgen um Annette zu machen.

Beide schwiegen. Augenscheinlich war es keine gute Idee, in der Vergangenheit zu rühren. Melville schaute aus dem Fenster zu der weit entfernten Brandung. Er wusste in dem Moment, dass er sie sehen musste, auch wenn es nur für einen Moment war. So viel Zeit war inzwischen vergangen und ihr Bild war in seiner Erinnerung so klar, wie an dem Tag, als er sie das letzte Mal gesehen hatte. Er hatte die Erinnerung an sie über all die Jahre wie einen Schatz bewahrt, und er wusste, er würde das auch weiterhin tun.

»Es geht mich wahrscheinlich nichts an, aber gibt es irgendetwas, mit dem ich ihr helfen kann? Vielleicht mag sie ja einmal unsere verschiedenen Massagen ausprobieren oder eine Yoga-Session morgens am Strand. Die kann ich euch nur wärmstens empfehlen. Natürlich alles auf meine Kosten.«

»Ich weiß dein Angebot zu schätzen, wirklich, aber das alles hat sie bereits probiert. Du brauchst dir keine Gedanken zu machen, wirklich. Frauen genießen es doch, ein bisschen hilflos zu erscheinen.«

Jens räusperte sich und sein Blick war plötzlich viel weicher.

»Es gibt da noch eine Sache, die ich gern mit dir besprechen würde.«

KAPITEL 16

Den Rest des Tages war Nina ziemlich eingespannt. Der Segeltörn hatte sich als ausgesprochen interessante Erfahrung herausgestellt, und sie war froh, dass Erik über diese dumme Geschichte von gestern Nacht hinweggekommen war. Sie hatte Sorge gehabt, sie würde den ganzen Tag seinen stillen Vorwurf spüren. Vor dem Probeessen hatten sie sich jetzt ein bisschen gedrückt. Damit mussten sich Romys und Ninas Eltern befassen. Für ihren Vater sicher kein zu großes Opfer. Nina grinste bei dem Gedanken an ihren Vater und seine Vorliebe für gutes Essen und guten Wein. Dennoch konnten sie ihren Pflichten nicht so ganz entrinnen und so war der Nachmittag gefüllt mit Arrangements, die mit der Planerin besprochen werden mussten. Als die Familie von Ben langsam anreiste, nutzte Romy die Gelegenheit, um eine Weile durchzuatmen, und bat Nina, mit ihr ins Spa zu gehen.

Sie trafen sich vor dem Gebäude in ihren schneeweißen, flauschigen Bademänteln und gingen dann in den Bereich, der mit Sauna, Dampfbädern und Ruheräumen ausgestattet war. Sie hängten ihre Mäntel an einen Haken neben der Sauna und betraten mit einem großen Handtuch bekleidet den heißen Raum. Eine weitere Frau saß auf der obersten Stufe und schwitzte offensichtlich seit geraumer Zeit. Ihre Haare klebten ihr an der Stirn und ihr Körper war komplett mit einem glänzenden Film überzogen. Sie trug eine Kette mit einem großen goldenen Anhänger, und Nina erinnerte sich, diesen Fehler auch einmal gemacht zu haben. Der Schmuck wurde nach einer Weile so heiß, dass man sich die Haut darunter verbrannte.

Romy legte sich auf das mittlere Podest, während Nina es sich unten bequem machte. Die Wärme entspannte sie.

»Ich bin froh, dass wir ein bisschen Zeit für uns finden können in dem ganzen Trubel«, sagte Romy.

»Ich auch.« Nina lächelte ihre Schwestern voller Wärme an.

»Werden Ben und seine Familie nicht enttäuscht sein, wenn du nicht da bist, um sie zu begrüßen?«

»Nein, das ist vollkommen in Ordnung. Er hat es selbst vorgeschlagen. Ich glaube, er ist sich bewusst, dass alles sonst zu stressig wird. Er selbst ist heute früh schon in der Sauna gewesen, noch vor dem Frühstück. Er gibt mir meinen Freiraum und ich gebe ihm seinen.«

Nina war berührt von der Wärme, mit der sie über Ben sprach.

»… und es ist eine prima Möglichkeit, seiner Mutter zu entgehen«, frotzelte sie.

Romy lachte.

»Ja, das auch.«

»Wann hast du sie das letzte Mal gesehen?«

»Das war bei ihrem Geburtstag vor drei Monaten. Sie hat mich vor der ganzen Gesellschaft bloßgestellt.«

»Was meinst du?«

»Ach, lassen wir das.«

Romys Augen verdunkelten sich.

»Wenn ich Ben nicht so schrecklich lieben würde, ich sage dir …«

Sie brach ab. Nina schaute ihre Schwester nachdenklich

an.

»Mama und Papa haben ganz schön tief in die Tasche gegriffen. Versteh mich nicht falsch! Das soll kein Vorwurf sein.«

»Ich habe ein schlechtes Gewissen.«

Romy fasste sich mit der Hand an die Stirn und rieb sich über die Nase.

»Sie wollen sich keine Blöße geben. Ben hat ihnen angeboten, sich an den Kosten zu beteiligen, aber Papa hat es rundheraus abgelehnt. Sie hat es sich trotzdem nicht nehmen lassen, sich zu beschweren. Sie findet es ›verwerflich‹, dass wir nur im engsten Kreis feiern wollen.«

Romy rümpfte die Nase und äffte ihre Schwiegermutter nach.

»Aber genug von der Hexe! Wir haben ewig nicht miteinander reden können.«

Nina nickte und holte tief Luft.

»Ich muss dir was erzählen«, sagte sie.

»Versprich mir, dass du nicht ausflippst.«

Romy sprang auf und rutschte auf die Stufe von Nina runter.

»Schieß los!«, feuerte sie ihre Schwester an.

Nina räusperte sich und sah verstohlen zu der Frau, die ganz oben saß und eisern ihre Kette trug.

»Ich hab mit Leo geschlafen, nach deiner Geburtstagsfeier«, sagte sie sehr leise.

»Du hast was?«

Die Frau zuckte zusammen, weil Romy so laut geworden war. Mit Blicken beschwor Nina ihre Schwester, etwas leiser zu sein.

»Ja. Ich weiß, was du sagen willst.«

Romy sah sie strafend an.

»Erzähl mir, was passiert ist. Seid ihr jetzt zusammen?«

»Nein. Er hatte mir bereits gefallen, als ich ihn das erste Mal zwischen den Gästen entdeckt habe. Als er sich einen Tom Collins mixte, habe ich ihn angesprochen und ihn gebeten, mir auch einen zu machen.«

Romy rollte mit den Augen.

»Er war Single, genau wie ich, und er war den ganzen Abend über charmant zu mir gewesen. Wir haben geflirtet, jede Menge getrunken und sind am Ende des Abends gemeinsam gegangen.«

Nina dachte an die Nacht, die dem gefolgt war, und kleine erregende Schauer jagten ihr über den Rücken.

»So gut, ja?«

»Was? Wie kommst du darauf?«

»Du bist rot geworden und das ist hier drin sicher nicht leicht.« Romy grinste. Schuldbewusst nickte Nina und schlug sich die rechte Hand vor die Augen.

»Ich habe wochenlang noch in Gedanken von dieser Nacht und den süßen Dingen, die er mir ins Ohr geflüstert hatte, gezehrt und erst sehr spät gemerkt, dass dies das Einzige war, was uns verband. Er war direkt danach auf eine längere Geschäftsreise ins Ausland gefahren. Ich hatte mir keine Gedanken gemacht, sondern war verliebt auf Wolke sieben gewandelt, bis er Wochen später wiederaufgetaucht war. Dann kontaktierte er mich nur über das Telefon und vertröstete mich immer wieder.«

»Mein Gott, du bist ja vollkommen verwirrt. So kenne ich dich gar nicht. Das sieht dir nicht ähnlich. Warum hast du ihn nicht einfach abgeschossen?«

Ihre Schwester war wieder mal ganz pragmatisch. Nina schaute sie hilflos an.

»Nicht mal dazu hat er mir wirklich die Chance gelassen. Er wirkte verliebt, wenn er mit mir sprach, aber wenn ich jetzt mit Abstand so genau darüber nachdenke, war er immer ausweichend gewesen.«

»Vielleicht warst du auch einfach nur zu naiv, um zu erkennen, dass du für ihn nur diese eine Nacht wichtig gewesen warst. Entschuldige! Ich wollte nicht ›naiv‹ sagen.«

Romy guckte verlegen.

»Du hast ja recht. Er meldete sich in erfreulicher

Regelmäßigkeit bei mir, aber immer nur telefonisch, und es ergab sich keine Gelegenheit für ein weiteres Treffen. Je mehr ich klammerte, umso mehr zog er sich vor mir zurück. Ich machte mich noch ein oder zwei Mal zum Narren und begriff dann irgendwann, dass die ganze Geschichte vorbei war. Wieso?, das hatte ich nie verstanden, aber ich muss aufhören, einer Illusion nachzujagen.«

Plötzlich wurden sie kurz unterbrochen, als die Frau aufstand und an ihnen vorbei zur Tür ging. Sie drehte sich dort noch einmal um und sagte, »Lassen Sie sich von einem Mann niemals den Spaß verderben, Schätzchen. Der Idiot hat Sie nicht verdient.«

Sie zwinkerte und trat aus der Sauna raus. Ein kühler Schwall erfrischender Luft schwappte zu den beiden hinein. Romy kicherte.

»Ach Süße, ich hab dir doch gesagt, dass er ein schwieriger Fall ist. Er ist einfach bindungsunfähig. Ich will dich nicht beleidigen, aber er braucht immer eine Frau im Hintergrund, die als Back-up dient, wenn er Stress mit seiner Dauerfreundin hat. Die sind schon seit zehn Jahren immer wieder zusammen oder getrennt. Aber sie können sich nie wirklich verlassen. Das hatte ich dir doch erzählt.«

»Ja, hast du …«

»Du hast mir nicht geglaubt.«

»Ja, genau«, gab Nina zerknirscht zu.

»Er ist schon ein echtes Sahneschnittchen, das gebe ich zu, und ein guter Kumpel, aber als Freund ist er nicht zu gebrauchen. Totaler Egomane, glaubt, er wäre ein Geschenk an die Frauen. Fandest du ihn nicht ein bisschen zu machomäßig?«

Nina pulte an ihren Fingernägeln herum, während sie leise antwortete.

»Ich glaube, das hat mir so gefallen.« Sie blickte auf und schaute in das angewidert verzogene Gesicht ihrer jüngeren Schwester.

»Du weißt doch, wie die Beziehung war, in der ich mich

vorher befunden habe.«

»Zum Einschlafen!«, stimmte ihr Romy zu.

»Wie Bruder und Schwester waren wir nach fünf Jahren. Er hat mir ständig in allem zugestimmt, immer Rücksicht genommen und mich niemals enttäuscht. Ich weiß, ich bin ein Scheusal, dass ich die Beziehung beendet habe, aber wir haben wie zwei Rentner gelebt.«

»Die Aufregung hat gefehlt«, pflichtete ihre Schwester ihr bei.

»Ganz genau. Dann hab ich Leo kennengelernt und er war so ganz anders. Er hat gesagt, was er will, und er hat mir eben nicht alles recht gemacht. Es war herausfordernd und aufregend.«

Nina grinste.

»Der Sex war gigantisch. Ich werde wirklich immer noch rot, wenn ich daran denke.«

»Vielleicht ist das gut, dass du diese Erfahrung gemacht hast. Du hast es verdient, nach der langen Durststrecke ein bisschen Aufregung in deinem Leben zu haben. Pass nur auf, dass du dich von seinem jetzigen Verhalten nicht unterkriegen lässt. Ihr werdet euch heute Abend sehen und ich will nicht, dass meine Schwester auf meiner Hochzeit traurig ist.«

Sie griff nach Ninas Hand.

»Ich kann nicht verstehen, dass er dir das angetan hat, obwohl wir befreundet sind. Er hätte sich zusammenreißen können. Sieht ihm eigentlich gar nicht ähnlich. Normalerweise ist er ziemlich vernünftig.«

»Das ist dein Wochenende. Ich lasse nicht zu, dass diese Geschichte deine Hochzeit überschattet.«

Nina lächelte sie an.

»Lass uns noch ein bisschen in den Ruheraum gehen, ich habe das Gefühl, ich zerfließe.«

Sie standen auf, schnappten sich ihre Bademäntel und gingen schlurfend in den Hotelschlappen zu einem Raum, in dem ein runder Kamin in der Mitte des Raums für wohlige

Wärme sorgte. Frisches Limettenwasser und Tee standen auf einem Tisch an der Seite und Nina war begeistert, einige Nüsse und getrocknete Früchte zu entdecken. Sie schnappte sich einen kleinen Teller, füllte ihn mit ein paar Köstlichkeiten und folgte ihrer Schwester zu einer der Liegen. Als sie sich hingelegt hatten, kam eine Dame mit zwei Gläsern auf einem Silbertablett, die sie fragte, ob sie ein Glas Champagner wollten. Die beiden Frauen stimmten zu und stießen auf ein paar unvergessliche Tage an.

»Wenn ich gewusst hätte, was zwischen euch passiert ist, hätte ich ihn nicht eingeladen. Jetzt wirst du die Zähne zusammenbeißen müssen.«

»Bringt er jemanden mit?«

»Ich weiß es ehrlich gesagt nicht. Er hat ein Doppelzimmer gemietet, sich aber noch nicht geäußert, was er macht. Ich habe ihn mit Begleitung eingeplant.«

KAPITEL 17

Jacques sah aus dem Fenster, wie Jens sich von ihr mit einem Kuss auf die Wange verabschiedete und in einen feuerroten SLK stieg, den ihm der Wagenmeister vorgefahren hatte. In zwei Zügen hatte er den Sportwagen gewendet und war vom Hotelparkplatz durch das große schmiedeeiserne Tor gefahren, um in einer Staubwolke auf der Straße nach Bad Doberan zu verschwinden.

Das war seine Gelegenheit. Jacques schnappte sich sein Jackett von seinem Schreibtischstuhl und hechtete aus dem Zimmer. Seine Sekretärin Ilona zog die Augenbrauen hoch, als er an ihr vorbeisprintete, sparte sich aber als loyale Kraft jeden Kommentar, da sie wusste, es ging sie nichts an. Auf dem Gang entschied er sich gegen den Fahrstuhl und rannte zielstrebig auf das Treppenhaus zu. Innerhalb kürzester Zeit hatte er die vier Stockwerke hinter sich gebracht, hatte die Tür zur Lobby geöffnet und war beinahe mit Annette zusammengeprallt.

Sie stieß einen kleinen erschreckten Schrei aus, lächelte aber sofort, als sie Jacques erkannte. Jacques lächelte zurück.

Sie sah aus, als wären die Jahre spurlos an ihr vorbei gegangen. Mit einem kleinen Stich im Herzen dachte er daran zurück, wie sie vor etwas mehr als zwei Jahrzehnten ein Paar gewesen waren.

»Hallo, Jacques. Wie geht es dir?«

Annette schien ihn neugierig zu betrachten.

»Danke, sehr gut, jetzt wo ich dich getroffen habe.«

Sein Selbstbewusstsein kehrte langsam zurück, und er überlegte, dass es für ihn keinerlei Grund gab, schüchtern zu sein. Sie hatte ihm vor Jahren, zugunsten seines Mitbewohners, den Laufpass gegeben und seitdem war er die Erfolgsleiter durch harte Arbeit stetig nach oben gestiegen. Er verdiente eine anständige Menge Geld und hatte sich, was sein Privatleben anbelangte, niemals über Einsamkeit beschweren müssen. Die Frauen flogen auf den smarten Hotelmanager und auf die Welt der Reichen und Schönen, die ihn umgab.

Annette hingegen schielte nervös zu Boden, während sie mit ihm sprach, und er spürte, wie sie sich innerlich wand.

»Jens sagte mir bereits, dass dies dein Hotel ist, ich meine, dass du hier arbeitest. Ich hätte mich wahrscheinlich mal melden sollen, aber ich wusste nicht, ob dir das recht ist.«

Verstohlen schaute sie ihn von unten an. Wie sie dastand, mit den großen goldenen Kreolen in den Ohren, dem Pferdeschwanz, der ihre Locken kaum bändigen konnte und dem langen geschmeidigen Seidenkleid, das sich um ihren Körper schmiegte. In dieser defensiven Haltung konnte Jacques nicht anders als ihr zu Hilfe zu eilen, auch wenn er noch Jahre nach ihrer Trennung auf entschuldigende Worte von ihr gehofft hatte.

»Ich hätte mich ganz besonders gefreut, von dir zu hören. Umso schöner ist es, dass wir uns jetzt sehen. Was meinst du, hast du Lust auf einen Kaffee auf der Terrasse oder einen kleinen Strandspaziergang mit einem alten Freund?«

Er lächelte sie ehrlich herzlich an und als Gegenreaktion erhielt er ein strahlendes Lächeln von ihr.

»Ein Strandspaziergang wäre großartig. Ich habe tatsächlich gerade Zeit. Jens trifft sich momentan mit seinem

Freund und Kompagnon.«

KAPITEL 18

Sie stand an der Bar, während sie an ihrem Cocktail nippte und sah einfach hinreißend aus. Sie trug ein enges, nachtblaues Kleid, das ihrem trainierten Körper Zentimeter für Zentimeter schmeichelte. Die Füße, die in schwarzen High Heels steckten, wippten leicht zur Jazzmusik.

Erik blieb im Bereich des Eingangs stehen und beobachtete sie. Es war noch früh am Abend und die Bar begann langsam, sich zu füllen. Offensichtlich war sie nicht bei dem Dinner der Familien gewesen, denn die saßen noch im langen Saal des Kurhausrestaurants und lernten sich gerade kennen. Erik hatte im Vorbeigehen einen Blick durch eines der Fenster des zweihundert Jahre alten Bau von Severin geworfen, zugegeben, um einen Blick auf die Ansammlung zu erhaschen. Die große Gesellschaft an einem runden Tisch in der Mitte des Raums war nicht zu übersehen gewesen.

Nina hatte sich aber wohl entschieden, etwas früher in die Bar zu gehen.

Wollte sie allein sein? Wollte sie sich mit jemandem treffen?

Für einen Moment spürte er leichtes Unbehagen. Sie

wirkte irgendwie verloren. Er betrachtete sie nachdenklich. Das Auge des Schriftstellers sieht die Dinge durch seinen eigenen Filter.

Nina schien mit etwas zu hadern. Sie war in diesem tollen Hotel am Strand und sah der Hochzeit ihrer Schwester entgegen. Aber etwas beschäftigte sie augenscheinlich so sehr, dass sie sich kaum auf die Situation einlassen konnte.

War es möglich, dass sie Probleme mit der Verbindung hatte? Hatte sie Gefühle für den Bräutigam?

Erik schüttelte diesen unwillkommenen Gedanken ab und ermahnte sich, nicht immer das Schlimmste zu vermuten.

Was bedrückt dich?

Er würde es herausfinden. Er ging die zehn Schritte zu ihr hinüber und setzte sich neben sie.

»Du siehst traurig aus.«

Nina blickte erschrocken auf. Sie war zuvor komplett in Gedanken versunken gewesen, während sie mit ihrem Bierdeckel gespielt hatte.

»Es ist alles in Ordnung.«

»Das glaube ich dir nicht. Dich beschäftigt etwas.«

Sie schaute auf und ihm direkt in die Augen. Ihm gefiel, wie sie seinem Blick standhielt, und er spürte, wie sehr ihrer durch ihn hindurchdrang und ihm unter die Haut ging.

»Es ist sehr aufmerksam von dir, dass du um mein Wohlergehen besorgt bist.«

Er ließ diese Aussage unerwidert im Raum stehen und schaute sie nur an. Er hätte ohnehin nicht gewusst, wie er sich hätte erklären können. Erik sah den Barkeeper an sich vorbei gehen und bestellte sich einen Drink.

»Wie kommst du darauf, dass mich etwas beschäftigt.«

Sie lächelte, starrte dabei aber unverwandt in ihr Glas.

»Du bist eine schlechte Schauspielerin, wenn es um deine eigene Gefühlswelt geht.«

Er schmunzelte ebenfalls, bemerkte aber, dass seine Augen mehr verrieten.

Sie sah seinen Blick und nachdem sie kurz überlegt hatte, schien sie einen Entschluss zu fassen.

»Es tut mir leid, wenn ich dich heute Morgen gekränkt habe. Das war nicht meine Absicht. Glaub nicht, dass mir das alles egal ist.«

Er glaubte ihr, dass es ihr wirklich unangenehm war. Erik schüttelte kurz den Kopf.

Er konnte nicht leugnen, dass ihm Ninas Abfuhr ganz schön zugesetzt hatte. Doch davon hatte er sich nicht zurückwerfen lassen wollen und so hatte er an diesem Tag eine kleine Besichtigungstour der Gegend um das Hotel herum unternommen. Bei der Besichtigung des mittelalterlichen Münsters hatte er feststellen müssen, dass diese Art der Ablenkung ungeeignet war, nicht mit den Gedanken immer wieder zu dem Abend im Fahrstuhl zurückzukehren – und zu dieser Frau, die ihn so faszinierte.

»Lass uns das doch für den Moment einfach vergessen. Das ist doch sicher nicht der Grund, weswegen du euer Familienessen hast sausen lassen.«

Sie rutschte nervös auf ihrem Barhocker herum.

»Es ist eine dumme Sache und mir irgendwie peinlich. Ich fühle mich nicht ganz wohl in meiner Haut, weil … wie ich dir heute Morgen bereits versucht habe zu erklären … ich …«

Sie hielt im Satz inne und schluckte, während sie zur Tür schaute.

Ein mittelgroßer Mann kam direkt auf sie beide zu. Er trug ein Sportsakko und eine Chinohose und wirkte in seinem ganzen Auftreten, als wäre er gerade angereist. Kinnlange hellblonde Haare, die er nach hinten gekämmt hatte, unterstrichen seinen elitär-rebellischen Look.

War der Kerl erst sechs oder was?

Er ging in schnellen Schritten an Erik vorbei, lehnte sich nach vorn und küsste Nina auf die Wange. Erik konnte sehen, wie sie sich innerlich versteifte und jedes Fünkchen sicheren Auftretens, sofern sie heute überhaupt welches besessen hatte, von ihr wich. Sie blickte nervös zu ihm hoch und lächelte kokett dabei.

Der Mann ließ seinen Arm auf ihrer Schulter liegen und Nina schien inzwischen komplett zur Salzsäule erstarrt zu sein. Erik spürte die Schwingungen, die den Raum um sie herum erfüllten, und er musste den Drang unterdrücken, dem Kerl diesen verdammten Arm auszureißen.

»Hey, Kleines, schön, dass wir uns jetzt schon sehen. Ich hatte gehofft, dass wir ein bisschen reden könnten, bevor die ganze Show losgeht.«

Jetzt drehte dieser Kerl Erik sogar den Rücken zu!

Nina, die augenscheinlich langsam aus ihrer Starre zurückkehrte, war inzwischen rot geworden und versuchte, unauffällig mit gekonnten Bewegungen den Arm von ihrer Schulter abgleiten zu lassen, der Erik ein Dorn im Auge geworden war.

»Darf ich vorstellen?«, sagte sie.

»Erik, das ist Leo … Leopold, ein Freund von … Romy.«

Sie räusperte sich.

»Leo, das ist Erik, der beste Freund des Bräutigams und der Trauzeuge. Erik schreibt Romane.«

Der Sakkoträger drehte sich unvermittelt zu ihm um. Ein strahlendes, gelacktes Lächeln erschien auf seinem Gesicht, so als hätte man eine Lampe angeknipst. Erik lächelte ihn ebenfalls an, während sie sich die Hand schüttelten. Er war sich sicher, dass der andere versuchte, in seinem Gesicht zu lesen, wie gut er und Nina sich kannten. Der Gedanke bereitete ihm Freunde.

Du hast sie mit Sicherheit nicht verdient.

»Freut mich, Sie kennenzulernen. Romane also?«

»Ja, genau.«

»Was für Romane schreiben Sie?«

»Hauptsächlich sind es Thriller, die in der Welt der Wirtschaft angesiedelt sind. Es geht oft um Korruption oder den Rausch, den Macht bei einem bestimmten Typ Menschen auslösen kann.«

»Es geht also um Geld.«

»Nicht zwingend. Sie wissen ja sicherlich, dass nicht nur Geld zu Macht verhilft, sondern dass es auch andere Arten der Abhängigkeit geben kann, die der einen Partei ein Gefühl von Macht verleihen können.«

Erik griff nach seinem Whisky und nahm einen langsamen Schluck, ohne die Augen von Leo zu nehmen. Nina errötete, was, wie Erik fand, ihr nicht zum Nachteil gereichte.

»Was machen Sie?«

Wie Hunde, die ihr Revier abstecken …

»Ich bin Fondsmanager bei einer der großen Banken. Scheint so, als wären wir das perfekte Paar.«

Leopold lachte gekünstelt. Erik lächelte mit zusammengebissenen Zähnen zurück.

Wir sind vielleicht das perfekte Paar, aber wir haben definitiv nichts gemeinsam.

Leo beugte sich mit einem vertrauensvollen Blick zu Erik nach vorn und sagte: »Wären Sie sehr böse, wenn ich Ihnen die kleine Lady hier für einen Moment entführe? Wir haben uns eine Ewigkeit nicht gesehen und haben einiges an persönlichen Dingen zu besprechen. Bitte halten Sie mich nicht für unhöflich, aber ich bin mir sicher, Sie haben dafür Verständnis.«

Erik knirschte mit den Zähnen.

»Na, klar. Ich störe nur ungern.«

Er fing einen um Entschuldigung bittenden Blick von Nina auf und beantwortete ihn mit hochgezogenen Augenbrauen. Leo verschwendete keine Zeit und zog Nina mit sich an einen kleinen Tisch in einer Ecke.

Nach und nach strömten mehr Leute in kleineren Gruppen in die Bar, und Erik erkannte, dass es sich hauptsächlich um geladene Gäste von Romy und Ben handelte. Schließlich war auch die Familie zu ihnen gestoßen, und er sah, wie Ben nach einer langen Runde an Begrüßungen sich langsam den Weg zu ihm an den Tresen bahnte.

»Hast du es schon gelesen?«

Ben schaute ihn ernst an.

»Du meinst den Mord an dem Wanderer.«

»Ja, genau. Ich hab es vorhin beim Checken der Nachrichten entdeckt. Scheußlich!«

»Unglaublich und ehrlich gesagt ziemlich unpassend.«

»So brutal wie das klingt, ich gebe dir recht. Das ist nichts, an das ich später beim Blättern durch das Hochzeitsalbum denken möchte.«

»Verständlich. Was wirst du tun?«

»Romy weiß noch nichts davon. Ich denke, es ist besser, wenn ich ihr nichts davon sage. Oder was meinst du?«

»Ich stimme dir zu. Das Ganze hat nichts mit euch zu tun und es würde ihr sicherlich die Feier verderben. Es könnte aber sein, dass sie es von jemand anderem erfährt. Das kannst du nicht verhindern.«

»Stimmt. Aber bis zur Trauung ist es nur noch ein Tag. Sie ist ziemlich eingespannt bis dahin.«

Ben wirkte gestresst.

»Sie haben ihn immer noch nicht gefasst, wollen wir hoffen, dass sie ihn bald finden.«

»Der wird längst über alle Berge sein.«

»Ich hoffe, du hast recht, dann wird die Geschichte schnell vergessen sein. Dennoch mache ich mir ein paar Sorgen. Nicht wegen der Hochzeit, sondern wegen Romy. Ich will nicht, dass sie auch nur einen Moment in Gefahr ist.«

»Das kann ich verstehen.«

Erik ließ seine Augen über die bunte Menschenmenge in der Bar schweifen, bis er bei Nina innehielt.

»Ich würde an deiner Stelle auch dafür sorgen, dass ihr niemand wehtut.«

Er nahm den letzten großen Schluck aus seinem Glas.

»Wer ist dieser Leopold? Sind sie mal zusammen gewesen?«

Ben folgte seinem Blick.

»Er ist ein Freund von Romy. Frag mich nicht, warum. Ich finde ihn ziemlich anstrengend, will mir ständig Ratschläge zu meinem Portfolio erteilen. Dabei versucht er nur die Produkte seiner Bank an den Mann zu bringen. Vermutlich ist das aber nicht das, was dich interessiert, oder?«

Ben blitzte seinen Freund herausfordernd an. Erik machte keinen Hehl daraus, dass ihn sein Freund ertappt hatte.

»Er wirkt wie ein Blender.«

»In der Tat und du hast schon recht. Romy sagte heute, dass die beiden eine kurze, hitzige Affäre hatten und er Nina hat fallen lassen wie eine heiße Kartoffel. Romy hat sich ganz schön aufgeregt und meinte, sie hätte ihn niemals eingeladen, wenn sie davon gewusst hätte. Ist offensichtlich noch nicht so lang her.«

»Verstehe. Ich hätte ihr einen besseren Geschmack zugetraut.«

»Vielleicht kannst du ihr ja helfen, über ihn hinweg zu kommen?«

Ben grinste und Erik musste lachen.

»Du siehst aus wie ein Immobilienverkäufer auf einem Plakat!«

Er klopfte seinem Freund auf die Schulter und die beiden nickten sich zu. Dann bahnte er sich seinen Weg durch die Menge.

KAPITEL 19

Jens warf sich das Regencape über und rief seiner Frau im Hinausgehen zu: »Ich komme gleich wieder!«

Er hörte sie im Bad unter der Dusche, konnte aber nicht mit Gewissheit sagen, ob sie ihn auch gehört hatte. Er hatte sich bereits für den Empfang umgezogen und würde ohnehin noch mindestens eine halbe Stunde warten müssen, bis sie endlich abgetrocknet, geföhnt, geschminkt und umgezogen war.

Wahrscheinlich reicht eine halbe Stunde gar nicht.

Generell waren sie ein bisschen spät dran, aber es handelte sich um ein entspanntes Get-together und um genau zu sein, hatten sie bereits mit dem Brautpaar angestoßen.

Er würde genug Zeit haben. Die ganze Sache war ziemlich riskant, aber wenn er bis hierhingekommen war, würde er es auch weiterhin schaffen.

Er ging aus dem Zimmer, lief die drei Treppen von seinem Stockwerk hinunter und verließ das Hotel durch den Haupteingang. Niemand war ihm unterwegs begegnet. Es nieselte seit geraumer Zeit und so hatte er sich vorsorglich das marineblaue hoteleigene Cape vom Haken in ihrem

Zimmer genommen. Nette Idee, wie er fand. In den Eingängen standen Schirme, aber auf jedem Zimmer hingen nicht nur entsprechend viele Bademäntel, sondern auch Regencapes mit dem Wappen des Hotels darauf. Das Wetter konnte hier an der Ostsee schnell mal umschlagen und so nutzte das Hotel diesen Umstand für sich mit Charme.

Ruhig und nicht zu hektisch ging er den asphaltierten Weg entlang, zu einer kleinen Hotelpforte, hinter der die öffentliche Promenade lag. Sein Pfad führte ihn an der ›Nelson Bar‹ vorbei und er konnte mehrere Trauben von Menschen sehen, die bereits in den bequemen Ledersesseln Platz genommen hatten oder dicht gedrängt um die Bar standen. Am Piano spielte jemand, und er hörte Gelächter, das durch die Scheiben gedämpft zu ihm rüberwaberte.

Jetzt stand ihm der Sinn nach einem Scotch, eine samtige goldbraune Flüssigkeit, die ihm den Mund mit Wärme füllte und beruhigend seine Kehle hinunter rann. Er drehte sich noch einmal um und sein Blick blieb auf dem Kurhaus haften. Die Sonne war gerade untergegangen und der Schleier der Dämmerung hatte sich beruhigend über die weiße Stadt gelegt.

Er hörte den Klang seiner Schritte auf dem Asphalt, der langsam in dem Geräusch von einsetzendem Landregen unterging. Jens zog sein Cape um den Hals fester an. Er erreichte die Seebrücke und stellte fest, dass er hier allein war. Der Regen hatte jeden Spaziergänger seit geraumer Zeit vertrieben. Die Hände in den Taschen ging er über die Planken, eine nach der anderen, vorbei an Laternen, die ihm den Weg auf den ersten Metern leuchteten. Sie brannten. Allerdings gab es nur ein paar am Anfang und am Ende der Brücke, sodass das meiste im Dunkeln lag.

Die Wellen schlugen kräftig gegen die Betonpfeiler und hier und dort draußen auf dem Wasser konnte er eine todesmutige Möwe sehen, die auf einer Welle auf und ab schaukelte. Der Regen interessierte sie nicht.

Das Zwielicht machte ihm zu schaffen. Nicht hell, nicht

dunkel, alles besaß den gleichen Ton, kein Kontrast, zu hell, um die Augen auf die Nuancen in der Dunkelheit einzustellen. So ging es ihm auch beim Autofahren. Mit völliger Dunkelheit kamen seine Augen besser klar.

Verloren zwischen zwei Welten.

So hatte er sich in letzter Zeit immer öfter gefühlt. Die Realität schien plötzlich für ihn nur noch gespalten zu existieren. Es gab die Welt, in der er liebte und geliebt wurde, seine Familie und seine Freunde. Doch dieser Realität drehte er immer öfter den Rücken zu und flüchtete sich in diese andere Welt, in der er Dinge tat, die er im Grunde verabscheute. Hier war er durch Schwäche hineingeraten und nun drohte diese Schattenwelt das letzte bisschen Gutes in seinem Leben aufzufressen. Es war an der Zeit, dem ein Ende zu bereiten – und er würde hier und jetzt damit beginnen.

Jens erreichte das Ende der Seebrücke und blieb stehen. Seine Hände stützten sich auf das durch die Gezeiten ausgeblichene Holz und er atmete tief die salzige Luft ein. Der Regen wurde seichter, aber er hatte so ein Gefühl, dass er sich wahrscheinlich gleich noch einmal umziehen müssen würde. Erleichtert dachte er daran, dass er einen Weg gefunden hatte, das Geld für Antonio aufzutreiben. Damit war ihm eine große Last von den Schultern genommen worden.

Nur eines der Puzzlesteinchen, die ich benötige.

Am Anfang der Seebrücke betrat eine weitere Person die Planken. Durch die Laternen waren die Umrisse vollkommen deutlich zu erkennen, doch die Gestalt war viel zu weit weg, um mehr als Umrisse zu sehen. Ohne Umschweife ging derjenige zielgerichtet auf ihn zu. Die Person blieb nicht stehen, um die Aussicht zu bewundern, warum auch, der Regen war überhaupt nicht einladend. Jens sah den schräg gestellten Regenschirm. Der Regen kam von der See. Das war bisher alles, was er erkennen konnte. Langsam drückte die Dunkelheit die Dämmerung nieder und bereitete das Bett für die Nacht.

Er konnte inzwischen die Schritte hören.

Tapp, tapp, tapp …

Der Regen lief ihm über das Gesicht und immer wieder in die Augen. Er wischte das Wasser mit einem Ärmel beiseite und griff auf der Suche nach einem Taschentuch in seine Hosentasche. Er fand sein Handy und holte es heraus. Herausfordernd hielt er es in die Luft und winkte damit. Bestimmt hatte ihn die Person entdeckt, aber er wollte sichergehen. Er machte ein paar zaghafte Schritte auf sie zu. Der Regen rauschte in seinen Ohren.

»Ich finde das einen reichlich theatralischen Treffpunkt, meinst du nicht?«

Er ging einen weiteren Schritt nach vorn und schob seine Hand unter den Schirm, um den Nylonstoff nach oben zu drücken. Ihre Augen trafen sich.

Zwei unterschiedliche Welten.

Er sah, wie die eine Hand den Schirm losließ und die andere nach oben schnellte, mit der Schulter nach hinten zum Schlag ausholend. Etwas knallte auf ihn hinunter und traf ihn kraftvoll über der Schläfe. Noch bevor der erste Blutstropfen die zerrissenen Adern hinter der Stelle verließ, wo einst seine Schädeldecke gewesen war, wusste er, dass dies das Ende beider Welten war.

KAPITEL 20

Nina atmete die kühle Nachtluft ein und schaute nach oben zu den Sternen. Ihr Gespräch mit Leo hatte sie durcheinandergebracht. Er wollte, dass sie sich näher kamen, nur eben nicht zu schnell. Er wollte Nähe, aber nicht zu jeder Zeit. Es sollte alles ganz ›entspannt‹ sein. Ihr Tempo war ihm zu schnell. Leo wollte, dass sie Teil seines Lebens war, aber es war ihm zu früh zu definieren, wie das aussehen könnte. Er wollte, dass sie beide sich Zeit ließen und sich ungebunden fühlten.

Als sie ihm Desinteresse vorgeworfen hatte, hatte er das abgetan und ihr vorgeschlagen, dieses Wochenende als einen Neuanfang zu nutzen.

Vielleicht braucht er einfach nur mehr Zeit.

Das war ein verlockender Gedanke. Ihr Herz hüpfte ein wenig und sie verspürte plötzlich das Gefühl, ihrer besten Freundin davon berichten zu wollen. Sie holte ihr Handy hervor und begann die Nachricht zu tippen. Nach den ersten Worten hielt sie inne. Sie wusste, was Susi sagen würde. Sie würde ihr abraten, Leo wieder in ihr Herz zu lassen.

Ja, du hast recht. Er hat sich schäbig benommen, aber vielleicht liegt er ja richtig. Ich neige schon dazu, die Dinge überstürzen zu wollen.

Sie würde ihr die Nachricht doch schicken und nur mal schauen, ob sie hier nicht auch wenigstens die kleinste Chance auf eine gemeinsame Zukunft sah. Sie tippte enthusiastisch. Die Antwort kam prompt, auch wenn es bereits elf Uhr war, in Großbuchstaben. *Fall bitte nicht auf sein Getue rein!*

Enttäuscht ließ sie das Handy sinken. Sie steckte es zurück in ihre Handtasche und drehte sich um, um in das Hauptgebäude des Hotels zurückzugehen.

»Hast du heute Abend schon meinen Mann gesehen?«

»Das tut mir leid, leider nein.«

Annette sah enttäuscht aus.

»Ich weiß nicht, wo er steckt.«

Ihre Stimme war leise, geradezu flehend.

»Wann hast du ihn das letzte Mal gesehen?«

»Als ich ins Bad gegangen bin, um zu duschen. Er sagte, er müsste noch mal kurz weg und dass er gleich wieder da wäre. Er war schon komplett umgezogen und als er nicht zurückkam, dachte ich, er wäre direkt in die Bar gegangen.«

»Dort war er nicht?«

Annette schüttelte nur den Kopf und schaute betrübt nach unten.

»Als ich fertig war, bin ich mit Romy runtergegangen. Sie hatte mich abgeholt. Die Bar war so voll, dass ich sie gar nicht überblicken konnte. Dann haben mich gleich ein paar Bekannte begrüßt und in ein Gespräch verwickelt und ich habe erst spät gemerkt, dass er überhaupt nicht im Raum war.«

Sie tat Nina leid. Ihren Optimismus schien Annette lange verloren zu haben. Wer konnte es ihr verdenken? Nina legte ihr beruhigend den Arm auf die Schulter.

»Wahrscheinlich ist er mit einem Bekannten woandershin gegangen, nach draußen oder so. Vielleicht war er ja auch in der Bar und ist nur für einen Moment weg. Zur Toilette zum Beispiel.«

Nina schaute sie ermutigend an.

»Lass uns mal bei der Rezeption nachfragen, ob sie auf eurem Zimmer anrufen können, okay? Ich werde das erledigen und du schaust zurück in die Bar.«

»Das mache ich, ich danke dir.«

Ihre Augen strahlten Wärme und Herzlichkeit aus.

Ich vermute, es passiert nicht häufig, dass jemand auf ihrer Seite steht und Mitgefühl aufbringt, dachte Nina, während sie Annette nachsah.

Sie drehte sich um und ging zur Rezeption. Während sie darauf wartete, dass der Angestellte am Empfang versuchte eine Verbindung zum Zimmer der Riesbergs aufzubauen, spürte sie plötzlich eine Hand auf ihrer rechten Schulter.

»Ich habe dich schon eine Weile gesucht. Willst du bereits gehen?«

Eriks Stimme verriet Enttäuschung.

»Nein, ich versuche, Jens zu erreichen. Annette macht sich Sorgen, und ich hab ihr versprochen, ihr bei der Suche zu helfen.«

»Ist er denn verschwunden?«

»Ich weiß nicht genau. Sie sagt, sie hätte ihn nicht mehr gesehen, seitdem sie sich beide auf dem Zimmer umgezogen hätten. Hast du heute Abend schon mit ihm gesprochen?«

»Nein, ich habe ihn nicht gesehen.«

Erik räusperte sich.

»Sag mal … der Kerl im Sportsakko …«

Er schaute sie ernst an. Seine hellgrauen Augen ruhten entschlossen auf ihr und sie fühlte sich schuldig unter seinem Blick. Sie atmete hörbar ein und begegnete seinem Blick mit so viel Selbstbewusstsein, wie sie jetzt gerade aufbringen konnte.

»Das ist der, von dem ich gesprochen habe, wir …«

Sie wusste nicht, wie sie den Satz beenden sollte.

»Verstehe …«

Eriks Stimme verriet Bestürzung. In diesem Moment wurde unter viel Aufregung eine wimmernde Frau in die

Lobby gebracht. Sie redete und weinte zur selben Zeit und auf jeder Seite von ihr lief ein Mann, der sie stützte. Der eine der Männer schien ihr eigener Mann zu sein. Er hielt ihren Arm und benutzte beruhigende Worte, während sie ihm immer wieder ins Wort fiel und hysterisch wurde. Sie war etwa Mitte fünfzig und trug ein elegantes weinrotes Abendkleid aus schwerem, festem Stoff. Er war passend dazu in einen schwarzen Smoking gekleidet und trug schwarze Lackschuhe.

Sehr konservativ, dachte Nina.

Sie und Erik beobachteten das Spektakel. Angestellte des Hotels kamen herbeigerannt und umringten die Frau. Jemand brachte einen großen Brandy aus der Bar und ein anderer half ihr, sich auf eine große Chaiselongue in der Lobby zu setzen und stopfte ihr ein Kissen unter die Beine. Der Angestellte, der soeben noch versucht hatte, Nina behilflich zu sein, erhielt einen Hinweis eines Kollegen, legte auf und wählte eine neue Nummer.

»Sie müssen sofort herkommen. Im ›Grand Hotel‹ hat es einen Unfall gegeben. Jemand wurde am Strand gefunden … ich kann Ihnen nicht sagen, wie es ihm geht. Einen Moment …«

Sein Kollege tuschelte ihm erneut etwas ins Ohr.

»Ja … nein… er ist tot, höre ich gerade. Ja, Sie haben recht, ich rufe gleich bei der Polizei an.«

Er legte auf und wählte eine neue Nummer.

Nina sah Erik erschrocken an. Zu ihrem Erstaunen wirkte er nicht so überrascht wie sie. Eher enttäuscht. Sie ging dichter an die Menschentraube heran, die sich inzwischen gebildet hatte. Es hatte keine zwei Minuten gedauert und die Lobby war voller Schaulustiger. Sie dachte angewidert über die Sensationslust der Leute nach, bis ihr bewusst wurde, dass sie selbst dazu zählte. Schuldbewusst drängte sie sich ein Stück weiter nach vorn und hörte, wie die Frau berichtete, dass sie einen Mann im Wasser hatte treiben sehen. Nina verzog ihr Gesicht angewidert und rieb sich die

Arme. Sie hatte angefangen zu frösteln.

»Er sah aus wie ein nasser Schwamm, der im Spülbecken treibt, ganz vollgesogen mit Wasser …«

Sie holte einmal tief Luft, dann griff sie hektisch nach dem Arm des Wagenmeisters. Es hatte sich herausgestellt, dass er der zweite Mann gewesen war. Sie zog ihn dicht zu sich herunter.

»Dieser verdammte Regen. Ich wollte doch nur meine Kette holen. Sie lag noch vom Nachmittag im Strandkorb, und auf einen Schlag merkte ich, dass ich sie vergessen hatte. Es wäre doch so ungezogen gewesen, einfach jemanden vom Personal zu schicken! So etwas habe ich noch nie gemocht. Der Respekt ist doch wichtig. Finden Sie nicht auch? Man sollte seins immer selbst wegräumen. Hat mir meine Mutter schon gepredigt.«

Ihre Worte überschlugen sich.

»Sie war ein Erbstück, wissen Sie. Ich trage sie immer bei mir. Aber am Strand habe ich sie dann ausnahmsweise doch mal abgemacht.«

Der Wagenmeister nickte artig. Ihr Mann blickte entschuldigend zu dem Mann, dessen Arm sie immer noch fest umklammert hielt.

»Helmut hat gemeint, mein Kleid würde leiden, aber wozu gibt es Schirme, nicht wahr?«

Nina schaute an dem vor Aufregung wogenden Busen der Frau herab und erkannte den großen goldenen Anhänger, den sie schon einmal in diesem Hotel gesehen hatte. Dies war die Dame aus der Sauna, die ihrem Gespräch mit Romy unfreiwillig beigewohnt hatte. Sie griff sich mit der linken Hand nachdenklich an den Hals, während sie angestrengt lauschte.

»Willst du dir das wirklich anhören? Nicht gerade eine Gute-Nacht-Geschichte.«

»Glaubst du, ich wäre derart zart besaitet?«

Sie schaute Erik herausfordernd an.

»Nein, ich glaube, dass du eine starke Frau bist, stärker als du es dir selbst zutraust.«

Dieses offene Kompliment verschlug ihr die Sprache.

»Ich will einfach nicht, dass du Angst bekommst.«

Sie rollte mit den Augen.

»Was hat das mit mir zu tun?«

»Das ist nicht der erste Unglücksfall in den letzten Tagen. Gestern wurde in der Nähe ein Wanderer getötet. Seitdem sucht die Polizei nach dem Verrückten, der das getan hat.«

Eine junge Frau, die neben ihnen stand, mischte sich in das Gespräch ein.

»Das habe ich in meinem Newsfeed gelesen. Hier in der Waldkapelle ist jemand angegriffen und erschlagen worden. Meinen Sie, das war derselbe Täter und dass er noch in der Gegend ist?«

Sie kaute auf ihren Nägeln.

»Die Polizei scheint zumindest diese Möglichkeit nicht auszuschließen. Sie haben davor gewarnt, irgendwelche einsamen Spaziergänge zu unternehmen, und sei es nur am Strand. Unser Freund hier scheint sich nicht daran gehalten zu haben.«

Vor dem Gebäude trafen mehrere Wagen, unter anderem ein Krankenwagen ein. Männer und Frauen sprangen heraus und bewegten sich schnellen Schrittes Richtung Strand. Die Menschentraube wurde davon magisch angezogen und überließ die Frau, die den Fund gemacht hatte, ihrer Familie, um sich, wie bei einer Schnitzeljagd, den Beamten der Schutzpolizei und Krankenpflegern anzuschließen. Dutzende polierter Lederschuhe und High Heels stolperten teils über den Rasen neben dem Weg, der zum Strand führte. Der Weg war einfach nicht breit genug, um alle Leute gleichzeitig trockenen Fußes zum Strand zu geleiten. Die vom Regen aufgeweichte Wiese warf so etliche Schaulustige nach hinten zurück, da sie in ihren Stöckelschuhen stecken blieben und von ihren Ehemännern rausgezogen werden mussten.

Nina hatte sich unbewusst an Eriks Arm eingehakt und

folgte der Menge ebenso neugierig. Als sie am Strand ankamen, war es kaum möglich, irgendetwas zu sehen. Die Polizei war bemüht, die Schaulustigen zurückzuhalten, während sie einen großen Bereich absperrten. Nina konnte nur hier und da an einigen dicht gedrängten Köpfen vorbeispähen. Sie sah, dass Sanitäter sich über etwas beugten, das im Sand lag. Einige Leute hatten hilfsbereit die Taschenlampen ihrer Handys auf den Schauplatz gerichtet. Sie vermutete allerdings, dass das nur der eigenen Sensationslust diente.

»Definitiv ein Fall für die Kripo«, sagte einer zu seinem Kollegen und stand auf und gab den Blick frei.

Nina konnte einen kurzen Blick auf die Gestalt im Sand werfen. Sie lag auf dem Rücken, mit weit aufgerissenen Augen. Der Schädel war stark deformiert und die Haut hatte eine wachsartige Blässe. Der Mann war tot und auch, wenn er kaum noch Ähnlichkeit mit ihm hatte, sah er aus wie Jens.

Erschrocken wandte sie sich ab und drückte ihr Gesicht gegen Eriks Brust. Der legte beide Arme um sie, hielt sie einen Moment fest und schob sie dann aus der Menge. Sie gingen schweigend den Weg zurück zum Hotel. Hier und da kamen ihnen einige wenige Gäste entgegen, die den Tumult mitbekommen hatten. Eine von ihnen war eine verängstigt wirkende Frau, die aussah, als hätte sie einen Geist gesehen.

Annette.

KAPITEL 21

»Frau Riesberg, bitte kommen Sie hier mit hinein.« Ein großer Mann im Anzug streckte seine Hand aus. Er deutete ihr den Weg in das Zimmer, aus dem er gerade gekommen war. Erik und Nina standen ebenfalls auf.

Annettes Blick war seit dem Fund der Leiche starr und leer. Tränen hatte Erik noch nicht gesehen, nur vollkommene Erschöpfung. Sie wirkte auf ihn wie jemand, der aufgegeben hatte. Ihre Arme hingen kraftlos wie Bindfäden aus ihrem ärmellosen Kleid und ihre Hautfarbe war so hell wie Porzellan. Als der Mann eben die Tür zu dem dahinter liegenden Büro geöffnet hatte, glaubte Erik kurz, einen fragenden Ausdruck auf Annettes Gesicht gesehen zu haben. Vielleicht war das auch eine Täuschung.

»Ich möchte Sie bitten, hier zu warten«, sagte er höflich.

»Bitte, lassen Sie sie mitkommen. Das sind meine … Freunde.« Annette lächelte zaghaft und Nina erwiderte ihr Lächeln. Erik konnte sehen, wie traurig sie angesichts Annettes Verlust war.

»Das ist leider unmöglich«, hörte Erik eine männliche Stimme aus dem Büro rufen.

»Wir warten hier auf dich. Mach dir keine Sorgen.« Nina

drückte Annettes Hand und schaute ihr beruhigend in die Augen.

Annette trat allein ein und er und Nina blieben vor der Tür stehen. Der Mann, der sich nun als Hotelmanager vorgestellt hatte, blieb ebenfalls im Flur stehen, als sich die Tür hinter Annette schloss. Er trug einen dunkelblauen Anzug und ein weißes Hemd, dessen oberster Knopf aufgeknöpft war. Für diese späte Stunde sah er überraschend frisch aus, fand Erik. Schlief so ein Manager überhaupt irgendwann einmal? Er hatte ihn bisher zu jeder Tageszeit irgendwo im Hotel gesehen. Mal morgens beim Frühstück, wie er die Gäste begrüßte und sich kurz nach ihrem Befinden erkundigte, dann auf dem Hotelgelände im Gespräch mit dem Personal. Zu späterer Stunde traf man ihn beim Kaffee in der ›Nelson Bar‹ und auch vorhin zum Empfang in der Bar, als er dem Brautpaar ›Alles Gute‹ gewünscht hatte.

Jacques Melville war der Inbegriff des geschäftigen Managers. Er hatte seine Augen und Ohren überall, wirkte aber nie, als wäre er unter Zeitdruck. Er verstand es offensichtlich perfekt, zu delegieren als Kopf einer gut geölten Maschine, die er erschaffen hatte.

Annette setzte sich zögerlich auf den Stuhl, den man ihr zugewiesen hatte. Ihr Gegenüber hatte sich eben als Kriminalhauptkommissar Ullrich Otte vorgestellt: ein großer Mann mit vollem, welligem Haar, grauen Schläfen und Dreitagebart. Seine Haut war dunkel gebräunt und zeigte bereits an dem Bereich der Schläfen erste dunkle Stellen, die auf den lebenslangen Genuss von viel Sonne hinwiesen. Wachsame Augen fixierten sie. Er trug eine Jeans und ein Karohemd.

Annettes Gesicht war inzwischen noch blutleerer geworden und ihre ganze Haltung hatte an Spannung verloren. Sie zupfte nervös an den Pailletten ihres Abendkleides und biss sich immer wieder auf die Unterlippe.

»Frau Riesberg, ich möchte Ihnen mein herzlichstes

Beileid aussprechend. Es tut mir unendlich leid. Bitte verzeihen Sie, dass ich Ihren Schmerz noch vergrößere, indem ich Ihnen einige Fragen stellen muss.«

Ullrich Ottc beugte sich nach vorn und legte Annette eine Hand auf die Schulter. Sie zuckte leicht zusammen und nickte heftig, während sie mit großen Augen versuchte, gegen den Kloß in ihrem Hals zu kämpfen.

»Meine Kollegen sind gegen dreiundzwanzig Uhr gerufen worden, weil ein Gast dieses Hotels am Strand einen Mann entdeckt hatte. Der lag durchnässt am Ufer etwas oberhalb der Brandung. Ein Arzt bestätigte den Tod des Mannes und die Tatsache, dass es sich um eine nicht natürliche Ursache handelte. Das Opfer konnte sofort identifiziert werden, da sowohl Sie als auch einige Verwandte zugegen waren.«

Annette schaute ihn aus großen Augen an.

»Dann benötige ich zunächst einmal Ihre Personalien – Vor- und Familienname sowie Ihren Geburtsnamen, Ort und Tag der Geburt, Familienstand, Beruf, Wohnort und Staatsangehörigkeit.«

Annette gab alles zu Protokoll.

»Wann haben Sie Ihren Mann das letzte Mal gesehen?«

Annette fühlte sich wie ein Schulmädchen bei einer Prüfung. Sie war nervös und bearbeitete pausenlos den Fingernagel ihres linken Daumens mit ihrer rechten Hand.

»Er ist etwa kurz vor halb zehn aus dem Zimmer gegangen. Ich habe geduscht, aber gehört, wie er mir noch etwas zugerufen hat, bevor er ging. Genau konnte ich ihn nicht verstehen, nur dass er gleich wieder da sein wollte.«

»Was ist dann geschehen?«

»Ich habe die Dusche verlassen, mich abgetrocknet und bin in ein Kleid geschlüpft. Romy wollte mich abholen und klopfte etwa zwei Minuten später an meiner Tür. Sie wartete, während ich mich schminkte, und wir gingen gemeinsam nach unten auf den Empfang. Halb zehn waren wir etwa im Foyer.«

»Ich danke Ihnen für diese Angaben. Mir ist wichtig, dass

Sie verstehen, dass das eine formelle Prozedur ist, die wir bei derartigen Tötungsdelikten einhalten müssen. Wir ermitteln allerdings bereits in eine bestimmte Richtung. Es besteht die Möglichkeit, dass Ihr Mann von einem Einheimischen getötet worden ist.«

Annette schaute überrascht auf.

»Dieser Mann wird seit zwei Tagen vermisst. Er wird verdächtigt, vorgestern einen Spaziergänger hier ganz in der Nähe erschlagen zu haben. Die Tat ähnelt dem Tötungsdelikt an ihrem Mann sehr stark. Besagter Mann ist nach wie vor flüchtig. Wir halten es für sehr wahrscheinlich, dass er auch hierfür verantwortlich sein könnte. Dennoch müssen wir alle Eventualitäten prüfen. Bitte erzählen Sie mir, was Sie den heutigen Tag gemacht haben und was dann am Abend geschehen ist.«

Otte zückte einen Notizblock und einen Stift und signalisierte, dass er bereit zum Mitschreiben wäre. Annette schien unschlüssig, wo sie mit ihrer Erzählung beginnen sollte.

»Wieso sollte dieser Mann Jens schaden wollen? Das verstehe ich nicht.«

Der Kommissar schlug die Beine übereinander und lehnte sich in seinem Stuhl zurück, während er die Hände vor seiner Brust faltete.

»Mit Ihrem Mann hat das überhaupt nichts zu tun. Er war wahrscheinlich nur zur falschen Zeit am falschen Ort. Wir vermuten, dass dieser Mann an einer paranoiden Schizophrenie leidet.«

»Was bedeutet das?«

»Ihm fehlt die rationale Ebene zu erkennen, dass es sich bei seinen Ängsten nicht um reale Bedrohungen handelt. Ich habe heute Morgen ein Gespräch mit seiner Tochter geführt. Sie berichtete mir, dass ihr Vater im letzten Jahr einen schweren Segelunfall hatte, bei dem ihre Mutter starb. Sie ist über Bord gegangen, als er eine Patenthalse gemacht hatte. Er selbst ist bei diesem Unglück stark am Kopf verletzt worden.«

Offensichtlich merkte Otte, wie verdutzt Annette ihn anstarrte.

»Sie segeln nicht, oder? Nun, wir hier in der Gegend sind damit aufgewachsen. Stellen Sie sich vor, der Wind bläst von rechts hinten, ihr Vor- und ihr Großsegel sind gebläht und der Baum steht mit gespannter Leine auf der Backbordseite, also links vom Heck zum Bug gesehen.«

Er machte eine kleine Pause, damit sie die Möglichkeit hatte, die Information sacken zu lassen. Tatsächlich hatte sie bereits bei dem Wort ›segeln‹ den Faden verloren.

»Eine Patenthalse beschreibt nun ein unbeabsichtigtes Manöver, bei dem das Heck durch den Wind geht. Wenn also der Steuermann hart nach Backbord dreht, dann geht das Heck durch den Wind, der kommt jetzt plötzlich von links hinten und schlägt den Baum mit dem Großsegel unkontrolliert auf die andere Seite nach Steuerbord.«

»Dabei ist die Frau über Bord gegangen«, sagte sie nun.

»Korrekt. Den Mann hat der Baum am Kopf getroffen und eine ziemliche Fraktur hinterlassen. Sein Sohn war ebenfalls an Bord und konnte seinem Vater helfen. Leider war es ihm aber nicht mehr möglich, seine Mutter zu finden. Er hat das Boot sicher in den Hafen zurückgesteuert. Zu der Zeit tobte ein ziemlicher Sturm. Sein Vater ist in die Klinik eingeliefert worden und konnte nach mehreren Wochen entlassen werden. Er hatte jedoch hirnorganische Schäden zurückbehalten, die irreparabel waren.

Manchmal kann es vorkommen, dass sich nach so einem physischen Trauma eine schizophrene Störung entwickelt. In sehr seltenen Fällen werden diese Menschen dann gewalttätig. Leider ist in diesem Fall nie diagnostiziert worden, wie gefährlich dieser Mann für seine Umwelt werden könnte. Man hat ihn in der Obhut seiner Kinder gelassen und keinerlei medizinische Auflagen gestellt. Er fühlt sich offensichtlich von seiner Umwelt verfolgt und bedroht. Er hat mehrfach seiner Tochter vorgeworfen, dass sie ihn überwachen würde, um ihn einweisen zu lassen. Außerdem sagte sie, er würde hin und wieder Stimmen hören. Diese reden dann über ihn und haben sich gegen ihn verschworen.«

»Glauben Sie, Jens hat ihn heute Abend am Strand getroffen?« Annette sprach mit kaum hörbarer Stimme.

»Es kann gut sein, dass sie aufeinandergetroffen sind. Bei dieser Störung könnte es ausreichen, dass der Täter sich in irgendeiner irrationalen Art von ihrem Mann bedroht gefühlt hat. Da reichen Blicke oder vielleicht hat er ihn auch direkt angesprochen. Wir suchen noch nach weiteren Zeugen, die zu dieser Zeit am Strand gewesen sind. Aufgrund des Wetters sind die Chancen allerdings recht schlecht. Erzählen Sie mir bitte trotzdem, was Sie heute so alles gemacht haben und ob Ihnen etwas Ungewöhnliches passiert ist.«

Annette überlegte. »Heute früh war ich mit Nina und Erik frühstücken.«

»War Ihr Mann nicht dabei?«

»Nein, er war …« Plötzlich schien ihr was Wichtiges einzufallen.

»Frau Riesberg? Haben Sie eine Idee?« Otte schaute sie eindringlich an.

»Er war nicht dabei, weil er zum Schwimmen gehen wollte. Als er zurückkam, hat er geblutet, aus dem Mund. Er meinte, er hätte sich auf die Lippe gebissen, aber ich hab ihm das nicht geglaubt.«

»Wieso nicht, Frau Riesberg?«

»Er hatte auch ein blaues Auge.«

»Wo hatte er das her?«

»Kann ich Ihnen nicht sagen. Er meinte, er wäre nach dem Schwimmen gestolpert und hätte sich dumm am Strandkorb gestoßen.«

»Haben Sie ihm das geglaubt?«

Annette verzog das Gesicht.

»Ich habe mir mit den Jahren angewöhnt, nicht zu viele Fragen zu stellen. Jens hatte Geheimnisse vor mir und es gab nichts, womit ich ihn überzeugen konnte, sie mit mir zu teilen.«

»Sie sagen also, er hatte vielleicht mit jemandem Streit und ist geschlagen worden. Er hat sich aber weder Ihnen erklärt, noch hat er die Polizei gerufen.«

»Ja, das denke ich.«

»Können Sie sich vorstellen, wem er vielleicht doch davon berichtet haben könnte? Ein Freund zu Hause vielleicht, jemand von der Hochzeitsgesellschaft?«

»Vielleicht hat er ja mit Richard gesprochen. Oh je, ich muss ihn anrufen! Das habe ich total vergessen!«

Sie kramte nach ihrem Handy in ihrer Handtasche.

»Bitte, Frau Riesberg, warten Sie damit noch. Ich rate Ihnen, diesen Anruf erst morgen früh zu machen. Niemandem ist damit geholfen, wenn Sie ihn mitten in der Nacht wecken.«

»Aber die beiden sind doch hier, sie werden es morgen aus der Zeitung erfahren.«

Otte setzte sich kerzengerade auf.

»Wer ist hier?«

»Richard und Luisa. Richard ist Jens' Partner in der Praxis und die beiden sind gute Freunde. Wir sind vor einigen Tagen gemeinsam hierhergereist. Luisa hat eine Tante, die ganz in der Nähe in einem Pflegeheim lebt. Wir dachten, es wäre ganz lustig, gemeinsam zu reisen. Sie übernachten in einem kleinen Hotel in Kühlungsborn. Ich habe jetzt seit zwei Tagen keinen Kontakt mehr gehabt, bis auf ein paar SMS. Jens hat sich allerdings heute Nachmittag, etwa gegen siebzehn Uhr, mit Richard getroffen.«

»Gut. Bitte geben Sie uns nachher die Adresse des Hotels und die Telefonnummern. Ich benötige auch die Heimatadresse Ihrer Freunde, nur für den Fall, dass sie inzwischen abgereist sind.«

Annette nickte.

»Hatte Ihr Mann Feinde, von denen Sie wissen, Frau Riesberg?«

Sie blickte ihn traurig an. Das Wasser sammelte sich langsam in ihren Augen. Ihr Blick erstarrte.

»Wissen Sie, bestimmt war mein Mann kein Chorknabe. Man wird nicht so erfolgreich wie er, wenn man nicht auch einmal die Ellbogen herausholt.«

Einen Moment hielt sie inne.

»Er war mein Ein und Alles, und ich kann es nicht glauben, dass er nicht mehr da sein soll. Ich weiß nicht, wie ich ohne ihn weitermachen kann. Er war immer für mich da. Er war mein Fels.«

Dann brachen alle Emotionen aus Annette heraus und knackten die Schale dieser zierlichen Frau wie ein Eichhörnchen eine Nuss.

»Also keine bekannten Feinde …«

Sie schüttelte energisch den Kopf.

»Ich denke, wir machen hier Schluss für heute. Ich möchte Sie bitten, mir noch dieses Wochenende zur Verfügung zu stehen, bis wir alles geklärt haben. Ich weiß, das ist viel verlangt. Bitte bleiben Sie im Hotel. Machen Sie keine einsamen Spaziergänge am Strand. Ich werde mich mit Ihnen in Verbindung setzen, sobald ich etwas Neues habe. Ich werde den Leichnam beschlagnahmen und zur weiteren Spurenfindung der Rechtsmedizin überstellen lassen.«

Annette nickte und stand auf. Als sie den Raum schließlich verließ, sah sie Nina, die auf sie zuging.

»Wir bringen dich auf dein Zimmer. Kommst du klar, oder möchtest du, dass ich diese Nacht bei dir bleibe?«

»Das ist wahnsinnig lieb von dir, aber ich werde eine Tablette nehmen und gehe direkt ins Bett.«

»Gibt es irgendetwas Neues?«, wollte Nina wissen.

Annette schilderte mit knappen Worten den Ablauf des Gespräches. Nina und Erik hingen gebannt an ihren Lippen. Sie schritten den Gang entlang. Erik gingen jede Menge Gedanken durch den Kopf, die er nicht ordnen konnte. Er musste dringend mit Ben sprechen, hoffentlich war der noch nicht schlafen gegangen.

Er brachte Annette mit Nina gemeinsam zu ihrem Zimmer. Dann standen sie eine Weile unentschlossen davor, als Annette die Tür bereits hinter sich geschlossen hatte.

»Damit hat keiner gerechnet, oder?«

Nina schaute ihn an.

»Du triffst den Nagel auf den Kopf.«

Er fand, dass sie vollkommen verloren aussah. Einem Impuls folgend, nahm er sie in den Arm und drückte sie. Sie legte ihren Kopf an seine Brust und schloss die Augen. Einen Moment standen sie nur so da und er sog den Duft ihrer Haare in sich auf. Dann löste sie sich wieder von ihm.

»Danke. Ich denke, ich werde schlafen gehen.«

»Mach das. Ich schaue noch mal schnell in die Bar, ob Ben noch wach ist. Soll ich dich noch bis zu deinem Zimmer begleiten?«

»Nein, schon gut. Das ist kein Problem.«

Sie nickte ihm zu und ging langsam Richtung Fahrstuhl. Sie drückte den Knopf und als sich die Türen öffneten, hörte Erik eine ihm vertraute Stimme. Er konnte sie nicht ausstehen.

»Da bist du ja, ich hab dich schon überall gesucht.«

Sie stieg in den Fahrstuhl, und Erik bereute sofort, dass er sie nicht bis zu ihrer Tür begleitet hatte.

KAPITEL 22

Draußen war es tiefste Nacht und der Mond stand hoch am Himmel. Sein Licht wurde von den vielen schneeweißen Häusern reflektiert und ließ sie hell erstrahlen. Obwohl die Burg eines der Gebäude war, das ganz am Rande des gesamten Komplexes lag, war der ganze Trubel der letzten Stunden dennoch bis hierher gedrungen. Das Blaulicht hatte unendlich lang das große Hotelgelände in eine Disko verwandelt und die Stimmen der Schaulustigen ließen keinen Zweifel daran aufkommen, dass eine unruhige Nacht bevorstand. Bis auf wenige Ausnahmen hatte jeder Gast im Laufe der letzten Stunden sein Fenster aufgerissen und war in diesem dunklen Ausschnitt erschienen: ein Oberkörper im Schlafanzug, neugierig darauf, welche Show im Hof aufgeführt wurde. Nur wenige Fenster waren tot und unberührt geblieben, vermutlich die nicht belegten Zimmer.

Lars kauerte neben der Heizung unter dem Fenster. Er hatte seine Arme um seine Knie geschlungen und schaukelte vor und zurück. Die bodenlange schimmernd-weiße Gardine hing zum Teil über seiner Schulter und machte jede einzelne seiner Bewegungen mit. In seinem Zimmer war es dunkel, nur das Mondlicht zeichnete die Umrisse des Inventars nach und warf einen kalten Lichtstrahl durch das Fenster. Der Lichtstrahl endete in einem weißen Parallelogramm auf dem dicken Teppich, auf dem er saß.

Er hatte bereits vor längerer Zeit aufgehört zu summen, weil es sinnlos war. Die Stimmen vor seinem Fenster waren einfach zu laut, um sich selbst hören zu können. Inzwischen wurden auch die Stimmen hier in seinem Zimmer so drängend laut, dass er sich immer wieder die Ohren zuhalten musste, um sie zu ignorieren. Er rieb ihren Ring in seinen Händen hin und her, schmiegte ihn an seine Wange und schloss die Augen, während er an ihren Duft dachte. Pfirsiche. Ihre Haare rochen nach Pfirsichen. Lange, weiche, glänzende Haare. Er atmete tief ein.

Dann war es auf einmal still um ihn herum. Kein Geräusch, das vom Hof kam, keines im Zimmer oder aus den Nachbarräumen und den furchteinflößenden Schatten in den Ecken seines Raums.

So beruhigend wie diese Stille zunächst auf ihn gewirkt hatte, so massiv traf sie ihn plötzlich und drückte ihm die Luft aus der Kehle. Anklagend und bedrohlich in der Dunkelheit kroch sie ihm langsam über die Haut. Die Luft um ihn herum fühlte sich mit einem Mal kälter an und zog an seinen letzten Energiereserven. Er fröstelte und rieb sich mit den überkreuzten Händen die Arme.

Er konnte seinen Atem sehen.

Sein Magen knurrte.

Mit zittriger Hand wischte er sich über das Gesicht. Dann hielt er inne und überlegte, was plötzlich anders war. Irgendetwas hatte sich gerade verändert. Seine Atmung wurde flacher und er lauschte. Im Badezimmer brannte das Licht. Hatte er es überhaupt angeknipst? Ein stetiges Rauschen drang an seine Ohren, als würde Wasser laufen. Das Geräusch schien aus dem Badezimmer zu kommen. Jemand duschte. Er hörte das Wasser platschen, als würde es von einem Körper aufgehalten werden, bevor es in die unendlichen finsteren Gänge der Kanalisation floss.

Der Duft von Shampoo stieg in seine Nase.

Pfirsiche.

Er zitterte längst am ganzen Körper, als er sich langsam erhob. Sie hatte ihn gefunden. Sie war den ganzen weiten Weg seiner Spur gefolgt und hatte ihn in diesem kleinen Zimmer in dieser fernen Welt entdeckt. Ekel stieg in ihm auf und vermischte sich mit einer schier unerträglichen Angst vor dem, was in diesem Zimmer war. Vor dem, was auf ihn wartete, wenn er weiter ging und nachschaute. Er wollte es nicht sehen. Wenn er die Augen schloss, sah er immer und immer wieder ihre verzerrte, anklagende Fratze vor sich. Sah, wie sie die Arme nach ihm ausstreckte, um ihn zu holen und ihn büßen zu lassen.

Du hast mich getötet!

Er zuckte zusammen. Ein Schrei aus seinem tiefsten Inneren explodierte in seiner Brust und lähmte seine Glieder. Er konnte den Ausgang nicht erreichen, ohne am Badezimmer vorbei zu gehen. Die Tür stand offen und sie würde ihn sehen. Sollte er hier hinten bleiben und sich nicht regen? Vielleicht würde sie verschwinden? Er konnte ganz still beim Fenster bleiben, im äußersten Winkel, in der Falle. Vielleicht würde sie dieses Mal gehen.

Nein, das würde sie nicht. Sie folgt mir überall hin. Sie wird mich immer wieder finden, schneller, als es mir lieb ist.

Er blieb stehen, weil er sich taub am ganzen Körper fühlte.

Ich kann nicht mehr.

Er schaute sich um. Hier gab es nichts, dass ihm helfen würde. Das Zimmer war leer, frisch gereinigt, kein Besteck. Er hörte, wie das Wasser in der Dusche mit einem schräg metallisch klingenden Ton abgedreht wurde, lauter als er es vermutet hatte. Das Geräusch von nassen nackten Füßen auf den Fliesen kam näher.

Patsch, Patsch, Patsch …

Er drehte sich um und riss das riesige Fenster hinter sich auf. Ein plötzlicher Windstoß blies in den Raum und ein

Schwall frischer Meeresluft durchströmte seine Lungen. Lars mobilisierte seine letzten Kräfte und schaffte es mit dem nötigen Adrenalin, die Balkonbrüstung vor seinem Fenster zu erklimmen. Er drehte sich noch einmal um und sah einen triefnassen, bleichen Körper in der Tür zum Bad stehen. Lars atmete tief durch und sprang, ohne sich ein zweites Mal umzusehen. In seinen letzten Sekunden fiel ihm ein, dass er ihren Ring neben dem Fenster hatte liegen lassen. Jetzt war er frei.

Die Nacht blieb ruhig und friedlich. Keiner hatte ein Geräusch gehört, keiner am Fenster gestanden. Nach diesem aufregenden Abend schliefen die Gäste so tief, dass sie von dem neuen Gast nichts bemerkten. Der Wind zog seicht durch die Bäume und ließ deren Blätter rascheln. Ein Nachtvogel rief und im Hintergrund schlugen die Wellen beruhigend gegen den Strand.

Auf der Terrasse vor der ›Burg Hohenzollern‹ schlug eine Gestalt auf – ein Körper, der gefallen war, als wäre er bereits tot. Er blieb reglos liegen und schaute zum Himmel. Seine leeren Augen und sein Gesicht wirkten friedlich und erleichtert. Unter seinem Kopf bildete sich schnell eine dunkle Pfütze und färbte die weißen Steine darunter rot, wahrscheinlich für immer.

KAPITEL 23

Erik erwachte an diesem Morgen von einem regelmäßigen Geräusch, das von seinem geöffneten Fenster kam. Tock, tock, tock. Er blinzelte und horchte auf. Dann stand er auf und sah nach draußen. Die Sonne glitzerte golden über dem Meer und der Tag versprach großartig zu werden. Luftige Kumuluswolken verzierten einen ansonsten strahlend blauen Himmel und der Duft von frisch gebratenem Speck erreichte seine Nase. Auf seinem Fensterbrett saß eine riesige Möwe, die ihre Beute, einen Toast, mit hier hinaufgebracht hatte und auf dem metallenen Fenstersims verspeiste. Er schaute in ihre gehässigen, kleinen, schwarzen Augen und öffnete das Fenster komplett, um die erfrischende Morgenluft hinein zu lassen. Dann ging er in das Badezimmer und stellte die Dusche an. Während er seine Haare wusch, gingen seine Gedanken an den gestrigen Abend zurück.

Nachdem Nina im Aufzug verschwunden war, hatte er Ben angerufen. Der hatte Romy in der Obhut ihrer Eltern gelassen, die sie aufs Zimmer begleitet hatten. Ben willigte ein, ihn in der Bar zu treffen.

Als Erik dort ankam, stellte er fest, dass sie brechend voll war. Es war bereits nach ein Uhr, aber die Gäste tranken, bestellten Snacks und schienen nur ein Thema zu haben. Vielleicht fühlten sie sich auch einfach nur unwohl, in die Abgeschiedenheit ihrer Zimmer zu gehen. Wer sehnte sich jetzt nicht nach Geselligkeit? Es schien im ganzen Raum keine Langeweile zu herrschen. Die Masse übertönte die Musik und die Barkeeper wirkten langsam müde. Auch der Tresen bot kein freies Fleckchen mehr.

Ben und er schnappten sich kurzerhand zwei Stühle aus der Lobby und setzten sich nahe eines der Fenster, die zur Ostsee hinausschauten. Sie bestellten Whisky und bereiteten sich darauf vor, dass es lang dauern würde, bis sie in den Genuss ihrer Drinks kämen. Der Barkeeper kam erstaunlich schnell zurück und stellte zuerst einen Klapptisch vor ihnen ab und dann die zwei Getränke. Nachdem er ihnen verschwörerisch zugezwinkert hatte, verschwand er wieder in der bunten Menge.

Ben nahm seinen Whisky in die Hand, schlug die Beine übereinander und starrte eine Weile in sein Glas. Erik teilte dieses Gefühl der Erschöpfung mit ihm und nahm zunächst einen großen Schluck, bevor er das Wort ergriff.

»Wir haben Annette auf ihr Zimmer gebracht.«

Ben nickte.

»Sie ist eine halbe Stunde durch den Kommissar befragt worden. Glaubst du, es war derselbe Täter, der den Wanderer ermordet hat?«

»Wenn ja, dann hat uns das gerade noch gefehlt. Was werden sie jetzt tun? Wird das Hotel gesperrt? Können wir morgen abreisen?«

»Er bittet uns alle, dieses Wochenende noch hierzubleiben. Ich glaube, sie suchen jetzt jeden einzelnen Gast auf und besuchen ihn in seinem Zimmer, um sicherzugehen, dass sie das Hotel einmal durchkämmt haben. Die Vermutung liegt allerdings nahe, dass er sich irgendwo draußen aufhält.«

»Wie geht es Annette?«

Ben wirkte verlegen. Er schaute Erik nicht in die Augen, sondern wich seinem Blick aus. Dann sagte er leise: »Es tut mir echt leid. Ich hab mich nie richtig mit ihr beschäftigt und ihr keine wirkliche Chance in unserer Familie gegeben.«

Er schien betrübt. Erik wusste, dass er einen stark ausgeprägten Sinn für Gerechtigkeit hatte und war sich sicher, dass er einen Weg finden würde, sein Versäumnis wiedergutzumachen.

Sie bestellten eine zweite Runde. Erik spürte, wie hier und da einige Blicke zu ihnen wanderten. Es hatte sich wahrscheinlich herumgesprochen, dass sie mit dem Opfer bekannt waren. Ein nahe gelegener Vierertisch tuschelte kaum hörbar, während die Augen der zwei Paare immer wieder im Gespräch zu ihnen hinüber wanderten.

Sie fragen sich alle, ob wir mehr wissen als sie, dachte Erik.

Er prostete ihnen zu und überließ es ihnen, peinlich berührt die Augen auf den Boden zu schlagen.

»Ich weiß nicht recht, aber irgendwas stört mich schon die ganze Zeit.«

»Woran denkst du?«

»Annette sagte, dass Jens, als er heute Morgen vom Schwimmen zurückkam, gewirkt hat, als wäre er mit jemandem aneinandergeraten. Das kann aber nicht der Verrückte gewesen sein, denn das hätte er auf jeden Fall gemeldet. Hat er was zu dir gesagt? Habt ihr euch heute überhaupt gesehen?«

Ben überlegte und schien über etwas nachzudenken. Dann sah er Erik direkt in die Augen, deutete mit dem Zeigefinger seiner rechten Hand auf seinen Freund und sagte: »Natürlich! Er hat mich gegen Mittag angerufen. Wir haben uns für um drei verabredet und sind dann am Strand spazieren gegangen. Wir haben uns an der Promenade getroffen. Ich hab mich noch über sein blaues Auge lustig gemacht. Irgendeine Ungeschicklichkeit seinerseits. Hat er zumindest behauptet.«

»Was wollte er?«

»Er hat mich gebeten, ihm Geld zu leihen. Sehr viel Geld.«

Erik war überrascht. Dieser gut situierte Zahnarzt mit Praxen in der Schweiz und Deutschland sollte Geldsorgen haben? Der Schein trügt, wie man so schön sagt. Er war gespannt, wie viel er von Ben erfahren würde.

Die zweite Runde war inzwischen in Form und Gestalt einer attraktiven Kellnerin erschienen, die trotz Hosenanzug ausgesprochen verführerisch wirkte. Sie stellte die Gläser vor den beiden ab und eine Schale mit Nüssen in die Mitte.

»Wofür?«

»Das wollte er mir nicht sagen.«

»Darf ich fragen, wie viel?«

»Fünfzigtausend …«

Erik verschluckte sich an seinen Nüssen.

»Das ist nicht dein Ernst?«

Ben nickte und rollte mit den Augen.

»Wie hat er sich das vorgestellt? Dachte er, es wäre dir egal, wofür er das Geld braucht, und du würdest nicht weiter nachfragen?«

»Er meinte, es wäre sicherer, wenn ich es nicht wüsste und dass ich ihm unbedingt trauen müsste, er würde es ganz sicher zurückzahlen.«

»Was hast du gesagt? Hast du ihm einen Scheck gegeben?« Erik grinste und stopfte sich eine weitere Hand Nüsse in den Mund.

»Nein. Ich habe abgelehnt.«

Erik spürte ein unangenehmes Kribbeln.

»Tatsächlich? Hattest du keine Angst, dass er … in Schwierigkeiten sein könnte?«

»Doch. Ich war mir sogar ziemlich sicher, dass er in großen Schwierigkeiten steckte. Aber ich bin im Begriff zu heiraten. Sieh mal, er hat gesagt, ich wäre nicht sicher, wenn ich wüsste, worum es geht. Ich dachte mir, dass es keine gute Idee sei, sich in so etwas verwickeln zu lassen, wenn ich dabei bin, eine Familie zu gründen. Auf keinen Fall wollte ich Romy da hineinziehen.«

Erik nickte anerkennend. Sein Freund hatte eine klare Entscheidung getroffen, die einiges an Mut erforderte. Es wäre für ihn kein Problem gewesen, die Summe aufzubringen. Er bewunderte ihn für seine Standhaftigkeit, um die Frau, die er liebte zu schützen.

»Das kann ich verstehen. Aber hast du jetzt nicht so was wie ein schlechtes Gewissen?«

Er schaute neugierig zu Ben.

»Nicht, dass ich dir das vorwerfen würde, deine Beweggründe sind absolut nachvollziehbar.«

Entschuldigend blickte er ihn an und winkte ab.

Ben lehnte sich entspannt zurück. In der hitzig diskutierenden Menge war ihnen ihre Privatsphäre gewiss.

»Also, wir vermuten mal für einen Moment, dass nicht dieser durchgeknallte Typ aus dem Wald dafür verantwortlich ist, sondern hier noch ein wahnsinniger Mörder sein Unwesen treibt. Dann ist Jens wegen des Geldes erschlagen worden? Weil er es nicht rechtzeitig aufbringen konnte?«

»Wäre doch möglich. Immerhin hatte er heute bereits Dresche bezogen.«

»Dass heute so etwas passiert ist, wusste ich natürlich nicht, aber fändest du es nicht merkwürdig, dass sie ihn verprügeln und noch am selben Tag umbringen?«

»Stimmt auch wieder.«

Erik war ernsthaft enttäuscht.

»Ich glaube nicht, dass man wegen so etwas ermordet wird. Hier und heute doch nicht, oder?«

»Na ja, es gibt schon eine Menge krimineller Subjekte in unserem Land, von denen wir nie etwas hören. Heißt nicht, dass diese Schattenwelt nicht existiert.«

»Was hätte dieser Geldeintreiber davon, seine Geldquelle zu ermorden?«

»Da stimme ich dir zu. Bist du deshalb so entspannt?«

»Du meinst, dass ich deshalb kein schlechtes Gewissen habe, ihm eine Absage gegeben zu haben?«

»Ja, genau.«

»Nein. Er hat mich später wissen lassen, dass er eine andere Geldquelle gefunden hat. Deshalb.«

Erik schaute überrascht auf.

»Wen kann er gemeint haben?«

»Ich habe keinen blassen Schimmer. Eigentlich wollte ich es gar nicht wissen. Deshalb habe ich nicht weiter gefragt.«

Erik nahm einen langen Schluck und dachte nach.

»Das heißt also, Jens hatte Geldsorgen, kommt mit den Zahlungen in Rückstand, erhält einen Denkzettel und ein neues Ultimatum, findet eine Möglichkeit, das Geld zu beschaffen, und wird dann ermordet.«

Ben nickte.

»Da stimmt doch was nicht. Das passt nicht zusammen. Was meinst du?«

»Ich kann es nicht sagen. Vielleicht sollten wir herausfinden, wer die zweite Person ist, die Jens um Hilfe gebeten hat.« Ben spülte den Rest seines Drinks hinunter.

»Wir sollten den Kriminalhauptkommissar einweihen. Ich frage mich, ob diese Person hier ist oder ob er sie angerufen hat.«

»Das lässt sich sicherlich anhand seiner letzten Anrufe herausfinden.«

»Was ist mit dem Verrückten?«, fragte Erik.

»Was meinst du?«

»Glaubst du noch daran, dass er es war?«

Ben ließ sich dieses Mal Zeit, bevor er antwortete »Es ist zumindest nicht ausgeschlossen. Ich hoffe, Sie finden ihn bald.«

KAPITEL 24

Nina war an diesem Morgen sehr zeitig erwacht. Sie hatte in der vergangenen Nacht ihr Bett komplett zerwühlt und nach dem Aufstehen einige Zeit benötigt, die Laken wieder in die richtige Form zu bringen.

Leo hatte sich gestern Abend kaum abschütteln lassen.

»Willst du bei mir noch ein Glas Wein trinken?«

Und als sie das Ganze vertagen wollte: »Ich habe mich in der letzten Zeit so sehr nach dir gesehnt.«

Stimmte das oder war er selbst bei einem Mord mit den Gedanken noch immer komplett bei sich? Im Grunde wäre sie dem gern nachgekommen, doch das war nicht der Zeitpunkt für Romantik.

Es dauerte nicht lang, bis sie die Erinnerung an die Ereignisse des gestrigen Tages komplett einholten. Ein Schauer lief ihr über den Rücken, als sie das Bild vor ihrem geistigen Auge zurückbeschwor. Jens willenloser Körper, der wie eine Puppe in der Brandung lag und von den Wellen hin und her gezerrt wurde. Hatte sie das eigentlich gesehen oder trübte sie da ihre Erinnerung und er lag bereits fest im Sand, als sie an der Stelle ankam? Sie konnte es nicht mal genau sagen. Sie war eine grauenvolle Zeugin, eine Knallzeugin.

Jede Menge grausiger Bilder schossen ihr seitdem durch den Kopf und sie wusste teils nicht mehr, was davon real gewesen war.

Wenn es ihr so ging, wie mochte es dann den anderen gehen, die ihn gekannt hatten? Sie musste unbedingt mit Romy sprechen. Sie rief sie an und verabredete sich mit ihr und Ben beim Frühstück.

Als sie zur Kurhausterrasse kam, saß die gesamte Familie bereits an einem großen Teakholztisch und aß. Es war ein sonniger Tag und die Terrasse war vollgestopft mit Gästen.

Ninas Mutter winkte ihr freudig zu.

Nachdem sie ihre Eltern und Ben begrüßt hatte, setzte sie sich neben Romy. Ihre Schwester lächelte und Nina atmete innerlich auf. Romy war einfach jeder Situation gewachsen.

»Hast du schon was von Annette gehört?«

Romy nickte, während sie an ihrem Brötchen kaute.

»If habe mif ihr heupe Mogen kurpf gesprochen.«

Sie schluckte einen großen Bissen runter.

»Sie kommt gleich zu uns zum Frühstück. Sie hat mit ihren Freunden und ihrer Familie geredet und wird, sobald wir die Erlaubnis haben, das Hotel zu verlassen, einige Tage zu ihren Eltern fahren.«

Nina nickte stumm.

»Es ist ein unglücklicher Umstand gewesen, dass gerade Jens auf diesen Typen treffen musste. Gott sei Dank brauchen wir uns jetzt keine Sorgen mehr machen, ob er sich in der Nähe versteckt hält.«

»Wieso nicht?«

Nina wurde hellhörig.

»Hast du es noch nicht mitgekriegt? Oh Gott, entschuldige!«

Romy nahm die Teetasse, die sie gerade zum Mund führen wollte, wieder ruckartig zurück und stellte sie etwas unwirsch auf der Untertasse ab, sodass der Tee überschwappte.

»Das hätte ich dir gleich erzählen sollen. Sie haben ihn

heute Morgen gefunden, auf der Terrasse der Burg. Er lag vor einem Zimmer. War offensichtlich aus einem der oberen Fenster gefallen oder so. Es war noch früh am Morgen, da hat ihn jemand vom Personal gesehen. Sie waren schon da, Polizei und Krankenwagen und haben ihn abgeholt.«

»Krankenwagen? Ist er …«

»Nein, der war schon ein paar Stunden tot. Sie haben den nur pro forma gerufen, glaube ich, um sicherzugehen.«

Nina ließ die Luft zwischen ihren Lippen entgleiten.

»Da bin ich erleichtert.«

»Das sind wir alle, Schätzchen«, mischte ihre Mutter sich ein.

»Also, wir finden ja, die beiden sollten einfach nur den Termin verschieben, aber sie sind stur und möchten hier überhaupt nicht mehr heiraten.«

Ilse Heinze schnappte sich ein Brötchen aus dem Korb, der in der Mitte des Tisches für alle stand.

»Mama … es ist wirklich großzügig von euch, dass ihr diese ganze Feier ein zweites Mal für uns veranstalten wollt, aber das geht wirklich zu weit. Ihr bleibt ohnehin auf der Masse der Kosten sitzen, und jetzt zu heiraten, um keinen Verlust zu erleben, wäre total geschmacklos.«

Ilse wippte den Kopf von links nach rechts und stimmte ihrer Tochter stumm zu, zumindest so lang, bis der letzte Bissen aufgekaut war.

»Ich verstehe vollkommen, dass ihr jetzt unter diesen Umständen nicht heiraten wollt, aber vielleicht in einem Jahr. Wir könnten auch ein anderes Hotel finden, in dem die Feier stattfinden soll.«

»Ilse, das ist furchtbar lieb von euch, aber uns schwebt eher eine kleine standesamtliche Trauung vor, bei uns zu Hause, ohne den ganzen Trubel«, sagte Ben.

Ilse legte die Stirn besorgt in Falten und schaute unruhig zu ihrem Mann, der seelenruhig in seiner Zeitung las.

»Ben, Liebling, was werden deine Eltern davon halten?«

Sie schaute ihn mit großen Augen an.

»Wahrscheinlich nichts, aber das spielt keine Rolle. Es ist unsere Hochzeit und wir halten es für eine schlechte Idee, heute noch zu heiraten, nachdem mein Cousin gestern ermordet worden ist. Ebenso wenig möchten wir ein Jahr warten, um den Schein zu waren. Wir werden uns in Hamburg vor einem Standesbeamten das Ja-Wort geben und unser gemeinsames Leben beginnen. Das geht auch ohne große Party.«

Er schnappte sich seine Kaffeetasse und genehmigte sich einen großen Schluck.

Während ihre Mutter und Ben weiterhin um das Thema Hochzeit feilschten, stieß Nina Romy mit dem Ellbogen an.

»Bitte entschuldige, wenn das unsensibel ist, aber ich muss noch mal auf das Thema von vorhin zurückkommen.«

Romy nickte, während sie einen Joghurt mit frischen Früchten löffelte.

»Sie haben diesen Typen gefunden … tot … und weggebracht.«

»Genau.«

»Wissen sie denn, was passiert ist? Wie ist er gestorben, ich meine, wieso?«

»Davon habe ich nichts gehört. Ich habe die Information auch nur von anderen Gästen über drei Ecken erfahren.«

»Also kann man nicht mehr herausfinden, ob er es gewesen ist …«

Nina wurde nachdenklich.

Ben schaute interessiert auf.

»Natürlich ist er es gewesen. Wer sollte es sonst gewesen sein?«

Romy blickte sie an.

»Ich habe nur so gedacht …«

»Was hast du gedacht?«

Eine vertraute Stimme ließ Nina aufzucken. Sie spürte zwei Hände auf ihrer Schulter, die ein Kribbeln auslösten.

»Guten Morgen, alle zusammen«, sagte Erik.

Sie drehte sich rasch um und begrüßte ihn. Er lächelte

verschmitzt, worüber sie sich zunächst wunderte, bis ihr bewusst wurde, dass sie Nuss-Nugatcreme an der Nase hatte. Sie wischte sie hektisch weg und wurde rot. Erik sah wieder mal aus, wie aus dem Ei gepellt. Nina wurde augenblicklich bewusst, wie verpeilt sie heute Morgen gewesen war. Sie hatte kaum einen Blick in den Spiegel geworfen.

»Ich wünsche euch noch ein schönes Frühstück.«

Er blickte auf den runden Tisch, an dem jeder Stuhl belegt war.

»Ich werde mal schauen, ob ich drinnen noch einen Platz finden kann.«

Nina griff sich noch eine Banane vom Obstkorb und sprang auf.

»Du kannst meinen Platz haben. Ich bin praktisch fertig und es wäre doch schöner für dich, wenn du bei Romy und Ben sitzen könntest.«

Erik wirkte kurz etwas unschlüssig und sah sowohl erfreut als auch enttäuscht aus. Schließlich sagte er: »Was hast du jetzt vor?«

»Ich glaube, ich gehe ein bisschen am Strand spazieren. Bisher hatte ich noch keine Gelegenheit dazu.« Sie zuckte mit den Schultern.

Erik schob ihren Stuhl an den Tisch und schnappte sich ebenfalls eine Banane und einen Apfel aus dem Obstkorb.

»Darf ich dich begleiten?«

Sein Blick ließ sie schmunzeln und sie nickte.

»Klar. Sehr gern.«

Als sie sich zum Gehen umdrehte, nachdem sie ihrer Familie zum Abschied gewunken hatte, erhaschte sie einen flüchtigen Blick auf Ben: breit grinsend.

Sie schlenderten zunächst wortlos die Stufen der Terrasse hinunter über den Rasen zu dem Weg, der sie zur Promenade führen würde. Erik benutzte seine Zimmerkarte und öffnete die kleine Pforte, die die Öffentlichkeit vom Hotelgelände fernhalten sollte. Nach einigen Schritten ergriff er das Wort.

»Konntest du schlafen?«

Er guckte recht grimmig drein. Nina schob es darauf, dass er selbst wahrscheinlich ständig an das Verbrechen denken musste.

»Ich habe total unruhig geschlafen. Ich glaube, ich hatte zeitweise sogar Angst allein in meinem Zimmer.«

Jetzt schaute er sie an und legte die Stirn leicht in Falten. Inzwischen schritten sie durch den feinen Sand, vorbei an den ersten Familien, die Sandburgen bauten oder deren Kinder durch das flache Wasser tobten.

»Was war mit Leo? Darf ich dich das fragen?«

Er hatte wieder diesen sehnsüchtigen Blick in den Augen. Nina dämmerte langsam, worauf seine Frage abzielte. Sie bückte sich beim Gehen und hob eine Herzmuschel auf, die sie eine Weile betrachtete. Es konnte nicht schaden, ihn ein bisschen zappeln zu lassen. Sie strich mit den Fingern über die Rillen der kalkigen Schale.

»Nein, er hat nicht bei mir geschlafen. Das wolltest du doch wissen, oder?«

»Irgendwie schon, sorry.«

Jetzt lächelte er sie auch noch charmant an. Sie gingen eine Weile schweigend nebeneinander her. Ihre Haare wehten ihr immer wieder ins Gesicht und sie strich sie unermüdlich hinters Ohr. Die Wellen kamen mittlerweile deutlich höher an den Strand und Nina stampfte mit ihren Füßen durch das seichte Wasser. Es fühlte sich herrlich erfrischend an und weckte den Wunsch in ihr, am Nachmittag vielleicht baden zu gehen.

»Ich muss die ganze Zeit an Annettes Gesicht zurückdenken, als ihr bewusst wurde, dass es sich bei dem Toten um ihren Mann handelte. Für sie ist eine Welt zusammengebrochen.«

»Ja, das war schlimm. Ich hoffe, sie hat eine Familie und Freunde, die sie auffangen. Die Seite von Jens scheint ihr nicht so wohlgesonnen zu sein.«

»Ja, das ist mir auch aufgefallen. Finde ich eigentlich schade. Das hat sie nicht verdient.«

»Vielleicht besinnen sie sich noch eines Besseren.«

»Weißt du, was mir einfach nicht mehr aus dem Kopf gehen will?«, fragte sie ihn unvermittelt.

Er ging inzwischen sehr dicht neben ihr und sie genoss die Berührung seiner Schulter von Zeit zu Zeit.

»Was ist es?«

Er schaute nach unten, während sie gingen. Gott sei Dank hatte sie am ersten Abend die Muße gefunden, sich die Zehen zu lackieren. Sie schickte einen heimlichen Dank an die Dame in den goldenen Sandalen.

»Das Erste, was mir durch den Kopf ging, als wir von Jens' Tod erfuhren, war: Ich hätte gedacht, jemand würde Annette etwas antun wollen.«

Nina sah vorsichtig zu Erik rüber. Sie hob die Augenbrauen.

»Weißt du, was ich meine?«

»Ich weiß genau, was du meinst. Sie war diejenige, der die ganzen Missgeschicke passiert sind, und es musste sich einem der Gedanke aufdrängen, dass da jemand nachgeholfen hatte.«

Erik blieb stehen und schaute auf die Wellen raus Richtung Horizont. Sein Teint schimmerte golden in der Sonne und Nina konnte ein paar süße Sommersprossen unter seinen Augen erkennen.

»Weißt du, es klingt schrecklich kaltschnäuzig, aber ich hatte die ganze Zeit das Gefühl, dass ihr Mann dahinterstecken könnte. Was hältst du davon?«

»Da bist du nicht allein. Mich hat diese Geschichte mit dem Hund nachdenklich gemacht. Die Sauna … na ja … das hätte Einbildung sein können.«

»Ja, stimmt. Aber als ich sie kennengelernt habe, sind wir fast zusammengeprallt. Dieser Eindruck hat sich fest in meinem Gedächtnis verankert. Er ist so dominant, weil es das Erste war, was ich mit ihr in Verbindung bringe – eine müde Frau am Steuer, die wirkt, als wäre sie unter Drogen gesetzt worden.«

Nina biss in ihre Banane und zeichnete mit dem Fuß Linien in den nassen Sand.

»Wenn sie dir so vorgekommen ist, wird schon irgendwas dran sein. Nur wie passt das Ganze in die Geschichte rein?«

»Hab ich dir von der Story erzählt, wie sie vor dem Kamin eingeschlafen ist?«

Erik schüttelte den Kopf. Er hatte inzwischen einen Stein aufgehoben und versuchte, ihn flach über das Wasser zu flitschen. Der Stein prallte vier-, fünfmal von der Wasseroberfläche ab, bevor er in einer seichten Welle versank. Nina berichtete ihm von der Geschichte, die ihr Annette von der Kohlenmonoxidvergiftung erzählt hatte, und er hörte gebannt zu.

»Das ist eine gefährliche Sache, allerdings ungewöhnlich, so etwas zu hören, wenn jemand einen Kamin mit geschlossener Brennkammer besitzt. Ich stimme dir zu, diese Sache klingt auch danach, als hätte ein Dritter seine Finger im Spiel gehabt.«

»Hältst du das alles für einen Zufall?«

»Nein, aber ich weiß nicht, wie es in die Gesamtgeschichte passt. Wenn sie zum Beispiel jemand vor der Autofahrt unter Drogen gesetzt hat, dann kann das nur Jens gewesen sein. Wen hätte sie hier so dicht an sich herangelassen? Das gilt so ziemlich für alle Situationen. Jetzt ist Jens aber tot.«

Der Strand wurde langsam voller. Die ersten Gäste hatten die Badebekleidung angelegt und gingen ins Wasser. Ein junges Pärchen rannte fröhlich quietschend an ihnen vorbei und stürzte sich in die Fluten.

»Du glaubst nicht, dass es ein Zufall ist, oder?« Nina betrachtete ihn neugierig, während sie mit ihren Haaren und dem Wind kämpfte.

»Mir gibt es hier einfach zu viele Zufälle.«

»Denkst du, Annette hat vielleicht herausgefunden, dass er ihr nach dem Leben trachtete und ihn deshalb umgebracht.« Nina flüsterte.

»Nein, das finde ich zu weit hergeholt. Ich glaube, dass man in so einer Situation den Partner anzeigt, dass man zumindest einmal zur Polizei geht, aber nicht selbst zum Mörder wird.«

»Ja, das klingt logisch.«

Sie gingen eine Weile nebeneinander her, dann blieb Nina stehen und sagte unvermittelt.

»Keiner von uns beiden scheint zu glauben, dass es der Verrückte gewesen ist, wie kommt das?«

Erik sah ihr in die Augen und lächelte.

»Scheint so, als wären wir auf einer Wellenlänge.«

Nina wurde ein bisschen rot und wich seinem bohrenden Blick aus.

»Ich glaube, was mich daran stört, ist, dass Jens ihm nicht einfach so zufällig über den Weg gelaufen ist. Was hat er abends draußen gemacht? Er war außerhalb des Hotelgeländes und hatte bereits die Garderobe für den Empfang an. Er ist ganz allein da draußen und dann kommt dieser Kerl auf ihn zu und tötet ihn, einfach so, ohne dass er sich großartig gewehrt hätte? Ich finde das komisch.«

Erik rieb sich seine sandigen Hände an der Hose ab und biss dann herzhaft in den Apfel.

»Das ist es, du hast recht. Dass er tot ist, weißt du, oder? Das hatte ich noch gar nicht erwähnt.«

»Ja, Ben hat mich heute früh gleich angerufen. Komische Geschichte. Wieso hat er sich in den Tod gestürzt?«

»Glaubst du, er ist gestoßen worden?«, fragte Nina.

»Keine Ahnung. Ich würde zu gern wissen, was Jens gestern Abend vorgehabt hat.«

»Was hältst du davon, wenn ich Annette aufsuche und schaue, ob ich ihr irgendwie helfen kann?«

»Sehr gute Idee, Watson!« Er grinste.

»Wieso bin ich Watson und nicht Holmes?« Nina pufferte sich auf.

Erik griff nach ihrer Hand und zog sie dicht an sich heran.

»Du kannst sein, wer immer du willst, so lang wir nur ein

Team sind.«

Er schmunzelte und bevor Nina darauf antworten konnte, küsste er sie.

KAPITEL 25

In Kühlungsborn, sechs Kilometer Luftlinie entfernt, wischte Franziska gerade den letzten Tisch ab. Sie ging zu dem Stapel gestärkter Tischtücher, die auf einem Beistelltisch an der Wand lagen, und begann eines nach dem anderen sorgfältig diagonal auf den Tischen zu verteilen. Sie hatte sich ebenfalls das Besteck und die Servietten bereitgelegt, die sie als Nächstes aufdecken würde, um die Tische für die nächste Mahlzeit vorzubereiten.

Die Wirtin hatte heute Morgen frische Blumen vom Markt mitgebracht – Pfingstrosen und Bartnelken –; der ganze untere Bereich des Hotels duftete nach spätem Frühling. Franzi liebte ihren Job, liebte die Sorgfalt, die bei ihrer Arbeit erwünscht war. Sie faszinierten die vielen Menschen aus ganz Deutschland, manchmal auch aus fremden Ländern, die sie nur über das Fernsehen oder aus dem Internet kannte. Erstklassig war auch die Nähe zum Strand, den sie nach Feierabend mit den anderen Kollegen aufsuchte.

Sie musste lächeln, als sie an ihr erstes Klassentreffen vor ein paar Wochen zurückdachte. All die ehemaligen Freunde, die jetzt irgendwo in einem dunklen Büro saßen und bereits jetzt, vier Jahre nach der Schule, die Nase voll von ihrer Berufswahl hatten. Sie hingegen lebte ihren Traum, zog nach Feierabend mit den Jungs um die Häuser und hoffte, bald qualifiziert genug zu sein, in einem der schickeren Hotels zu arbeiten, vielleicht im Ausland. Dann würde sie irgendwann sogar die Stars und Sternchen bedienen können und ein Stück der großen weiten Welt, ihrer Welt, mit ihnen teilen, auch wenn es auf der anderen Seite des Tresens war.

Sie strich die letzte Decke glatt und begutachtete ihr Werk. Ausgezeichnet! Jetzt war es an der Zeit, das silberne Besteck einzudecken. Da fiel ihr Blick auf eine Tageszeitung, die einer der Gäste unter den Tisch geworfen hatte. Das war ihr zunächst nicht aufgefallen.

Sie bückte sich und griff nach dem Tagesblatt. Beim Aufstehen faltete sie es bereits einmal in der Mitte und wollte es eben in den Mülleimer befördern, als ihr Blick auf ein Foto auf der Titelseite fiel. Sie hielt in ihrer Bewegung inne, blätterte die Zeitung wieder auf und überflog schnell den gesamten Artikel. Ganz am Ende stand: *Bei Hinweisen wenden Sie sich bitte direkt an die Polizeidienststelle Bad Doberan.*

Franzi starrte eine Weile auf das Blatt in ihrer Hand. Dann fasste sie einen Entschluss, den sie für ihre Pflicht hielt und kramte in der Rocktasche ihrer Uniform nach ihrem Handy, um die Nummer der Dienststelle herauszufinden.

KAPITEL 26

»Setzen Sie sich bitte, Herr Storch. Schön, dass Sie es einrichten konnten. Es ist mir sehr wichtig, dass wir heute die Gelegenheit haben, miteinander zu sprechen.«

Kriminalhauptkommissar Otte saß zusammen mit einer Kollegin und einem Zeugen in einem kleinen Raum in einer Dienststelle in Wismar. Es war später Vormittag und die Sonne schien durch ein schießschartenähnliches Fenster auf den einfachen weißfurnierten Schreibtisch. Auf ihm befanden sich ein Telefon und ein altersschwacher Bildschirm. Otte wollte gar nicht wissen, wie der dazugehörige PC aussah, und vermied einen Blick unter den Tisch. Alles, was er benötigte, war sein Notizbuch. Die Kollegin war als reine Formalität anwesend.

In der Ecke unternahm der obligatorische Ficus benjamina den hoffnungslosen Versuch, diesen Raum lebhaft zu gestalten. Otte war dankbar, dass die Kollegen hier vor Ort ihm die Möglichkeit eingeräumt hatten, eines ihrer Besprechungszimmer zu benutzen. Und so wollte er nicht anmerken, welchen bedrückenden Eindruck diese Kammer auf einen Zeugen machen musste. Oft war dieser Umstand sogar gewünscht, aber heute passte es Otte nicht in den

Kram.

Er bedeutete der Kollegin im Raum, sie könne beginnen mitzuschreiben. Dann betrachtete er sein Gegenüber. Der Mann war Ende vierzig und hatte schütteres, schulterlanges, dunkelblondes Haar mit ersten grauen Strähnen. Er trug eine Brille und hatte ein gewinnendes Lächeln. Die braune Cordhose und der kakifarbene Kaschmirpullover darüber waren schlicht, aber für den Kenner offensichtlich: Storch kleidete sich teuer. Hier saß jemand, der Geld verdiente, sich aber darin verstand, es zusammenzuhalten. Er gönnte sich offenbar Luxusgüter, aber nur bis zu dem Grad, wie sie für ihn Sinn ergaben. Die Uhr am Handgelenk: Tag Heuer. Niemand, der mit seinem Stand angab, aber auch jemand, der erkennbar einen gewissen Status erreicht hatte. Otte mochte ihn, doch er war sich bewusst, dass Sympathie nicht mit Unschuld gleichzusetzen war.

»Möchten Sie ein Glas Wasser?«

»Sehr gern, ich bin etwas nervös. Mir ist diese ganze Sache ziemlich auf den Magen geschlagen.«

»Bitte bedienen Sie sich.«

Otte reichte ihm ein Glas und eine Flasche. Nachdem sich Richard Storch eingegossen hatte, trank er einen großen Schluck, der ihn aber kaum zu beruhigen schien. Der Kommissar wartete geduldig, bis Richard sich räusperte und die ersten Worte fand.

»Ich hätte nicht gedacht, dass es dieses Ende nehmen würde. Ich habe heute Morgen mit Annette gesprochen. Sie hatte mich angerufen … die Arme. Direkt bevor Ihr Anruf kam.« Er schluckte.

»Was meinen Sie damit, wenn Sie sagen ›dieses Ende‹?«

Er beobachtete ihn genau. War dies ein taktischer Hinweis gewesen oder hatte er sich nur verplappert? Richard Storch sah ihn eine Weile an. Er schien über die richtige Wortwahl nachzudenken.

»Ich habe einfach nie gedacht, dass so etwas Schreckliches passieren würde. Er war mein Freund, nicht nur mein Partner. Ich kann es einfach immer noch nicht glauben.«

Der Befragte wischte sich hektisch eine Träne aus dem Auge und versuchte merklich, sich zusammenzureißen. Er räusperte sich mehrere Male, bevor er weitersprach.

»Ich … ich habe mit Annette gesprochen, aber sie war ganz konfus. Ich habe nicht mal richtig verstanden, was geschehen ist. Sie sagte, er wäre erschlagen worden und das gestern Abend oder in der Nacht.«

Er schaute um Bestätigung zu Otte auf. Der musterte ihn skeptisch und erwiderte, ohne seinen Blick von ihm zu lassen.

»Er ist etwa gestern Abend zwischen halb zehn und elf Uhr auf der Seebrücke von einer weiteren Person tätlich angegriffen worden. Er erlitt in Folge der Einwirkung eines stumpfen Gegenstandes ein schweres Schädel-Hirn-Trauma. An dem ist er letztendlich auch gestorben.«

Otte schlug den Obduktionsbericht auf. Er konnte selbst noch nicht fassen, dass er ihn bereits heute Morgen erhalten hatte.

»Wir wissen, dass er dabeigestanden oder zumindest aufrecht gekniet haben muss. Die Ablaufspuren des Blutes an seiner Abendkleidung weisen eindeutig darauf hin. Der Schlag traf ihn von oben, oberhalb der gedachten Hutkrempe. Es gibt keinerlei Anzeichen eines Kampfes. Er hat den Täter demnach freiwillig sehr dicht an sich herangelassen. Seine Kleidung war, wenn auch komplett mit Salzwasser durchnässt, vollkommen einwandfrei. Nicht einmal ein geöffneter Knopf, geschweige denn ein abgerissener.«

Er machte eine kurze Pause, als er merkte, dass sein Gegenüber etwas Farbe verloren hatte. Er ließ ihn kurz durchatmen und fuhr dann fort. Schließlich entbehrte seine Beschreibung jedweder saftiger Details und es gehörte zu einem wichtigen Schritt im Prozess der Befragung, die Reaktion dieses Mannes auf die Fakten genau zu beobachten.

»Die Wunde muss stark geblutet haben, nach dem zu urteilen, was wir im Labor auf seiner Kleidung sichtbar machen konnten. Wie ich bereits andeutete, hatte das Meer die frischen Spuren sofort rausgewaschen. Wir haben sie aber zurückgeholt, was beweist, dass die Fraktur am Kopf zu Lebzeiten zugefügt wurde.«

»Tote bluten nicht«, sagte Storch trocken mit einem sparsamen Gesichtsausdruck.

»Meistens nicht. Die innere Autopsie hat nichts weiter zutage gefördert, sodass wir ziemlich sicher sind, dass er durch einen Schlag mit einem stumpfen Gegenstand getötet wurde.«

Richard Storch schüttelte mit dem Kopf und schaute auf die Mappe des Rechtsmediziners.

»Glauben Sie, es war dieser Verrückte, von dem alle reden?« Er schaute Otte an. Der beugte sich nach vorn und erwiderte seinen Blick, ohne zu blinzeln.

»Was glauben Sie denn?«

Richard schnaubte verächtlich. Der Kommissar ließ ihn nicht weiter ausholen und fing ihn direkt mit der nächsten Frage ein.

»Ich möchte von Ihnen wissen, ob Ihnen irgendein Umstand bekannt ist, weshalb jemand Jens Riesberg etwas antun würde.«

»Wie kommen Sie auf diese Idee?«

Etwas ungeduldig antwortete Otte ihm, auch wenn er das Gefühl hatte, sein Gegenüber versuchte, den Spieß umzudrehen.

»Wir haben Blutergüsse an Rücken und Bauch des Opfers gefunden, die von starker Gewalteinwirkung herrühren, aber etwas älter waren und nicht kurz vor dem Tode zugefügt wurden. Bitte antworten Sie auf meine Frage.«

Er wurde langsam ungeduldig. Das hier sollte keine Zeitverschwendung werden. Er war den ganzen Weg nach Wismar gefahren und musste heute auch wieder zurück, um die Untersuchung an Ort und Stelle fortzuführen. Die Spur durfte nicht kalt werden. Otte fühlte sich mehr und mehr wie ein Tiger, der im Käfig auf und ab lief. Er hob die Augenbrauen und sah sein Gegenüber scharf an. Richard atmete hörbar aus, lehnte sich zurück und ließ sich Zeit, während er antwortete. Offensichtlich hatte er viel davon.

»Gestern früh ist so ein Verbrecher bei mir gewesen. Er fand mich ganz früh am Morgen, als ich am Strand gejoggt bin.«

Nachdem er sah, wie verwirrt der Kommissar ihn anschaute, fügte er hinzu: »Ich weiß nicht, welche Berufsbezeichnung dieser Mann vorzieht, aber in meinen Augen sah er wie ein Krimineller aus. Er hatte so einen Schläger dabei und stoppte mich, als ich gerade auf dem Rückweg war. Ich habe mich ziemlich unwohl gefühlt. Um diese Zeit ist es noch sehr einsam am Strand und die beiden wirkten auf mich, als hätten sie ihre eigene Definition von Recht.«

»Haben Sie Namen?«

»Von dem Mafiosi nicht – Verzeihung, das sollte nicht diskriminierend sein, aber er war tatsächlich südländischer Abstammung, sprach aber akzentfrei, dunkles dichtes Haar, Dreitagebart. Der andere Typ hieß Alexander. Er hat ihn das ein oder andere Mal direkt angesprochen.«

»Was wollten die von Ihnen?«

Otte hatte inzwischen seinen eigenen Stift und sein Notizbuch gezückt, unabhängig davon, dass seine Kollegin jedes Wort mitschrieb.

»Sie wollten mir freundlicherweise mitteilen, dass mein Partner in großen Geldsorgen steckte, und mir nahelegen, mich an der Rückzahlung zu beteiligen. Ich habe den Männern geglaubt, dass es für meine Gesundheit das Beste wäre, erst recht, als sie damit drohten, als Nächstes meine Frau aufzusuchen.«

»Wieso haben Sie nicht sofort die Polizei gerufen?«

»Ich hielt es für das Beste, keinen Staub aufzuwirbeln. Wenn herauskäme, dass mein Partner Geschäfte mit der

Unterwelt macht … wie hätte sich das auf unseren Umsatz ausgewirkt? Ich willigte ein, eine geringe Summe seiner Schulden zu begleichen, gerade so viel, wie ich kurzfristig bei der Bank beschaffen konnte. Als die Bank geöffnet hatte, bin ich hingegangen, habe mir den Betrag auszahlen lassen und ihn diesem Alexander übergeben.«

»Haben Sie ihren Freund, wie Sie ihn nennen …«

Storch schnaufte.

»… haben Sie ihn daraufhin kontaktiert?«

»Ja, direkt nach dem Frühstück.«

»Was hat er gesagt?«

»Katz und Maus hat er mit mir gespielt!«

Storch schien wütend zu werden.

»Er hat versucht, mich hinters Licht zu führen mit irgendwelchen fadenscheinigen Gründen. Fakt ist, er hatte das Geld verspielt, das wir für den Kauf unserer letzten Praxis benötigten. Damit ich es nicht merkte, hat er es sich in seiner Not geliehen und damit fing der ganze Ärger an. Angeblich wollte er mich nicht mit da hineinziehen. Er sagte, er hatte deshalb keine andere Wahl, als sich an diesen Typen zu wenden.«

»Wissen Sie, woher er den Kontakt hatte?«

»Nein, das weiß ich nicht.«

»Wie ging es weiter?«

Storchs Puls schien so langsam in die Höhe zu gehen und er wurde warm. Ein paar hektische rote Flecken erschienen auf seinem Hals. Der Kommissar lehnte sich entspannt zurück und lächelte in sich hinein. So langsam lief es wie am Schnürchen.

»Er hat tatsächlich versucht, mir eine deutlich größere Summe aus den Rippen zu leiern. Er sagte, das, was ich Alexander geben würde, deckte nur seine Zinsen ab und er bräuchte deutlich mehr für die nächste Rate, die er am nächsten Tag hätte zahlen müssen. Vielleicht war es auch die letzte Rate, ich weiß es nicht so genau. Er versprach mir, alles bis auf den letzten Cent zurückzugeben.«

»Und was haben Sie getan?«

»Natürlich abgelehnt!«

Storch hatte sich aufgerichtet und wirkte kampflustig. Seine halblangen Haare standen etwas von seinem Kopf ab und hüpften lustig, bei jeder Bewegung.

»Wie hat er darauf reagiert?«

»Er war enttäuscht, sagte aber, es gebe noch jemanden, der ihm einen Gefallen schuldet.«

Sieh mal einer an!, dachte Otte.

Der Kommissar setzte sich aufrecht hin und stützte sein Kinn auf seine gefalteten Hände.

»Einen Gefallen?«

»Genau. Ich habe das nicht weiter hinterfragt. Ich wollte einfach nicht noch mehr von diesen Dingen wissen.«

»Wieso haben Sie sich am Nachmittag dennoch mit ihm getroffen?«

Storch starrte ihn perplex an.

»Wieso getroffen? Nach dem Telefonanruf habe ich nichts mehr von ihm gehört.«

»Nun, seine Frau schilderte uns, dass er gestern gegen siebzehn Uhr das Hotelgelände verlassen hätte, nachdem er sich mit Ihnen telefonisch verabredet hatte.«

Otte beobachtete sein Gegenüber. Augenscheinlich war er gerade auf die offenkundig erste handfeste Lüge gestoßen, er bewegte sich in die richtige Richtung. Die Frage war nur, wer hier log.

»Da muss sie sich irren. Überprüfen Sie gern meine Gespräche. Um die Zeit war ich im Hotel und habe mit meinem Steuerberater telefoniert.«

Otte entschied sich, es erst einmal dabei bewenden zu lassen.

»Das werden wir selbstverständlich tun. Haben Sie mit Ihrer Frau über die Geldsorgen von Herrn Riesberg gesprochen?«

»Ich habe ihr erst am frühen Abend davon erzählt. Sie war außer sich, und wir beide beschlossen, am nächsten

Morgen, also heute früh, sofort abzureisen. Ganz bis nach Köln wollten wir nicht fahren, deshalb haben wir uns für einen Zwischenstopp in unserer Zweitwohnung in Hamburg entschieden. Bis dahin sind wir aber gar nicht erst gekommen.«

»Ich werde auch mit ihr sprechen müssen. Vielleicht hat Herr Riesberg sie kontaktiert.«

»Nun, ich kann mir das nicht vorstellen. Wenn Sie das aber vorhaben, müssen Sie zurück nach Kühlungsborn.«

»Wieso denn?«

»Nachdem Annette angerufen hatte, um uns die schreckliche Nachricht zu überbringen, hat Luisa mir mitgeteilt, dass sie sofort wieder zurückfahren wolle, um ihrer Freundin beistehen zu können.«

»Wieso haben Sie sie nicht begleitet?«

»Sie hätte eine Weile warten müssen. Wir hatten unterwegs Probleme mit dem Wagen. Er wollte überhaupt nicht mehr beschleunigen und ist nur noch im Notlauf gefahren. Irgendein Problem mit einem Flexrohr, das gerissen wäre, sagte man mir in der Werkstatt. Sie haben die Ersatzteile, Gott sei Dank!, da und reparieren ihn gerade, aber ich kann wahrscheinlich erst gegen Abend wieder Richtung Ostsee starten. So lang wollte Luisa nicht warten. Sie war total durch den Wind. Wollte sich in die nächste Bahn setzen und schon vorfahren. Ist auch besser so. Annette ist ziemlich labil, und ich befürchte, dass sie diesen Schock nicht wegstecken wird.«

»Gut, Herr Storch. Dann würde ich das Gespräch an dieser Stelle abschließen und sehe Sie dann sicherlich bald wieder vor Ort. Werden Sie im ›Grand Hotel‹ wohnen?«

»Ich denke, ja. Es widerstrebt mir, aber es ist sicherlich das Beste, um nah bei Annette zu sein, so lang die Ermittlungen laufen. Sie wird unsere volle Unterstützung brauchen.«

»In Ordnung. Bitte halten Sie sich zu unserer weiteren Verfügung bereit. Ich melde mich bei Ihnen, wenn ich noch einmal ihre Hilfe benötige. Vielen Dank.«

Richard Storch nickte und Otte hatte das Gefühl, als wirkte der enttäuscht von sich selbst, dass er seine Karten komplett auf den Tisch gelegt hatte. Sie verabschiedeten sich voneinander und Otte beeilte sich, zurück zu seinem Auto zu kommen, um die Heimreise anzutreten. Ein leichtes Zucken, um seine Mundwinkel entwickelte sich langsam zu einem Lächeln. Er war sehr zufrieden, wie das Gespräch verlaufen war.

KAPITEL 27

Annette legte das Handy aus der Hand und atmete tief durch. Die letzten Stunden waren ein einziger Albtraum gewesen. Sie hatte den ganzen Morgen nur am Telefon verbracht. Draußen vor dem Fenster zeichnete sich ein wundervoller Tag ab, zumindest, was das Wetter anbelangte. Annette hatte kein Auge dafür. Hier drin, wo sie war, war es finster, einsam und beklemmend. Sie sprach mit der Polizei, dem Bestattungsunternehmen, ihrer Familie, Jens' Familie und ihren Freunden. Ihr Nacken schmerzte von der schlechten Haltung, in der sie sich die ganze Zeit befunden hatte. Das Handy unters Ohr geklemmt war sie beim Reden durch das Zimmer gelaufen und hatte verschiedene Dinge geordnet, weil es sie abgelenkt hatte. Sie sah das Meer hinter den Gardinen leuchten und dachte sich, dass dies die Zeit sei, zu der Jens immer schwimmen gegangen war. Er liebte das Meer und ganz besonders die Ostsee. Es wäre wundervoll, jetzt mit ihm gemeinsam rauszugehen und sich an den Strand zu legen – mit dem alten Jens, dem Mann, der er früher einmal gewesen war.

Er hatte sich in den letzten Jahren so sehr verändert, dass sie ihn gar nicht mehr wiedererkannte. Doch es war ausgeschlossen, heute zum Strand zu gehen oder sonst irgendwann. Sie erstarrte. Er war gegangen und würde nicht wiederkommen.

Sie schluckte und vertrieb schnell den Gedanken. Dann griff sie nach einem Jackett von ihm, das er achtlos über einen Stuhl gelegt hatte, und fasste geistesabwesend in die Taschen, während sie im Schrank nach einem Bügel Ausschau hielt. Ein kleiner Zettel befand sich in der rechten Jackentasche. Er war zerknittert und sie faltete ihn neugierig auseinander und glättete das Papier.

Komm zum Haus Anker um 16:00 Uhr – Ich weiß was du getan hast. Damit ist jetzt Schluss!

Sie starrte eine Weile auf das Papier und überlegte. Was war das für eine Botschaft? Offensichtlich hatte Jens diese Nachricht hier erhalten. Das ›Haus Anker‹ war eine der renovierungsbedürftigen Villen, also konnte es sich nicht um einen mehrere Tage oder Wochen alten Zettel handeln.

Was hat das zu bedeuten?

War er zu dieser Verabredung gegangen? Wenn ja, konnte das nur am Donnerstag stattgefunden haben, gestern hatten sie den gesamten Nachmittag miteinander verbracht.

Moment, das stimmt nicht. Wir waren getrennt, als er sich mit Richard getroffen hat.

Sie überlegte. Das würde ja bedeuten, er hätte sie angelogen, aber sie hatte ihn mit dem Auto wegfahren sehen, und außerdem war es da schon etwas nach vier gewesen.

Das Zimmermädchen klopfte und riss sie aus ihren Gedanken. Sie musste sich über dieses Thema später Gedanken machen.

Romy war so nett gewesen, sie vorhin anzurufen und sie zu fragen, ob sie zusammen frühstücken wollten. Sie war bereits viel zu spät dran und musste sich langsam beeilen, um überhaupt noch jemanden von der Familie auf der Kurhausterrasse anzutreffen. Sie warf das Stück Papier auf ihren Nachttisch, griff nach der Zimmerkarte und ging zur Tür. Sie rannte sie über den dicken Teppich im Flur zum

Fahrstuhl.

Wieso beeile ich mich eigentlich so? Sie haben sich bisher auch nicht für mich interessiert. Die reinste Heuchelei.

Sie verlangsamte ihren Schritt und ließ sich die Zeit, die sie benötige, um zum Kurhaus zu kommen. Ben und die Heinzes waren noch da und inzwischen waren wohl auch Bens Eltern dazu gestoßen. Sie saßen an einem Nachbartisch. Annette wurde von allen überschwänglich begrüßt. Man hätte meinen können, die verloren geglaubte Tochter wäre wiederaufgetaucht. Sie versuchte zu verbergen, wie sehr sie dieses Verhalten verabscheute, und lächelte, so gut sie es eben konnte. Sie setzte sich auf den einzigen freien Stuhl am Tisch der Heinzes und schenkte sich einen Kaffee ein.

»Konntest du dich ein wenig ausruhen?«, fragte Romy.

»Ich hab nicht viel geschlafen. Ich bin es nicht gewohnt, dass das Bett neben mir leer ist«, sagte Annette.

Schweigen breitete sich aus. Ben war der Erste, der sich räusperte.

»Ich möchte, dass du weißt, dass wir immer für dich da sind. Wenn wir dir bei irgendetwas helfen können, sag uns bitte Bescheid.«

Alle Augen waren stumm auf sie gerichtet. Sie fand ganz besonders sein Verhalten widerlich, aber sie wollte sich nichts anmerken lassen.

»Ich danke euch. Ganz sicher werde ich darauf zurückkommen. Die Staatsanwaltschaft hat Jens inzwischen freigegeben und der Bestatter hat ihn abgeholt. Es wird das Beste sein, wenn wir ihn in Köln beerdigen. Er wird bereits überführt, und sobald ich die Erlaubnis dafür erhalte, werde ich hinterherfahren.«

Der Kaffee war noch heiß und beruhigte ihren kratzigen Hals, der während der letzten Stunden am Telefon ganz schön gelitten hatte.

»Der Kommissar rief mich heute sehr früh an und teilte mir mit, dass man den Mörder aus dem Wald gefunden hat und dass er tot sei. Ich finde es nicht fair, dass er dadurch seiner gerechten Bestrafung entgeht.«

Sie trank einen weiteren Schluck und begann sich dann, ein Brötchen zu schmieren.

»Wusstest du, dass Jens Geldsorgen hatte?«

Ben beugte sich zu ihr vor, um nicht zu laut reden zu müssen und alle anderen am Tisch verstummten augenblicklich.

»Nein, das wusste ich nicht.«

»Leider ja. Soviel ich weiß, schuldete er jemandem Geld, der nicht zu Scherzen aufgelegt war.«

»Woher weißt du das?«

Annettes Augen waren groß geworden.

»Er hat mich gestern um eine größere Summe gebeten. Er sagte, er bräuchte sie dringend.«

»Er hat mir gegenüber nichts dergleichen erwähnt, auch nicht, dass du ihm Geld geliehen hast.«

Ben räusperte sich verlegen.

»Ich hab ihm kein Geld geliehen.«

»Du hast was?«

Romy war so laut, dass sogar eine Frau am Nachbartisch von ihrem iPhone aufschaute.

»Wieso nicht?«, flüsterte Romy jetzt deutlich leiser und schaute ihren Verlobten mit einem tadelnden Blick an.

Sieh mal einer an, dachte Annette. Dieser perfekte Mann, der sonst so über jeden Tadel erhaben ist, macht also auch Fehler.

Insgeheim musste sie lächeln.

Das geschieht ihnen recht, in ihrer impertinenten Art, mit der sie jahrelang die Nase über mich und meine Sorgen gerümpft haben.

Nun ja, den Heinzes gegenüber war das vielleicht nicht fair, die waren ja erst vor Kurzem auf der Bildfläche erschienen.

»Benni, Liebling, wieso hast du ihm denn nicht geholfen? Er ist doch Familie oder habt ihr Probleme … ist es das? Hat sie bereits das meiste Geld ausgegeben?«

Romy blieb der Mund offen stehen, bei dieser direkten Anfeindung durch ihre zukünftige Schwiegermutter.

»Mutter!«

»Sagen Sie mal, was erlauben Sie sich, so von unserer Tochter zu sprechen!«

Ilses Busen wogte vor Aufregung und sie war im Gesicht puterrot geworden. Romys Vater verschluckte sich an seinem Kaffee und hustete laut, während der Vater von Ben nicht einmal hinter seiner Zeitung hervorguckte.

»Ich habe langsam genug von Ihren Andeutungen, meine Tochter wäre nicht gut genug für Ihren Sohn. Das ist eine Unverschämtheit und ich erwarte augenblicklich von Ihnen eine Entschuldigung. Sie können so froh sein, eine Schwiegertochter zu bekommen, die den Wert des Geldes noch zu schätzen weiß und es gewohnt ist, sich ihren Lebensunterhalt durch Arbeit zu verdienen. Das trifft sicherlich nicht auf alle Frauen aus Ihren Kreisen zu, wie Sie so schön sagen würden. Nichts für ungut, Ben.«

Ilse hatte sich ganz schön aufgeregt und nahm schnell einen Schluck von ihrem Kaffee, um sich selbst ein wenig zu stoppen.

»Dem ist nichts hinzuzufügen«, sagte Ben.

Er hatte schockiert auf die Tischdecke gestarrt. Ihm war die ganze Situation sehr unangenehm. Seine Mutter, die mit dieser Wucht nicht gerechnet hatte, faltete entschlossen ihren Teil der Tageszeitung zusammen, die sie sich mit ihrem Mann geteilt hatte und stand auf.

»Ich denke, es ist das Beste, wenn wir uns jetzt zurückziehen. Wir haben noch ein paar Dinge zu erledigen und dein Vater muss seine Tabletten nehmen.«

Sie zupfte am Ärmel ihres Mannes, der bisher keinen Ton gesagt hatte, und bewegte ihn dazu, aufzustehen und ihr zu folgen. Sie verabschiedeten sich förmlich und ließen Familie Heinze etwas irritiert zurück.

»Sie kann sich nicht entschuldigen. Bitte verzeih, mein

Schatz, aber das ist etwas, das wir niemals aus ihrem Mund hören werden, selbst wenn ihr klar ist, dass sie falschliegt. So wurde sie nun mal erzogen.«

Ben küsste die Hand seiner Verlobten und schaute sie um Verzeihung bittend an.

»Dann kann ich nur hoffen, dass du nicht nach ihr schlägst«, sagte Romy versöhnlich.

»Nicht in allen Punkten.«

Ben lachte und drückte sie.

Annette bewunderte die beiden für ihren herzlichen Umgang miteinander und merkte, wie sie plötzlich so etwas wie Neid empfand.

Nachdem eine Weile Schweigen am Tisch geherrscht hatte, fragte sie: »Du hast ihm also nicht geholfen, okay, aber weißt du denn, für wen er das Geld benötigt hat und wieso?«

Vielleicht hatte das ja etwas mit dem heimlichen Treffen von vorgestern zu tun. Romy und Ben wurden augenblicklich in die Realität zurückgeholt. Er schaute verlegen zu ihr hinüber und begann sich zu rechtfertigen.

»Ich weiß nicht, für wen oder wofür er das Geld gebraucht hat. Ich habe ihn nicht gefragt.«

Sie schaute ihm direkt in die Augen.

»Du hast ihn nicht gefragt? Dein Cousin hat Geldsorgen und du hast das Gefühl, er steckt in Schwierigkeiten, aber weder hilfst du ihm, noch interessierst du dich überhaupt für seine Probleme?«

Sie konnte sehen, wie er auf der anderen Seite des Tisches leicht in sich zusammensank und es bereitete ihr größtes Vergnügen.

Zum allerersten Mal, seit sie sich kannten, nahm er sie überhaupt wahr.

KAPITEL 28

So langsam war sich Nina nicht mehr bewusst, was sie fühlte und für wen. Da war Leo, der sie trotz seiner Wankelmütigkeit immer noch gefangen nahm. So sehr hatte sie sich die Verbindung zwischen ihnen beiden gewünscht. Dann gab es plötzlich Erik. Er war ihr im Grunde unbekannt und die Nähe zu ihm sicherlich eine ganz dumme Idee. Aber obwohl sie doch so hoffnungslos in Leo verliebt zu sein schien, schaffte es dieser Erik, die Schmetterlinge in ihr zum Ausschwärmen zu bringen.

Konnte man in zwei Männer gleichzeitig verliebt sein?

Daran glaubte sie nicht. Das war Blödsinn, aber was sollte sie jetzt tun? Zunächst einmal wollte sie sich an den Plan halten, den sie mit Erik ausgeheckt hatte.

Hmm, Erik …

Nach seinem leidenschaftlichen Kuss am Strand, der sie vollkommen überrumpelt hatte und ihr jetzt noch weiche Knie bescherte, war sie zurückgegangen. Nicht allerdings, ohne sich noch einmal unsicher umzudrehen. Sie hatte ihn im Sand stehen sehen. Er wirkte glücklich. Der warme Blick, den er ihr zugeworfen hatte, passte so gar nicht zu dem, was sie von einem Typ, wie ihm erwartete. Wollte er mehr als eine stürmische Romanze übers Wochenende? Sie war weitergegangen und hatte versucht, die chaotischen Gedanken in ihrem Kopf zu ordnen.

Jetzt stand sie auf dem Weg, der zurück ins Hotel führte. Sie sah ihre Familie mit Annette am Tisch plaudern. Diese Konstellation war denkbar ungeeignet, um mit Annette ein vertrauliches Gespräch zu führen. Es wäre sicherlich sinnvoll zu warten, bis sie ihr Frühstück beendet hatte und wieder zurück aufs Zimmer wollte. Nina schlenderte deshalb den Weg entlang, ohne von ihren Familienmitgliedern bemerkt zu werden. Sie erreichte den Haupteingang des Hotels und ging hinein.

»Guten Morgen, schöne Frau.«

Beinahe wäre sie auf Leo geprallt. Er trug ein anthrazitfarbenes Hemd, lässig aufgeknöpft. Bevor sie etwas sagen konnte, zog er sie wie selbstverständlich an sich heran und küsste sie. Dann legte er den Arm um ihre Schulter.

»Wie geht es dir heute Morgen?«

Das war der Mann, nach dem sie sich die ganze Zeit gesehnt hatte.

»Ganz gut so weit.«

»Was wollen wir jetzt unternehmen? Wozu hast du Lust?«

»Eigentlich wollte ich gerade auf Annette warten. Sie sitzt noch beim Frühstück.«

»Dann lass uns doch gemeinsam warten.«

Er griff nach ihrer Hand und zog sie mit sich durchs Foyer zum Fahrstuhl. Sie folgte ihm wortlos mit einem Kribbeln im Bauch. Irgendwie konnte man ihm schwer widersprechen. Als die Tür des Fahrstuhls sich hinter ihnen schloss, kam er so dicht, dass sie seinen Atem in ihrem Gesicht spürte. Sie lehnte mit dem Rücken gegen die Wand und bebte.

»Du machst mich verrückt, Nina. Weißt du das?«

Sie genoss seine Nähe und glaubte, das Pochen seines Herzens zu spüren. Sie hatte ihn vollkommen falsch eingeschätzt. Er war tatsächlich in sie verliebt.

»Du hast mir in den letzten Wochen gefehlt«, sagte sie.

»Du mir auch.«

Als der Fahrstuhl hielt, beeilten sie sich, über das kurze Stück Flur zu seinem Zimmer zu laufen.

Nina schwebte im siebten Himmel, als sie auf seinem Bett lagen und sich wild küssten. Ein kurzer Gedanke an Erik versetzte ihr einen kleinen Stich.

Oh nein. Das war nicht gut. Doch sie konnte Leo einfach nicht widerstehen.

Sie hatte ihm das Hemd viel zu heftig aufgerissen und dabei einen Knopf durchs Zimmer fliegen sehen. Leidenschaftlich bäumte er sich nun über ihr auf, und da war Feuer in seinen Augen, das dem in ihren begegnete.

Dann klingelte sein Handy. Es war ein fröhlicher Klingelton. Er ließ sich davon nicht aus der Ruhe bringen. Sie schielte zum Display auf dem Nachttisch und erhaschte einen Blick aufs Anruferbild: Leo mit einer Frau im Arm. Augenblicklich stoppte sie ihn.

»Vielleicht solltest du da rangehen.«

»Er beugte sich wieder zu ihr und flüsterte: Darum kann ich mich später kümmern.«

Sie wehrte ihn ab und funkelte ihn böse an.

»Ist das deine Freundin? Die, von der du dich nicht lösen kannst? «

Er hob die Augenbrauen. Nina warf ihm einen geringschätzigen Blick zu.

»Romy hat mich über euch aufgeklärt.«

Er nickte langsam.

Wow! Da war es wieder. Das Gefühl, der größte Trottel aller Zeiten zu sein. Sie richtete sich auf und schaute ihn an. Er hob nur entschuldigend die Arme. Schweren Herzens verließ sie das Bett und sammelte vom Teppich im Flur ihre Schuhe ein. Als sie wieder hochkam, blickte er sie an.

»Tut mir leid, Nina.«

»Was genau tut dir denn leid?«

Er sah sie nur an, mit seinem Schlafzimmerblick.

»Du weißt, dass ich Schwierigkeiten habe, mich zu binden.«

»Du hast doch aber offensichtlich keine Angst, dich mit ihr zu binden.«

»Wir kennen uns schon ewig …«

Er zuckte mit den Schultern.

»Da weißt du also, was du hast, richtig?«

»Dich kenne ich eben noch nicht so lang. Ich würde dich aber sehr gern kennenlernen. Ich hänge irgendwie an dir, weißt du? Du hast etwas an dir, was mich dich einfach nicht vergessen lässt.«

Nina schüttelte den Kopf und verließ das Zimmer. Sie schäumte vor Wut – und vor unerwiderten Gefühle. Was bildete sich der Kerl eigentlich ein? Ihre Gefühle waren ihm offenbar völlig egal. Sie war es wahrscheinlich auch.

Ein Anflug von Trauer überkam sie und drückte ihre Wut nieder. Sie hatte sich wirklich gewünscht, dass es ihm dieses Mal um sie ginge. Wie betäubt stand sie vor dem Fahrstuhl. Sie hatte eigentlich vorgehabt Annette zu besuchen. Das würde sie jetzt auch tun. Sie stieg ein und fuhr in den dritten Stock.

KAPITEL 29

Auf dem Flur von Annettes Zimmer stand der Wagen des Zimmermädchens. Sie schlenderte daran vorbei und betrachtete die vielen Shampoofläschchen, Duschgels und Bodylotions mit dem Wappen des Hotels darauf. Ein Potpourri entzückender kleiner Wohlfühlartikel. Daneben standen auf einem silbernen Tablett jede Menge Frühstücksgeschirr und eine leere Flasche Champagner Moët & Chandon. Annettes Nachbarn hatten offensichtlich etwas zu feiern gehabt. Hinter Annettes Tür hörte sie den Staubsauger und im Zimmer direkt daneben füllte gerade jemand vom Personal die Kosmetikartikel auf, wie sie es durch den breiten Türspalt sehen konnte.

Vielleicht war es eine blöde Idee gewesen, direkt hier nach oben zu kommen. Womöglich wollte Annette danach gar nicht auf ihr Zimmer zurück, warum auch? Sie überlegte gerade, was der nächste Schritt sein könnte, als das Zimmermädchen mit einem großen Staubsauger an ihr vorbei ins Nachbarzimmer ging zu ihrer Kollegin. Die Tür von Annettes Zimmer fiel langsam zu. Nina beobachtete, wie sie über den dicken Teppich kroch und im Schneckentempo immer näher ans Schloss kam.

Mit einem Satz war sie an der Tür und steckte ihren Fuß in die letzten offenen Zentimeter. Nach einem kurzen Zögern ging sie zielstrebig in den Raum und schloss die Tür hinter sich. Es war wichtig, etwas über Jens und seine Pläne herauszufinden. Was genau sie suchte, wusste sie nicht. Eine gewisse Aufregung stieg in ihr auf, als sie jetzt in seinem Zimmer stand, kurz davor, etwas Wichtiges herauszufinden.

Der Raum war ziemlich aufgeräumt. Am Eingang standen Annettes Schuhe und an der Garderobe hing ihre Jacke. Ein großes Doppelbett mit einem hohen stoffbezogenen Kopfteil stand im Raum. Der Stoff schimmerte cremefarben und korrespondierte mit den hellen Wänden und den langen sandfarbenen Übergardinen. Aus Annettes Zimmer hatte man tatsächlich Blick aufs Meer. Nina ging langsam um das Bett herum. Nirgends lagen persönliche Sachen, alles war ordentlich in den Schränken verstaut worden. Sie war ein bisschen enttäuscht. Dann wandte sie sich zum Schreibtisch, der vor dem Fenster stand: eine Leselampe, eine lederbezogene Schreibunterlage, ein Notizblock, das Telefon, die übliche Mappe und eine Flasche Mineralwasser mit zwei Gläsern waren das Einzige. Zwei Gläser! Sie vermochte sich nicht vorzustellen, wie Annette sich in dieser neuen Lebenssituation fühlen musste. Auf dem Nachtisch lagen ein Buch und eine Lesebrille. Daneben entdeckte sie einen Zettel, der – so zerknittert wie er war – überhaupt nicht in dieses aufgeräumte Ensemble passen wollte. Sie nahm ihn in die Hand und las.

Auf einmal ertönte das Piepen des Türschlosses, das andeutet, wenn jemand per Karte ins Zimmer tritt. Hastig sprang sie mehrere Schritte heran, bis sie abgehetzt mit pochendem Herzen im Flur stand.

»Was machst du hier?«

Annette stand vor ihr und funkelte sie ernst an. Nina riss sich zusammen und versuchte, so unschuldig wie möglich auszusehen, obwohl sie ein wahnsinnig schlechtes Gewissen hatte.

»Ich warte auf dich. Das Zimmermädchen hat mir gestattet, hier in deinem Zimmer auf dich zu warten. Ist doch nett, oder?«

Nina bemerkte, dass ihre Stimme eine Oktave höher war als sonst. Sie räusperte sich und ging herzlich mit ausgestreckten Armen auf Annette zu, während sie dabei den Kopf schief legte.

»Ich wollte schauen, wie es dir geht und dich fragen, ob du irgendwelche Hilfe benötigst. Weißt du, ich habe draußen auf dem Flur gestanden und ständig kamen Leute vorbei, die mich nach gestern Abend gefragt haben. Unsere beiden Gesichter haben sie sich eingeprägt. Ich schätze, das Zimmermädchen hatte ein bisschen Mitleid mit mir und hat mich hier drin warten lassen. Sie ist gerade eben erst raus. Ist das in Ordnung oder überschreite ich damit eine Grenze?«

»Nein, nein, alles okay.«

Annette wirkte erleichtert.

»Ich war nur überrascht, das ist alles. Momentan kann ich nicht gut mit Überraschungen umgehen.«

Sie verzog das Gesicht und griff zu ihren Füßen, um sich der Schuhe zu entledigen.

»Hast du was dagegen, wenn wir uns hier unterhalten? Ich mag momentan nicht wieder da hinausgehen. Bens Mutter hat da unten gerade eine Szene gemacht, die sich gewaschen hat. Aber Hut ab … deine Mutter hat die Familienehre gerettet.«

Sie zwinkerte Nina zu und die bedankte sich bei ihr, ohne eigentlich zu wissen, wofür.

»Darf ich dich etwas fragen?«

Nina setzte sich auf den Zweisitzer, der gegenüber des Doppelbettes stand.

»Na klar, schieß los.«

»Wie machst du das, dass du so stark bleiben kannst? Bitte versteh mich nicht falsch. Ich zweifle nicht daran, dass du deinen Mann sehr geliebt hast, ich habe nur höchsten Respekt davor, dass du es schaffst, aufrecht zu bleiben.«

Annette sah sie eine Zeit lang an, dann ging sie langsam zu dem Sessel, der auf der anderen Seite des Couchtischs stand und setzte sich hinein. Sie strich sich eine Locke aus dem Gesicht und lehnte sich bequem nach hinten.

»Du hast vollkommen recht, ich verstehe, wie das aussehen muss. Ich habe mich das auch schon gefragt. Weißt du, ich habe Jens auf der Uni kennengelernt … ja, genau … ich habe damals Medizin studiert.«

Nina wurde rot, als sie realisierte, dass sie ziemlich dumm aus der Wäsche geguckt haben musste und prompt aufgeflogen war. Sie drückte die Lippen fest aufeinander.

»Wir haben uns kennengelernt und uns Hals über Kopf verliebt. Die Hochzeit fand nur ein halbes Jahr später statt. Ich war jung und so wahnsinnig in ihn verliebt. Ich habe irgendwie akzeptiert, dass seine Familie und er sehr konservativ waren in Bezug auf die Ehefrau und ihre Pflichten dem Mann und dem Heim gegenüber. Ich habe ihm zu Hause den Rücken freigehalten und bin nach meinem Abschluss nicht ins Berufsleben eingestiegen. Wir wollten ja auch eine Familie gründen und so bin ich einfach daheimgeblieben und habe – gewartet.«

»Gewartet?«

»Ja. Gewartet, dass er abends heimkehrt, gewartet, dass wir Nachwuchs bekommen, gewartet auf den nächsten Schritt, den er in unserem Leben entscheidet. Ich habe mein Leben irgendwie aus den Augen verloren. Von seiner Familie, insbesondere seinen Eltern, wurde ich behandelt wie Luft. Ich gehörte zum Inventar und erfüllte eine bestimmte Aufgabe. Ach ja, und ich war die Frau, die ihnen keine Enkel gebären konnte.«

Annette lachte verbittert auf.

»Das tut mir wahnsinnig leid!« Nina fühlte sich schuldig, dass auch sie Annette gleich von Beginn an in eine Schublade gesteckt hatte.

»Ist schon gut. Worauf ich eigentlich hinauswill, ist … irgendwann hat auch Jens mich nur noch so gesehen oder zumindest behandelt … wie ein Stück Inventar. Je mehr ich mich bemühte, umso mehr hat er mich von sich gestoßen. Wir haben uns ziemlich entfremdet in der letzten Zeit. Vielleicht ist das der Grund, weshalb ich nach diesem Trauma nicht in der Lage bin richtig zu weinen. Na ja, bis auf den kurzen Ausbruch gestern Abend. Ich meine aber ein echtes Trauern. Ich fühle mich einfach nur betäubt.«

Mit einem erschöpften Blick schaute sie Nina an. Ihr Gesicht spiegelte keinerlei Gefühlsregung wider.

»Ich glaube, das wird noch kommen. Wenn der ganze Spuk vorbei ist, wird es dich einholen. Mach dir keine Sorgen. Das ist wahrscheinlich ganz normal.«

Annette lächelte Nina dankbar an.

»Meinst du?«

»Wir kennen uns ja noch nicht so gut. Ich kann mir selbst kaum vorstellen, wie es sein muss, seinen Partner zu verlieren. Ich finde aber, du schlägst dich großartig. Mach dir keine Gedanken, was vielleicht andere Leute denken könnten. Und wer weiß, vielleicht stehst du auch einfach nur noch unter Schock.«

»Kann sein. Danke, dass du für mich da bist. Ich weiß, dass das nicht selbstverständlich ist, eben weil wir uns noch nicht so gut kennen.«

Annette lächelte entwaffnend. Es war das erste fröhliche Lächeln, das Nina heute bei ihr sah.

»Hat Jens dir gesagt, wo er kurz vor dem Empfang noch einmal hinwollte?«

Nina bereute sofort, dass sie diese Frage gestellt hatte. Das Lächeln verschwand von Annettes Gesicht und sie wurde wieder ernst.

»Nein. Er hat mir zugerufen, dass er gleich wieder da wäre, und ist verschwunden.«

»Hat er vielleicht einen Anruf oder eine Nachricht bekommen?«

»Ich habe davon nichts mitbekommen, wenn es so gewesen ist.«

»Hast du mal auf seinem Handy nachgesehen?«, fragte Nina vorsichtig weiter.

»Das Handy ist leider verschwunden. Bisher haben sie es nicht finden können, ebenso wenig wie die Tatwaffe. Sie vermuten, dass es vom Meer davongespült wurde.«

Annette schaute Nina eine Weile neugierig an.

»Wieso ist das eigentlich wichtig? Wir kennen doch seinen Attentäter.«

Nina war sich nicht sicher, wie viel sie Annette von ihrem Verdacht erzählen könnte, ohne ihren Kummer noch zu vergrößern. Sie wollte sie nicht unnötig quälen, nur weil sie und Erik ein bisschen Detektiv spielten.

»Stimmt schon, eigentlich ist es nicht mehr wichtig. Ich glaube, ich hatte insgeheim gehofft, dass es einen guten Grund geben musste, um das Hotel zu verlassen, wahrscheinlich, damit mir das Ganze weniger sinnlos vorkommt, als es tatsächlich ist.«

»Das verstehe ich.«

Nina sinnierte, ob das vielleicht tatsächlich der Grund sein könnte, weshalb sie und Erik sich so sehr in die Sache verbissen hatten. Es schien sonst ein vollkommen sinnloser Tod zu sein, absolut vermeidbar, einfach nur schlechtes Timing.

»Jetzt gerade bin ich froh, dass Jens und ich nie Kinder bekommen haben.«

Nina horchte auf. Sie sah den traurigen Blick der Frau, die ihr gegenübersaß.

»Weil ihnen diese Tragödie damit erspart geblieben ist?«

»Nein.«

Annette schaute verträumt aus dem Fenster.

»Weil ich sonst niemals in der Lage wäre, dieser Familie den Rücken zu kehren.«

KAPITEL 30

Eigens nach Wismar zu fahren, um Storch zu vernehmen, hatte ihn viel kostbare Zeit gekostet, aber er fand, dass es sich gelohnt hatte. Kriminalhauptkommissar Otte war seit fünfzehn Minuten auf dem Rückweg, als sein Kollege Kriminaloberkommissar Andreas Schmidt anrief. Ihn hatte Otte beauftragt, in der Datenbank zu wühlen. Er sollte jemanden finden, auf den die Beschreibungen des Geldgebers und seines Lakaien passten. Sie hatten einen Namen und zwei Personenbeschreibungen.

Sicher, er hätte Andreas Schmidt nach Wismar schicken können. Der hatte sich angeboten, doch das kollidierte mit Ottes Stolz. So hätte es zumindest seine Frau formuliert. Er bezeichnete das als Pflichtbewusstsein. Er war der Chefermittler und wollte mindestens anwesend sein, bei den wichtigsten Zeugenvernehmungen.

»Hallo, Andreas. Was gibt es?«

»Ich hab ihn gefunden, glaube ich. Antonio Gianelli, Inhaber der Firma Gianelli Immobilien Verwaltungs GmbH und Co. KG. Er besitzt einige Häuser in der Hamburger Innenstadt und verdient mit deren Vermietung sein Geld. Ist bereits mehrfach aktenkundig geworden. Die Kollegen ermittelten hier wegen räuberischer Erpressung mit Bedrohung und gefährlicher Körperverletzung.«

Andreas machte eine kurze Pause, wahrscheinlich, um die Informationen bei seinem Chef sacken zu lassen.

»Klingt, als wäre das unser Mann.«

Otte sah vor sich ein Meer roter Bremslichter und realisierte, dass er auf das Ende eines Staus zugefahren war.

»Verdammt!«

»Wie meinst du das?«

»Das galt nicht dir, sondern dem verflixten Verkehr. Es ist bereits nach eins und ich stecke im Stau fest. Die Zeit läuft mir davon. Erzähl weiter.«

»Also gut. Gianelli selbst wäscht jedes Mal seine Hände in Unschuld. Hauptsächlich gab es Beschwerden von Ladenbesitzern beziehungsweise deren Angehörigen. In der Anschuldigung des Besitzers eines kleinen italienischen Lokals heißt es, er wäre in Mietverzug geraten und daraufhin sei ein Schlägertrupp bei ihm aufgetaucht. Zunächst hat er Anzeige erstattet, als sie ihn krankenhausreif geschlagen haben. Einer der mutmaßlichen Angreifer habe ihn sogar mit einer Waffe bedroht, ein gewisser Alexander Brecht, der arbeitet ebenfalls für Gianelli. Wenig später hat er die Anzeige wieder zurückgezogen. Seitdem hüllt er sich in Schweigen und betreibt sein Lokal am Stephansplatz wie eh und je. Von diesen Fällen gibt es inzwischen vier. Alle mit demselben Muster. Keiner blieb bei seiner Anzeige. Gianelli ist niemals bei den Vermietern aufgetaucht, dazu hatte er seine Leute.«

»Also liegt kein Haftbefehl gegen ihn vor.«

»Es gibt eine Sache, die sich derzeit noch in der Schwebe befindet und bei der er als Zeuge geführt wird.«

»Worum handelt es sich?«

Otte hatte inzwischen den Motor abgeschaltet und sich vollkommen seinem Schicksal ergeben.

»Vor einigen Monaten ist eine junge Frau verschwunden. Sie lebte mit einer Freundin in Barmbek. Eines Tages kam sie nicht mehr nach Hause, nachdem sie sich im Schanzenviertel zum Feiern verabredet hatte. Ihre Mitbewohnerin war übers Wochenende zu ihren Eltern gefahren und weiß nur, dass sie geplant hatte, zu der Party zu gehen. Beide studierten an der Uni Betriebswirtschaft. Diese besagte Frau – Greta Lindner – war immer wieder mit Alexander Brecht gesehen worden. Er selbst bestritt eine feste Beziehung. Ihre Mitbewohnerin hat das allerdings komplett anders dargestellt. Sie berichtete auch, dass die Vermisste, hin und wieder von Alexander geschlagen worden war. Kurzum … Gianelli hat ihm für diesen Abend ein Alibi gegeben. Bisher gibt es in diesem Fall keine neuen Spuren. Mehr als dass deren beider Namen in den Akten auftauchen, haben die Kollegen nicht.«

»Also hat Gianelli bei ihm was gut … okay. Versuch, ihn und seinen Komplizen aufzutreiben. Er ist sicherlich nicht mehr in der Gegend. Vielleicht ist er wieder in Hamburg. Prüfe bitte, ob er in Heiligendamm oder in der Gegend ein Zimmer reserviert hatte. Wenn ihr sie findet, nehmt ihr sie erst mal in Untersuchungshaft wegen hinreichendem Tatverdacht. Ich bin mir sicher, dass Richard Storch aussagen wird, auch wenn das ein bisschen dünn ist, weil es dafür keine Zeugen gibt, aber vielleicht lassen sich ja welche ausgraben. Kämmt einfach die Gegend durch, am besten zeigt ihr den Leuten Bilder von Gianelli und Brecht. Findet heraus, ob man sie zur Tatzeit gesehen hat oder an den Tagen davor.«

»In Ordnung, ich werde alles Weitere in die Wege leiten. Was denkst du, wann du wieder hier bist?«

Otte schnaufte verächtlich.

»Das sieht mir hier fast nach einer Vollsperrung aus. Ich melde mich, sobald ich mehr weiß.«

Otte legte auf. Er starrte durch die Windschutzscheibe auf einen Ford Focus mit einer vierköpfigen Familie direkt vor ihm. Die beiden Kleinkinder auf der Rückbank in ihren Kindersitzen kämpften mit ganzer Kraft um ein Buch. In dem roten Toyota neben ihm saßen ein rauchender Mittzwanziger und eine Frau, die ihre nackten Füße auf das Handschuhfach gelegt hatte. Ihre Scheiben waren runtergelassen und aus dem Autoradio ertönte Tropical House Musik. Inzwischen kannte Otte sich trotz seiner dreiundfünfzig Jahre aus. Sein Kollege Andreas quälte ihn ständig damit.

Er lehnte sich in seinem Sitz zurück und gähnte. Dann musste er eben die Zeit nutzen, um alles in Ruhe zu durchdenken.

In den frühen Morgenstunden war die Leiche von Lars Karlsson auf der Burgterrasse entdeckt worden: ein Platz vor einem weiteren Gebäude des ›Grand Hotel‹, das neun Zimmer und neun Suiten beherbergte. Zwei Stockwerke darüber stand ein Fenster offen. Sie mussten davon ausgehen, dass er aus dem Fenster gestürzt war. Die Kollegen vom Erkennungsdienst waren rausgefahren und hatten die Spuren im Zimmer und auf der Terrasse gesichert. Beides war jetzt abgesperrt.

Diese Information hatte er Richard Storch nicht weitergegeben. Vielmehr hatte es ihn interessiert, ob der das Gespräch von allein auf dieses Thema lenken würde.

Die Durchsuchung hatte ergeben, dass Karlsson eine Zeit lang in diesem Zimmer verbracht haben musste. Das Zimmer war übersät mit seinen Fingerabdrücken. Hier und da gab es verschmierte Abdrücke von dritten Personen, wie man sie in einem Hotelzimmer vermuten würde – nicht weiter verwunderlich. Das meiste war vom Reinigungspersonal verwischt worden. Dieses Zimmer war am Freitag gegen elf Uhr frei geworden. Danach hatte das Zimmermädchen den Raum gereinigt.

Das Zimmermädchen hatte beim Verlassen des Raums einen Mann im Schlafanzug auf dem Flur stehen sehen, der sich zu einem Tablett mit Essen beugte, das vor einer Tür stand. Sie habe sich keinerlei Gedanken gemacht, da es für sie logisch schien, dass dieser Mann aus seinem eigenen

Zimmer kommen musste, nur um sein Tablett auf den Gang zu stellen. Er war sicherlich hochgeschreckt, als er sie gesehen hatte, aber auch das hielt sie für normal. Sie hatte ihn nicht weiter verunsichern wollen und war deshalb schnell um die Ecke gebogen. Otte vermutete, dass diese Zeit für ihn genügt hatte, um die zufallende Tür aufzuhalten.

Im Schlafzimmer hatte man einen Ehering gefunden, der, wie sich inzwischen herausgestellt hatte, der Ehefrau von Karlsson gehört hatte.

Hm. Dieser Ring machte ihn stutzig. Er würde darüber noch einmal genau nachdenken müssen.

Karlsson war die Nacht über in diesem Zimmer gewesen und am frühen Morgen aus dem Fenster gestürzt. Niemand der Gäste aus den umliegenden Zimmern hatte einen Schrei gehört. Otte vermutete, dass er aus freien Stücken gesprungen war.

Karlsson schien der perfekte Verdächtige nach außen hin zu sein, schließlich hatte er mutmaßlich gerade jemanden umgebracht. Was Otte an der ganzen Sache jedoch störte, waren verschiedene Kleinigkeiten. Es gab Blutspuren auf seiner Kleidung. Das Ergebnis der Analyse erwartete er in einigen wenigen Stunden. Sollte Karlsson für die Tat am Strand verantwortlich sein, würde man dies durch das Blut auf seiner Kleidung nachweisen können. Ebenso wie man Blut vom Wanderer nachweisen würde. Aber Otte glaubte nicht daran. Den Wanderer hatte er umgebracht, daran bestand für ihn kein Zweifel, aber Jens Riesberg?

Was hatte Riesberg um diese Zeit auf der Seebrücke gemacht, ganz am Ende des Stegs? Er war sicher nicht ohne Grund in der Nacht die zweihundert Meter bis ans Ende gelaufen. Die Sonne war bereits untergegangen und die Lampen erleuchteten nicht die komplette Seebrücke. Er war zu einem Empfang geladen gewesen und dennoch das Risiko eingegangen, zu spät zu kommen, nur um frische Luft zu schnappen? Dazu hätte er das Hotelgelände nicht verlassen müssen. Der Mord hatte eindeutig an dieser Stelle stattgefunden, auf dem Brückenkopf. Die Polizei hatte dieses Detail aus gutem Grund bisher nicht bekannt gegeben. Es waren frische Blutspuren gefunden worden, die eindeutig an diesem Tag entstanden sein mussten. Am Abend zuvor hatte es geregnet. Die Tests im Labor hatten heute Morgen bestätigt, dass es sich dabei um das Blut von Riesberg gehandelt hatte. Nach der Tat hatte der Mörder den Toten unter dem untersten Brett der Absturzsicherung durchgerollt und ins Meer gleiten lassen. Das Meer hatte ihn dann nach einiger Zeit an den Strand gespült. Sicherlich ein Umstand, mit dem der Täter nicht so schnell gerechnet hatte.

Dann war da noch Karlsson, der augenscheinlich die Nacht zunächst im Keller der Burg in einer geschlossenen Bar verbracht hatte. Warum dieser Bereich nicht durchsucht worden war, war Otte ein Rätsel, das er zu gegebener Zeit klären würde. Karlsson hatte am späten Vormittag Zugang zu einem der Zimmer in der Burg erhalten und hätte das in der Theorie gegen Abend verlassen müssen, um zur Seebrücke zu gehen. Von dort aus zweihundert Meter aufs Meer hinauslaufen, nicht zu vergessen: mit einer bisher unbekannten Tatwaffe, die er hätte mitbringen müssen. Dann Riesberg erschlagen und zurück auf sein Zimmer. Er hätte während der beiden Wege nicht gesehen werden dürfen und was noch viel wichtiger war: Er hätte eine Zimmerkarte zu dem Zimmer besitzen müssen, zu dem er sich unerlaubterweise Zutritt verschafft hatte. Wie wäre er sonst in der Lage gewesen, das Zimmer wieder zu betreten?

Zu guter Letzt gab es noch ein Puzzleteilchen. Das Handy von Riesberg war bisher nicht aufgetaucht. Er musste es dabeigehabt haben, als er auf die Brücke ging. Seine Frau hatte ihnen versichert, dass er niemals ohne Handy das Haus verließ und es auch sonst jederzeit bei sich trug. Außerdem war es im Zimmer nicht gefunden worden.

Das alles ging Otte durch den Kopf, während er hinter sich das Horn eines Krankenwagens hörte.

Er hoffte, dass er bald wieder im Hotel sein konnte, um

mit allen Beteiligten ein Gespräch zu führen.

Er hoffte, dass seine Kollegen Gianelli auftreiben würden und dass er ihn in diesem Fall voranbrachte.

KAPITEL 31

Nina klopfte mit pochendem Herzen an seine Tür und hörte mit angehaltenem Atem, wie dahinter Schritte immer näher kamen und dann verstummten, kurz bevor die Tür geöffnet wurde. Sie hatte eine Entscheidung gefällt und hoffte nun inständig, dass sie auch stark genug sein würde, dies umzusetzen. Als die Tür auf ging, sah sie Freude in seinen Augen aufblitzen. In diesen eisblauen Augen konnte sie sich früher verlieren. Sie biss die Zähne aufeinander und dachte noch einmal daran, wie unglücklich sie im letzten halben Jahr gewesen war.

»Hier bin ich. Was wolltest du mit mir besprechen?«

»Das klingt aber reserviert.«

Leo hob die Augenbrauen. Sie reagierte nicht.

»Okay, okay. Du hast recht. Ich habe mich wie ein Idiot verhalten. Ich wollte dich sehen. Wir sollten reden – über uns. Wieso guckst du so verwirrt?«

»Ich würde sagen, ich bin verwundert. Ich weiß, dass du mir gestern schon gesagt hast, wie du dir unsere Beziehung vorstellst, aber du warst bisher nicht sehr ausdauernd, wenn es um mich ging … deshalb …«

Er öffnete die Tür vollständig und ließ sie eintreten, um

sie danach mit einem lauten Klacken ins Schloss fallen zu lassen. Sie stand unschlüssig in der Mitte des Raums und dachte zurück an ihr kurzes Abenteuer vor ein paar Stunden. Er war hinter sie getreten und schlang seine Arme um ihren Körper, während seine Lippen sanft an ihrem Hals herabglitten und ihn mit Küssen bedeckten. Sie schloss die Augen und atmete tief ein, dann drehte sie sich um und löste sich aus seiner Umarmung.

»Was ist los?«

Leo sah irritiert aus.

Nina setzte sich aufs Bett und schwieg einen Moment. Sie hatte sich im Gegensatz zu dem Rat ihrer Freundin Susi dafür entschieden, dieses Gespräch sachlich und freundlich zu führen.

»Ich denke, dass wir zwei keinerlei Zukunft haben und deshalb ist das hier …« Sie machte eine allumfassende Handbewegung in der Luft. »… keine gute Idee.«

So, jetzt war es raus.

Leo setzte sich neben sie auf das Bett, viel zu dicht, wie Nina fand, um das Gespräch mit der nötigen inneren Distanz führen zu können, und lächelte süffisant.

»Du meinst also, du würdest Nein sagen müssen, wenn ich dich jetzt bitten würde, mit mir zu schlafen?«

Dieser Spruch löste in Nina zum ersten Mal so etwas wie Abscheu aus. Jetzt verstand sie, wie ihre beste Freundin Susi ihn sehen musste.

Sie wurde wütend.

»Ja, genau das meine ich.«

»Wieso?«

Er schaute ihr direkt in die Augen und sie konnte sehen, wie sicher er sich fühlte, dass sein Blick ihr unter die Haut gehen würde.

Aber nicht dieses Mal, mein Lieber. Heute sehe ich dein wahres Gesicht.

Selbstbewusst erwiderte sie seinen Blick.

»Ich will keine Affäre mit einem Mann, der sich nicht

sicher ist, was er mit mir anfangen soll oder wohin uns das Ganze führen wird. Ich bin Ende dreißig und suche einen Mann, mit dem ich mir etwas Langfristiges aufbauen kann. Seien wir doch mal ehrlich. Du hältst mich doch nur warm.«

»Das ist alles? Du willst jemanden, der dir gleich einen Antrag macht?«

Er verdrehte die Augen. Auf ihre letzte Bemerkung ging er nicht ein.

»Quatsch! Ich will einen Mann, der in mich Hals über Kopf verliebt ist, und nicht einen, der mich wie den letzten Dreck behandelt und ständig fallen lässt, wenn ihm danach ist. Du schläfst mit mir und verziehst dich dann erst mal? Was für ein Arsch von einem Mann macht denn so was, wenn er wirklich verliebt ist? Bei aller Liebe! Ich habe mir viel gefallen lassen von dir. Die Telefonanrufe, um mich bei der Stange zu halten. Und auch, dass du nach Monaten, in denen du mit Abwesenheit geglänzt hast, hier auftauchst und sofort wieder Besitz von mir ergreifst. Das hört jetzt auf!«

Sie hatte sich jetzt doch wider ihre Vernunft in Rage geredet. Susi wäre stolz auf sie, auch wenn Nina das eigentlich anders geplant hatte. Leo nickte einmal kurz und stand auf. Er ging zur Tür und öffnete sie für sie. Augenscheinlich hatte er nichts zu ihren Vorwürfen zu sagen und wollte auch keinerlei Versuch unternehmen, sie zu überzeugen oder sich zu rechtfertigen.

Hatte sie sich was anderes erhofft? Irgendwie schon, wenn sie ganz ehrlich war.

War er jemand, mit dem man Spielchen spielen konnte? Nein. Tatsächlich nicht. Das hier konnte nur ihre Entscheidung sein. Weiter leiden oder den Schlussstrich ziehen.

Sie verabschiedete sich von dem Gedanken, dass diese Szene in Liebesfilmen irgendwie anders lief, stand auf und ging zur Tür. Er schaute zu Boden und ihr nicht ins Gesicht, als wäre sie die reinste Zeitverschwendung. Das tat ihr in irriger Weise weh, auch wenn es sie eigentlich kalt lassen sollte.

So ist das, wenn wir unser Herz an etwas gehängt haben – es lässt sich sehr schwer vom Gegenteil überzeugen, auch wenn die Wahl von Anfang an falsch war, dachte sie.

Sie ging hinaus auf den Gang und hörte, wie die Tür langsam hinter ihr ins Schloss fiel, still und leise ohne die Stimme eines Mannes, der sie anflehte, bei ihm zu bleiben, weil er einen Fehler gemacht hatte. Das war nicht Hollywood und sie nicht Meg Ryan. Dass sie bis zum letzten Moment die Hoffnung nicht aufgegeben hatte, ärgerte sie. Wieso hatte er nur so eine Macht über sie?

Sie hob den Blick und schrak zusammen. Vor ihr stand Erik.

KAPITEL 32

Erik war gerade von Bens Zimmer gekommen, als sie plötzlich vor ihm aufgetaucht war. Sie trug ein blasslila Kleid und hellblaue Ballerinas. Ihr Haar schmiegte sich seidig um ihre Schultern und rahmte ihre rosigen Wangen ein. Sie wirkte erschöpft, und erst auf den zweiten Blick hatte Erik für eine Sekunde in der geöffneten Tür gesehen, aus wessen Zimmer sie gerade getreten war. Der Stich, den ihm diese Erkenntnis versetzte, war größer, als er es vermutet hätte. Der Kerl hatte ihm sogar kurz zugezwinkert, bevor er die Tür hinter Nina geschlossen hatte. Was für ein kalter Fisch!

Erik hatte nicht vor, sich auf diesen Wettstreit einzulassen. Er musste sich aber eingestehen, dass er auch von ihr enttäuscht war. Sie musste doch inzwischen wissen, wie sehr er sich zu ihr hingezogen fühlte. Zugegeben, sie hatte ihn gewarnt, dass es da noch eine Beziehung gab und … ja … er hatte sich etwas darüber hinweggesetzt. Dennoch, die Luft knisterte zwischen ihnen beiden. Das musste sie doch auch spüren. Sie sollte den Typen so langsam in den Wind schießen.

War sie vielleicht der Typ Frau, der mit den Männern spielte?

Blödsinn!

Den Gedanken verwarf er direkt wieder. So viel Killerinstinkt traute er ihr nicht zu. Selten hatte er mit seiner Menschenkenntnis falschgelegen, warum also dieses Mal?

Er schaute sie stumm an, während ihm diese Gedanken durch den Kopf schossen und wartete ab, dass sie den ersten Schritt machte. Sie räusperte sich mehrfach stark, bevor sie sprach, und stammelte dann wenig zusammenhängendes Zeug über einen Besuch bei Leo. Und dass sie Erik ohnehin aufsuchen wollte und wie praktisch dieser Zufall doch wäre.

Das glaube ich dir auf keinen Fall.

Erik nickte. Sie wirkte durch sein Verhalten noch eingeschüchterter und war nach wie vor nicht in der Lage, sich zu fangen. Ihre Wangen glühten. Er hatte Mitleid mit ihr und versuchte, ihr auf die Sprünge zu helfen.

»Weshalb hast du mich sprechen wollen?«

Hoffnungsvoll hob er die Augenbrauen.

»Ich hab etwas gefunden.«

Sie lächelte verschwörerisch und er konnte die Erleichterung in ihren Augen sehen. Sie steuerten ein unverfängliches Thema an.

»Worum geht es, hast du mit Annette sprechen können?«

Sie zog einen Zettel aus ihrer Hosentasche und reichte ihn rüber. Er las das knittrige Stück Papier und blickte sie an.

»Was hat das zu bedeuten?«

Sie erzählte ihm, wie sie auf Annette gewartet hatte und wie es dazu gekommen war, dass sie am Ende ihr Zimmer durchsucht hatte. Er stieß einen leichten Pfiff durch die Zähne aus.

»Das war ganz schön riskant!«

Sie lächelte ihn stolz und entwaffnend an.

Diese Frau muss man einfach gernhaben! Stimmte das für ihn?

Er sinnierte kurz, ob ›gernhaben‹ die richtige Umschreibung für seine Gefühle war.

»Was glaubst du, könnte das bedeuten?«, fragte sie.

»Ich weiß nicht. Scheint so, als würde jemand Annette bitten, ihn um diese Zeit an diesem Haus zu treffen.«

»Es könnte doch aber auch sein, dass sie jemandem diese Nachricht geben wollte.«

»Nun, dann hast du ihr die Tour aber gehörig vermasselt, als du ihr den Zettel geklaut hast.«

Erik lachte und knuffte sie in die Seite. Sie boxte zurück und irgendwie fühlte er ihre und seine Erleichterung zur selben Zeit. Sie waren immer noch Freunde.

Nachdem sie den Fahrstuhl erreicht hatten, waren sie ins Erdgeschoss gefahren und hatten den schnellsten Weg nach draußen gewählt. Sie standen vor dem Hotel unweit der Strandbar.

»Wollen wir runter an den Strand und uns dort einen Strandkorb suchen?«

»Das wäre toll, so richtig habe ich den Strand noch gar nicht genießen können.«

Sie wählten den Weg zur Promenade und gingen an der gesperrten Seebrücke und dem Strandabschnitt vorbei, an dem man Jens gefunden hatte.

»Um deine Frage von vorhin zu beantworten, ich glaube nicht, dass Annette den Brief geschrieben hat. Viel eher hat sie ihn erhalten oder vielleicht auch gefunden. Wenn sie ihn geschrieben hätte, wäre er wahrscheinlich nicht so zerknittert. Er würde noch aussehen wie neu.«

»Da hast du sicherlich recht. Wenn sie ihn gefunden hat, ist es ebenso möglich, dass er an Jens gerichtet war. Wie kriegen wir jetzt raus, was stimmt?«

»Ich würde sagen, das ist eine Gleichung mit zu vielen Unbekannten. Wir können nur stückchenweise eliminieren. Wir kennen weder den Tag noch den Absender noch den Adressaten. Wir könnten uns herantasten, indem wir heute zu dieser Uhrzeit zur Perlenkette gehen und herausfinden, ob Annette hinkommt und wen sie trifft.«

Nina schaute ihn mit großen Augen an.

»Ist das dein Ernst? Was ist, wenn sie den Mörder trifft?

Sollten wir nicht lieber die Polizei informieren?«

»Du willst denen sagen, dass du bei Annette eingebrochen bist und einen Zettel gefunden hast, der sie auffordert, mit etwas Schluss zu machen? Da könnte es sich um alles Mögliche handeln.«

»Ja ich gebe es zu, das ist nicht so ideal. Aber du musst gestehen, dass du auch daran glaubst, dass dieses Stück Papier etwas mit Jens zu tun hat, sonst würdest du da heute gar nicht hingehen wollen.«

»Ja, mag sein. Was hältst du davon, wenn ich uns noch eine Art Versicherung mitbringe?«

»Was für eine Versicherung?«

»Lass mich mal machen. Ich überlege mir was. Vertrau mir.«

Erik glaubte, in ihren Augen kurz etwas gesehen zu haben, das ihn verunsicherte.

Zurückhaltung?

»Du traust mir nicht, habe ich recht?«

Nina wirkte ertappt und er spürte, wie sich innerlich wand.

»Schon, doch, na ja wir kennen uns doch erst sehr kurz. Vertrauen ist etwas, das man auf lange Zeit aufbauen muss, meinst du nicht auch?«

Sie waren bei den Strandkörben angekommen und schauten sich nach dem um, der zu Eriks Strandsuite gehörte. Sie entdeckten ihn direkt am Wasser.

»Du scheinst deine schlechten Erfahrungen gemacht zu haben.«

Nina sagte nichts. Erik öffnete das Schloss mit einem kleinen Schlüssel, den er an der Strandbar erhalten hatte, und klappte das Gitter beiseite. Sie ließ sich hineinplumpsen und schob ihr seidiges Sommerkleid hoch bis an die Knie. Sie zeigte lange, schlanke, braun gebrannte Beine. Er setzte sich neben sie und sie starrten eine Weile auf die heranrollenden Wellen.

»Es fällt mir schwer. Das gebe ich offen zu. Es ist meine

Gewohnheit, mich nicht irgendwo hineinzustürzen, sondern erst einmal alle Eventualitäten abzuklopfen. Hängt vielleicht auch mit meinem Job zusammen.«

»Vielleicht ist es ja auch umgekehrt und du hast dir diesen Job genau deshalb ausgesucht?«

Nina antwortete nicht. Sie schien in Gedanken versunken und hielt den Blick fest auf den blauen Horizont gerichtet. Ein Lächeln schlich sich auf Eriks Gesicht, während er daran dachte, sie jetzt zu küssen. Wahrscheinlich war das aber der falsche Zeitpunkt; er würde ihre Freundschaft nur kaputt machen. Er sah zu ihr rüber und bemerkte, dass sie ebenfalls lächelte, während ihre Augen verträumt den Horizont absuchten.

»Hast du Lust, in die Stadt zu fahren? Dort gibt es ein wundervolles Kloster und auch sonst jede Menge interessante Dinge zu sehen, falls du dich für Geschichte interessierst.«

Nina drehte den Kopf und lächelte ihn dankbar an.

»Seit ich hier angekommen bin, habe ich darauf gewartet, dass das jemand fragt. Es ist eine großartige Idee. Ich muss hier mal raus. In meinem Kopf dreht sich schon alles.«

»Großartig. Vorher möchte ich dir aber noch etwas zeigen. Ich bin vor vielen Jahren schon einmal dort gewesen und es hat mich tief beeindruckt. Hier ganz in der Nähe befindet sich der Gespensterwald. Die Bäume dort sind bis zu hundertsiebzig Jahre alt.«

»Das klingt aber schaurig.«

Nina rieb sich beide Arme.

»Sei furchtlos und alles wird gut werden. Das ist ein Versprechen.«

Er legte so viel Gefühl in seinen Blick, wie er konnte, ohne sie zu sehr in die Ecke zu drängen. Nina nickte.

»Seinen Namen hat der Wald wegen der bizarren Form der Bäume, die bei Nebel, Wind oder besonders auch in der Dämmerung eine mystische Stimmung hervorrufen. Ich verspreche dir, es wird dir gefallen. Jeder sieht dort etwas anderes. Da die Bäume relativ weit auseinanderstehen, gibt es ein magisches Spiel zwischen Licht und Schatten. In meinen Augen das am meisten beeindruckende Naturschauspiel in dieser Gegend.«

Nina war gespannt. Etwa zwanzig Minuten später hatten sie den Wagen auf einem kleinen Parkplatz direkt am Meer abgestellt und schlenderten über den Pfad, der sie von der Promenade in ein Wäldchen auf dem Kliff führte, entlang der Steilküste. Ein Hinweisschild mahnte, man möge diesen Pfad nicht verlassen, um nicht Leib und Leben bei einem Erdrutsch oder größerem Abbruch zu gefährden.

»Ich finde schon, dass es ein bisschen schaurig ist«, sagte Nina.

»Wenn ich mir vorstelle, ich müsste hier in der Dämmerung durch …«

»Warte noch einen Moment, das ist nicht der Bereich, den ich dir zeigen will.«

Nach einigen Minuten konnte Nina sehen, wie sich vor ihnen das Dickicht langsam lichtete und der Weg breiter wurde. Sie tauchte auf dem schmalen Pfad aus dem Dunkeln auf und plötzlich war alles anders.

Erik war vorgegangen, hatte sich dann umgedreht und beobachtete sie nun genau. Sie nahm das nur am Rande wahr, denn momentan überwältigte sie ein einzigartiges Gefühl, das sie kaum in Worte hätte fassen können. Ihre Augen waren, solange sie zurückdenken konnte, noch nie so weit offen gewesen. Sie drehte sich einmal um die eigene Achse und saugte mit den Augen jedes noch so kleine Detail in sich auf.

Erik war inzwischen an sie herangetreten und flüsterte ihr ins Ohr: »Was siehst du?«

Nina dachte darüber nach, ohne ihn anzusehen.

»Ich weiß nicht, wie ich es beschreiben soll.«

»Fühlst du es?« Er betonte das Wort ›es‹.

Sie blickte ihn augenblicklich an und Erstaunen und

Ernsthaftigkeit beherrschten ihr Gesicht.

»Ja, das tue ich.«

»Versuche es mit einem Bild.«

Nina ging ein paar Schritte und schaute sich langsam um. Dann sprach sie, ohne ihn anzusehen, weil sie immer noch mit ihren Blicken in ihrer Umgebung badete und die Wirkung dieses Ortes genoss.

»Ich stehe in einer großen Halle eines alten griechischen Tempels, die so lang und breit ist, dass ich ihre Ausmaße nicht fassen kann. Es ist vollkommen still und ein endgültiger Frieden bestimmt das gesamte Klima in diesem Raum. Riesige majestätische Säulen ragen in die Höhe und enden weit über mir, ohne dass ich die Decke auch nur erahnen kann. Es ist, als würden sie mich sehen und über mich wachen, so wie weise Riesen. Der Saal besitzt eine Front, durch die Tageslicht eindringt, wie in ein riesiges Schaufenster. Auch wenn Licht und Wind und Wetter dort hineinkommen könnten, so fühle ich mich hier, wo ich bin, vollkommen davor geschützt. Es ist, als stünde dieser Tempel mit seinem Säulengang zum Meer am Ende der Welt.«

Erik lächelte sie breit und bewundernd an.

»Ich bin beeindruckt. Ich kenne nicht viele Menschen, die es so in Worte fassen konnten. Etliche wissen gar nicht, was gemeint ist.«

»Dieser Wald hat etwas Magisches, Erik. Ich bin unglaublich berührt. Es fühlt sich an, als stünden wir in einem Raum, am Ende der Zeit, als würde hier alles zusammenkommen und doch stillstehen.«

»Bisschen so wie Neo, als er den Architekten der Matrix trifft.«

Er lachte. Sie musste ebenfalls schmunzeln.

»Ja, genau! Kennst du die Werke von Hans-Werner Sahm? Es ist ein bisschen arg Fantasy, ich weiß, aber ich habe das Gefühl, mitten in einem dieser Bilder zu stehen.«

Erik nickte.

»Du hast recht, das hatte ich noch gar nicht bemerkt.«

Nina ging ein paar Schritte und betrachtete diesen einzigartigen Wald. Erst nach einer Weile vernahm sie die Stimmen anderer Spaziergänger, die sie wie Erinnerungen aus einer anderen Zeit erreichten. Jetzt hörte sie das Rauschen der Wellen unten am Steilufer und das Pochen des Buntspechts. Nur wenige höhere Pflanzen wuchsen auf dem augenscheinlich kargen geradezu aufgeräumten Waldboden. Hauptsächlich bedeckt mit sehr flachem Moos und Bucheckern, wirkte er unnatürlich sauber für einen Wald. Die Stämme der uralten Buchen waren so glatt wie der Stamm einer Palme und ebenso schlank, dafür aber übermäßig lang. Gespenster. Der Vergleich mit glatten griechischen Säulen hatte sie geradezu angesprungen, als sie diesen Wald betreten hatte.

»Du kennst doch das Gefühl, das Besitz von dir ergreift, wenn du eine Kirche betrittst?«

Ihr Begleiter nickte.

»Hier ging es mir gerade ganz genauso. Nur kommt hier zur Demut und Sicherheit das Gefühl von Ursprünglichkeit noch hinzu. An diesem Ort kann absolut nichts Böses geschehen.«

Eine Weile betrachtete sie ihn nachdenklich, dann sagte sie: »Ich danke dir, dass du mir das gezeigt hast. Das hatte ich dringend nötig. Ich hatte in den letzten Stunden das Gefühl, ständig die Anwesenheit des Bösen zu spüren. Jetzt fühlt es sich an, als hätte jemand den Reset-Knopf gedrückt.«

Er lächelte etwas verlegen.

»Du musst wissen, wem du vertrauen kannst, und jetzt lass uns in die Stadt fahren!«

KAPITEL 33

Antonio saß in seinem kleinen Lieblingsitaliener am Hamburger Gänsemarkt und schlürfte seinen Cappuccino. Die Besitzer hatten ihm ein kleines Separee eingerichtet, von dem aus er Überblick über den Laden hatte, aber kein weiterer Gast direkt an ihm vorbeilaufen konnte. Er studierte seine Tageszeitung, während sein Kopf leicht zu ›La donna è mobile‹ aus Verdis Rigoletto wippte. Die alte Eingangstür knarzte. Er schaute auf und konnte erkennen, dass Alex eingetreten war.

Seine rechte Hand ging zielstrebig auf das Ende des Raums zu und nickte kurz, als sich ihre Augen trafen. Als er bei Antonio angekommen war, zog er sich den gegenüberliegenden Stuhl unter dem Tisch hervor und setzte sich.

»Mesut wird bezeugen, dass wir seit gestern Abend sechs Uhr mit ihm zusammen waren. Seine gesamte Familie ist gerade zu Besuch. Die werden alle dasselbe sagen.«

»In Ordnung. Dann bleibt uns jetzt nichts Weiteres zu tun, als zu warten, bis die Bullen kommen, um uns wieder mal was anzuhängen.«

Antonio grinste und Alex lächelte in den Espresso, den

er vom Lokalbesitzer bekommen hatte.

Die Polizei war kein Problem. Antonio hatte Freunde überall in der Stadt, selbst bei den Bullen. Auch wenn einige von denen nicht zwangsläufig freiwillig in den Kreis derer getreten waren, die ihm was schuldeten, so standen sie dennoch zur Verfügung, sollte es mal eng werden.

Sein Vater hatte ihm schon von klein auf gepredigt, wie wichtig es war, den Leuten zuzuhören. Nicht unbedingt, um ihrer Freundschaft willen, sondern aus viel eigennützigeren Motiven.

Kenne deinen Feind immer besser als deinen Freund und sei ihm stets einen Schritt voraus.

Diese Lektion war ihm eine der wichtigsten gewesen.

Antonio sammelte Informationen, das machte ihn aus und legte den Grundstein für seinen Erfolg. Das und ein paar loyale Schläger an seiner Seite, die seinen Drohungen die Konsequenzen folgen ließen, um seine Macht zu unterstreichen und wachsen zu lassen.

Diese Informationen waren besser als jede Anleihe auf dem Markt und sie versetzten ihn in die glückliche Lage, von den Menschen verlangen zu können, was auch immer er wollte.

Er blätterte das ›Hamburger Abendblatt‹ bis zu der Seite, auf der in einer kleinen Spalte über eine Reihe brutaler Morde im nahe gelegenen Seebad Heiligendamm berichtet wurde.

… so wurden innerhalb von 48 Stunden zwei Morde begangen. Die Polizei wollte sich zunächst nicht zu einem Verdacht äußern, aus sicherer Quelle haben wir aber erfahren, dass es sich bei der dritten Leiche, die heute in den frühen Morgenstunden gefunden wurde, um den Täter handeln könnte.

Antonio schmunzelte.

Wenn ihr euch da mal nicht irrt!

Er schlürfte genüsslich einen weiteren Schluck und blätterte weiter.

Alexander beobachtete seinen Boss genau. Er wusste, dass er ihm die Ruhe geben musste zunächst seine Zeitung zu lesen, bevor sie sich über die Situation austauschen konnten, in der sie sich gerade befanden.

Er strich mit der Hand über das rot-weiß-karierte Tischtuch und überlegte. Der Dreckskerl hatte seine Strafe bekommen, so viel stand fest. Ein wenig bedauerte er, dass er nie wieder die Gelegenheit haben würde, ihm die Visage zu polieren, aber man musste nach vorn sehen und nicht zurück. Jens Riesberg war ein Wurm und Heuchler. Dass er jetzt bei den Fischen ruhte, war für alle ein Gewinn. Er war weiß Gott nicht die erste Leiche, die Alex gesehen hatte, und Riesberg würde nicht die letzte sein.

Alex dachte an den Kerl vor der Bar, der ihn am Silvesterabend vor einigen Jahren mit seinen Kumpels in eine Falle locken wollte. Er hatte kurz vor Mitternacht, wie an etlichen Abenden zuvor, in seinem Lieblingsschuppen, dem ›Zwei spitze Sterne‹ auf dem Kiez, unzählige Biere und jede Menge Wodka mit den Jungs gekippt: immer dann, wenn ein neuer Bekannter die Bar betreten hatte.

Sie saßen alle am Tresen, waren laut und ließen die Drinks in Strömen fließen, manchmal auch über das blank polierte, alte, dunkle Holz der Theke. Ein Gestank von billigem Fusel, Rauch, Schweiß, muffigem Teppich und gescheiterten Existenzen lag in der Luft.

Alex hatte bereits drei Stunden auf einem harten runden Barhocker gesessen, als er das dringende Bedürfnis verspürt hatte, schiffen zu gehen. Er war von seinem Platz runtergerutscht und hatte sich schwer schwankend bei seinem Nachbarn festgehalten und ihm mit sehr feuchter Aussprache erklärt, dass er ihm den Platz freihalten solle. Er wäre gleich wieder da. Bis zur Tür waren es nur drei Meter durch einen dicken Nebel von Rauchschwaden und Lärm, der durch die Bar waberte. Jeder Gast, der Alex entgegenkam, diente ihm als Stütze, bis er es geschafft hatte, die Türklinke zu erreichen und den verglasten Gangflügel nach draußen aufzureißen.

Frische, kalte Luft strömte hinein und vermittelte für einen kurzen Moment allen Gästen einen Eindruck der sich drehenden Welt außerhalb der Bar. Hier, im sauerstoffarmen Exil des Vergessens, blieb die Zeit stehen, hier, wo alle gleich und Brüder im Geiste waren.

Alex trat nach draußen und die alte Tür schloss sich mit einem lauten Knall hinter ihm. Sobald er draußen stand, merkte er, dass er zurückwollte, in den warmen Schoß dessen, was er als zu Hause und seine Familie bezeichnete. Er ging träge in die Seitenstraße und öffnete angestrengt seine Hose. Die linke Hand nutzte er, um sich an der feucht kalten Hauswand abzustützen, mit der rechten kramte er mühevoll seinen Schwanz heraus. Als die Hose drohte, in die Knie zu rutschen, lehnte er sich nach vorn und stützte seinen Kopf gegen das Mauerwerk. Gerade noch rechtzeitig griff er mit der Linken nach seiner ausgewaschenen Jeans.

Sie waren zu dritt und, ohne dass er es bemerkt hatte, nach ihm in die Gasse getreten. Einer, so ein langer Dürrer mit schütterem Haar – obwohl er gerade mal um die zwanzig war – kam schnurstracks auf ihn zu und beleidigte ihn. Er bezeichnete ihn als versoffenen Assi und jede Menge mehr, an das er sich nicht mehr erinnern konnte. Die anderen beiden blieben etwas hinter ihm und feuerten ihren Kumpel an, während der immer abfälligere Bemerkungen abließ. Er hatte angefangen, Alex in die Kniekehlen zu treten, sodass er drohte umzufallen. Ermutigt durch den Alkohol drehte sich Alex um und pinkelte seinem Peiniger auf die Schuhe und mit ausholenden Bewegungen gegen die Hosenbeine, so weit, dass auch die beiden anderen Penner was abbekamen.

Das schien die Rechtfertigung gewesen zu sein, auf die das Trio nur gewartet zu haben schien. Sie stürzten sich wie hungrige Raubtiere auf Alex, der nicht einmal mehr die Zeit hatte, seine Hose hochzuziehen. Sie schlugen so hart und unbarmherzig zu, als hätten sie seit einer Ewigkeit danach gelechzt, etwas zu Brei zu schlagen.

Alex, der sehr schnell zu Boden gegangen war, spürte, wie sein Kiefer unter den Tritten brach. Jeder verzweifelte Laut, den er in diesen frühen Morgenstunden herausbringen wollte, blieb ihm in der Kehle stecken. Stattdessen hörte er nur die animalischen Geräusche, die diese Schläger von sich gaben, jedes Mal, wenn sie ihm einen Tritt oder Hieb verpassten. Er jaulte und wimmerte, als er mit dem Kopf auf dem unbarmherzigen Asphalt lag. Sein Mund schmeckte nach Blut und aus seinen wasserverhangenen Augen konnte er in zwanzig Metern Entfernung sehen, wie ein feiernder Junggesellenabschied vorbeizog. Keiner nahm von ihm Notiz, keiner half ihm. Prügeleien auf dem Kiez waren nichts Ungewöhnliches, nur dass er glaubte, heute sterben zu müssen.

Seine Haut brannte überall und er spürte, wie er an einigen Stellen blutete. Die Schweine hatten seine Schwäche ausgenutzt und ihm mehrfach hart in die Eier getreten. Nach dem letzten Tritt in seinen Magen hatte er die letzten Stunden seines Konsums in der Bar inklusive der Überreste einer Currywurst mit Pommes erbrochen. Nun lag er in einer Lache aus Blut und seiner eigenen Kotze. Der Boden roch nach Urin und der Alkohol betäubte seine Sinne nicht mehr ausreichend stark, um die Schmerzen zu verschleiern. Er hustete durch seine wunden Lungen und betete inständig, sie mögen irgendwann genug von ihm haben.

In diesem Moment kam ein Mann um die Ecke und Alex konnte sehen, wie er ohne Umschweife direkt auf ihn zusteuerte. Er wollte nach ihm rufen, aber bekam nach wie vor keinen Ton heraus. Inzwischen fehlte ihm sogar die Kraft, die Hand zu heben. Der Mann war noch sehr jung, vielleicht Ende zwanzig, aber für sein Alter und diese Gegend auffallend edel gekleidet. Alex sah sofort, dass er Geld hatte. Es musste sich um eines dieser Muttersöhnchen handeln, die den Kiez nur als hippes Szeneviertel aufsuchten, um sich dann am Ende der Nacht in ihr sicheres Himmelbett in Winterhude zurückzuziehen, einer der teureren Gegenden an der Alster. Alex hasste diese Typen mit dickem Selbstbewusstsein, erworben nur durch das Geld ihrer Eltern.

Der Kerl kam für die drei Angreifer völlig unbemerkt immer dichter und sah Alex für einen Moment geradewegs in die Augen. Dann, direkt nach dem Start des Feuerwerks, pulte er aus seiner Jacke einen Totschläger aus Federstahl. Den zog er mit einem gezielten Hieb dem Dürren über den Schädel. Der ging augenblicklich bewusstlos zu Boden. Noch während seine Freunde versuchten zu verstehen, wie sich die Situation so schnell ändern konnte, schlug er ein weiteres Mal zu und erwischte den zweiten direkt oberhalb der Schläfe. Die Haut platzte ihm auf und das Blut spritzte aus einer Wunde an seinem Schädel. Der dritte hatte genügend Zeit gehabt, eine Entscheidung zu treffen. Er gab Fersengeld. Er rutschte auf dem feuchten Kopfsteinpflaster aus und landete mit seinen Händen im Dreck. So schnell er konnte, beschleunigte er wieder, als wäre er ein Staffelläufer, der gerade seinen Startblock verlassen hatte.

»Bleib stehen!«

Er war gerade einige Meter entfernt, da sah Alex, wie der Unbekannte eine Waffe zog und schoss. Er schoss daneben, über seinen Kopf. Sein Opfer ging in die Knie und knallte mit einem klatschenden Geräusch aufs harte Pflaster, auf dem er dann regungslos liegen blieb. Er wagte es nicht, sich auch nur ein Stück zu bewegen.

Der Knall hallte als einsames Geräusch immer noch in Alex' Ohren nach. Niemand schien ihn gehört zu haben, niemand kam. Vielleicht lag es daran, dass Silvester war, vielleicht aber auch daran, dass sich die Leute in dieser Gegend um ihren eigenen Kram scherten und nirgends hineingezogen werden wollten.

Der Unbekannte hockte sich neben ihn und schaute ihm in die Augen, während er in der rechten Hand immer noch die Waffe hielt.

»Sind das Freunde von dir?«

Alex schüttelte leicht den Kopf, was dazu führte, dass ihm erneut übel wurde. Er spuckte einen größeren blutigen Brocken aus und beobachtete, wie der Fremde aufstand und zu den beiden Bewusstlosen ging. Er betrachtete sie mit Abscheu in den Augen und hielt ihnen spielerisch die Waffe an den Kopf.

»Peng!«

Der Mann feixte. Dann kam er zurück und hockte sich wieder neben Alex.

»Ich wette, du glaubst mir jetzt noch nicht, aber das hier ist dein Glücksabend.« Er lächelte lässig und stand auf.

Alex spürte, wie ihm das Blut in den Adern gefror. In der Ferne tobte das Feuerwerk, doch für Alex war dies meilenweit entfernt, wie Hintergrundmusik in einem Fahrstuhl.

Plötzlich griffen vier starke Hände nach ihm und richteten ihn von hinten auf. Er fühlte sich unglaublich wacklig auf den Beinen. Die Männer rechts und links von ihm waren irgendwie aus dem Nichts aufgetaucht und schoben ihn nun langsam nach vorn aus der Gasse heraus. Sie setzten ihn in einen schwarzen BMW.

»Ich bin Antonio. Mesut sagte mir, du hättest Interesse an einem Job.«

Die Worte drangen nur langsam zu Alex durch.

»Mach dir keine Sorgen um die. Meine Männer werden sich darum kümmern. Wenn du für mich arbeitest, gehörst du zur Familie. Das ist bei uns so. Wir sind eine große Familie, die sich umeinander kümmert. Ich darf doch davon ausgehen, dass du Interesse hast?«

Er hob die Augenbrauen und schaute Alex ruhig aber durchdringend an.

Das Angebot von Antonio wirkte verlockend. Alex wollte sich nie wieder so hilflos fühlen wie in dieser Nacht. Er nickte heftig. Dann lehnte er sich in die cremefarbenen Ledersessel zurück und schlief ein.

Dieser Abend hatte sein Leben verändert. Von nun an stand er auf der richtigen Seite bei einer Schlägerei, er hatte immer Rückendeckung – und sein Boss traute ihm. Was er bisher noch nie ausgenutzt hatte.

Nicht immer war er mit Antonio einer Meinung gewesen, insbesondere die Sache mit Greta lag ihm schwer im Magen. Doch er hatte vor langer Zeit sein Leben in die Hände dieses Mannes gegeben und er wollte die Vorzüge nicht einbüßen, die er dadurch genoss. Was Greta anging, so waren seine Wünsche nicht gut fürs Geschäft gewesen und so hatte sein Boss die Dinge anders geregelt, als er es am liebsten getan hätte.

Letztendlich war er dann doch noch zu seinem Recht gekommen und dafür war er sehr dankbar.

KAPITEL 34

Luisa sah aus ihrem Fenster, wie der Bahnhof von Heiligendamm näher kam. Annette stand auf dem Bahnsteig und wartete. Vor einigen Stunden hatte Luisa sie angerufen und ihr mitgeteilt, dass sie gegen halb vier am Bahnhof sein würde. Inzwischen war es noch eine Stunde später. Ihr Zug, der sie nach Bad Doberan bringen sollte, hatte aufgrund eines Oberleitungsschadens auf der Strecke einige Stunden Verspätung. Da hätte sie auch mit ihrem Mann fahren können. Schließlich war sie nach den langen Verzögerungen vor dreißig Minuten in Bad Doberan in den ›Molli‹ umgestiegen. So nannte sich die dampfbetriebene Schmalspurbahn.

Während sie sich mental auf die nächsten, vermutlich schweren Stunden einstellte, durchschritt Luisa das Abteil bis zum Ende des Waggons und stieg über die zwei kleinen metallenen Stufen nach draußen auf den Bahnsteig. Ein straffer Wind wehte ihr um die Nase, und sie spürte, dass sich etwas zusammenbraute. Ein Blick auf ihre Armbanduhr verriet ihr, dass sie viel zu viel Zeit verloren hatte.

Zwanzig Meter entfernt stand ihre Freundin, auf die sie nun zielstrebig zuschritt und die ihr mit ausgestrecktem Arm zuwinkte. Ein schriller Pfiff der Schaffnerin durchschnitt die Luft und die beiden Bahnen setzten in entgegengesetzte Richtungen ihre Reise fort. Für die nächsten fünfzig Minuten würde die Schaffnerin Frieden haben.

Luisa nicht.

Die beiden umarmten sich und gingen nach dem Austauschen einiger höflicher Floskeln eingehakt in Richtung des Parkplatzes. Wie sie dort ankamen, stieg ein Mann aus seinem Wagen und kam auf sie zu. Luisa glaubte zunächst, es handelte sich um einen hiesigen Fischer, auch wenn sie nicht wusste, ob diese Berufsgruppe in der Gegend überhaupt noch zeitgemäß war. Er besaß das wettergegerbte Gesicht eines Mannes, der in seinem Leben viel auf dem Wasser unterwegs gewesen war, rau und mit einer großen Portion Charakter. Dunkle, mit grauen Strähnen durchsetzte Haare rahmten sein Gesicht ein und ein Dreitagebart unterstrich das Klischee des freiheitsliebenden Abenteurers.

Er stellte sich als Kriminalhauptkommissar Otte vor und bat Luisa, ihn zu einem Gespräch zu begleiten. Vorsichtigen Versuchen ihrerseits, sie wäre gerade erst angekommen, um ihrer Freundin in der Not beizustehen, begegnete er höflich. Er räumte ihr die Möglichkeit ein, ihn an einem anderen Tag aufzusuchen, formulierte aber die Bitte, dass dieser Tag möglichst in naher Zukunft liegen möge.

»Ich dachte, man hätte den Täter inzwischen gefunden und er wäre tot«, sagte Luisa.

»Nun wir glauben, dass der Täter noch frei herumläuft, Frau Storch.«

Die beiden Frauen schauten ihn verwirrt an. Annette ging augenblicklich zwei Schritte auf den Kommissar zu.

»Wollen Sie damit sagen, dass jemand anderes meinen Mann voller Absicht, ich meine, aus einem bestimmten Grund gezielt umgebracht hat?«

»Ja, Frau Riesberg. So sieht es leider aus. Wir haben Beweise, die belegen, dass Lars Karlsson nicht die Gelegenheit hatte, Ihren Mann zu töten. Die Analyse seiner

Kleidung hat bestätigt, dass kein Blut Ihres Mannes auf seiner Kleidung war. Blut des Wanderers, ja – aber sonst nichts. Die beiden sind sich augenscheinlich nie begegnet.«

Luisa überlegte, dass sie gerade die Gelegenheit erhielt, das Unvermeidliche noch eine Weile herauszuschieben. Sie wählte den einfachen Weg, den des geringsten Widerstandes und nickte. Achselzuckend drehte sie sich noch einmal zu Annette um. Dann folgte sie ihm zu seinem Auto.

»Kommissar Otte«, rief ihnen Annette hinterher.

Die beiden blieben stehen.

»Wieso wollen Sie dann mit Luisa sprechen?«

Otte drehte sich langsam zu ihr herüber und lächelte sie an, während er sprach.

»Ich muss zunächst einmal wissen, wo jeder Einzelne zum Tatzeitpunkt gewesen ist und bei Ihnen weiß ich es bereits. Ich hatte bisher noch keine Gelegenheit, mit Frau Storch zu sprechen.«

Er drehte sich um, ohne auf Annettes Gesicht einzugehen, und stieg in seinen Wagen. Nachdem Luisa auf dem Beifahrersitz Platz genommen hatte, startete er den Wagen und fuhr aus dem Bahnhofsparkplatz heraus Richtung seiner Dienststelle in Bad Doberan.

Die Fahrt dauerte nicht lang, dennoch hatte Luisa jede Gelegenheit, sich die schlimmsten Szenarios auszumalen, die man mit ihr auf dem Revier anstellen könnte. Otte bat sie, in einem Raum Platz zu nehmen, in dem ein harter Holzstuhl, ein simpler weiß furnierter Tisch auf Stahlbeinen und ein Radio standen. An der Wand befand sich ein Regal, allerdings komplett ohne Inhalt. Das Radio zog Luisas Aufmerksamkeit dermaßen in ihren Bann, dass sie vollkommen vergaß, wie viel Angst sie vor einigen Minuten noch gehabt hatte.

»Möchten Sie etwas trinken?«

Die dunkle rauchige Stimme riss sie aus ihren Gedanken.

»Nein, danke«, sagte sie zaghaft.

»Frau Storch, ich möchte Sie bitten, mir genau zu

erzählen, was Sie im Einzelnen gestern alles getan haben.«

Luisa atmete tief ein und schilderte dem Kommissar ihren Tagesablauf mit Richard: angefangen vom gemeinsamen Frühstück, über den Besuch bei ihrer Tante, bis zu dem Moment, als sie von Richard erfahren musste, dass Jens offensichtlich Geld aus der Praxis unterschlagen hatte. Zu allem Unheil hatte er sie und ihren Mann in die prekäre Lage gebracht, sich mit kriminellen Subjekten abzugeben, um da wieder herauszukommen.

»Zunächst hatten wir beschlossen, noch am selben Abend abzureisen, aber dann fanden wir es doch vernünftiger, bis zum Morgen zu warten.«

»Wie spät war es in etwa, als Ihr Mann Ihnen mitteilte, was Jens Riesberg mit ihrem Geld gemacht hatte?«

»Ich denke, etwa zwanzig Uhr.«

»Was haben Sie davor getan? Hatten Sie zusammen zu Abend gegessen?«

Luisa überlegte kurz.

»Ich war spazieren gegangen und Richard auf dem Hotelzimmer geblieben, um einige wichtige Telefongespräche zu führen. Jeder hat sich selbst um etwas zu essen bemüht.«

»Von wann bis wann haben Sie diesen Spaziergang unternommen?«

Otte schien zu bemerken, wie nervös sie diese Fragerei machte. Er machte Druck.

»Nur ungefähr.«

»Ich denke, ich bin so etwa kurz vor fünf hier weggegangen.«

»Und wo genau sind Sie entlanggegangen?«

»Ich verstehe nicht ganz, wieso das wichtig ist. Jens ist doch erst viel später getötet worden.«

Luisa verschränkte die Arme vor der Brust und warf dem Kommissar einen trotzigen Blick zu. Der hatte sie während des gesamten Gespräches nicht aus den Augen gelassen, und sie hegte den Verdacht, dass er insgeheim irgendwelche

Vorbehalte gegen sie hatte.

»Wissen Sie«, sagte er ruhig, indem er jedes Wort dehnte und sich dabei über den Dreitagebart strich. »Ich habe mich gefragt, warum Sie ein Geheimnis daraus machen, dass Sie Jens Riesberg am Tage seines Todes getroffen haben?«

Luisa stockte der Atem. Ihre Augen suchten nervös nach einem Hinweis in Ottes Augen, aber die waren nur blanker Stahl.

»Wie kommen Sie darauf?«

»Wir haben eine Augenzeugin aus Ihrem Hotel …«

Er machte eine Pause, um die Reaktion der Zeugin zu betrachten. »… die ausgesagt hat, dass sie das Opfer, von dem sie ein Foto in der Tageszeitung entdeckt hatte, mit Ihnen am Strand gesehen hat, etwa Viertel nach sieben. Sie erinnert sich daran so genau, weil ihre Schicht gerade geendet hatte und sie mit ein paar Freunden den Feierabend mit ein paar Bier im Sand hat ausklingen lassen. Wer der Mann war, ist ihr erst heute Morgen bewusst geworden, aber sie hat Sie erkannt, weil sie Ihnen morgens immer das Frühstück serviert. Sie sagte ebenfalls, dass Sie sich umarmt und geküsst hätten. Sie wären nach einer Weile in einem roten Sportwagen verschwunden. Hat er Sie zurück ins Hotel gebracht?«

Die Ruhe, mit der er diese Worte sprach, wirkte auf Luisa befreiend. Wie ein unendlicher schwerer Stein fielen all die Geheimnisse, Lügen, Betrügereien und Versteckspiele von ihr ab.

Es ist endlich vorbei!

Jetzt konnte sie ein neues Kapitel aufschlagen, alte Verhaltensmuster ablegen und ihren Plan vom Glück neu überdenken. Die bittere Pille schien nur die Notwendigkeit zu sein, zwei weiteren Menschen die Wahrheit zu sagen.

»Frau Storch?«

»Ja, Bitte entschuldigen Sie. Sie haben natürlich recht. Ich hätte ehrlich sein müssen. Mein Schweigen hat aber ganz gewiss nichts mit der Tat zu tun. Wissen Sie, wir haben seit einem Jahr ein Verhältnis … hatten ein Verhältnis … und ich wollte natürlich nicht, dass mein Mann davon erfährt. Ja … er hat mich danach ins Hotel zurückgebracht.«

»Verstehe. Hatten Sie oder er die Absicht, ihren Ehepartner zu verlassen?«

»Nein. Darüber haben wir nie gesprochen.«

»Glauben Sie, dass er es vielleicht trotzdem gegenüber seiner Frau erwähnt haben könnte?«

»Nein, das kann ich mir nicht vorstellen.«

»Frau Storch, bitte überlegen Sie genau. Besteht die Möglichkeit, dass Ihr Mann Sie vom Hotel aus gesehen hat, als Sie nach Hause gefahren worden sind?«

Die Worte hallten in Luisas Kopf so laut wie ein Donnerschlag. Sie hatte in der letzten Zeit das Verhältnis nicht so gut vor Richard geheim gehalten, wie sie gekonnt hätte. Vielleicht auch, um dem unbewussten Wunsch Rechnung zu tragen, erwischt zu werden, um dann gezwungen zu sein, sich mit ihm auseinanderzusetzen.

Sie war nie auf den Gedanken gekommen, dass dies zu mehr als einem klärenden Gespräch in ihrer Ehe hätte führen können.

Diese Erkenntnis blitzte in ihren Augen für den Bruchteil einer Sekunde auf und wurde von Kriminalhauptkommissar Otte ebenso schnell empfangen.

KAPITEL 35

Luisa fühlte sich erschöpft, aber auch erleichtert, als sie aus dem Polizeiwagen stieg. Sie drehte sich noch einmal auf dem roten Teppich des Haupteinganges um und winkte dem sympathischen Polizisten zu, während der den Wagen wendete und vom Hotelgelände fuhr.

Ein Mann mit kurz geschorenen grauen Haaren in grauem Frack, weißem Hemd mit schwarzer Weste und schwarzer Fliege öffnete. Sie schritt wortlos durch die gläserne Eingangstür über beigen Marmor direkt in die Lobby. Gepäck hatte sie keines dabei, darum wollte sich Richard kümmern. Am Empfangstresen standen zwei Leute vor ihr, deshalb hielt sie sich mit Abstand ein wenig im Hintergrund auf und beobachtete die Urlauber. Luisa fühlte sich sehr wohl an diesem Ort.

Bei dem Gedanken an das bevorstehende Gespräch mit Annette wurde ihr flau im Magen. Vollkommen ausgeschlossen, dass sie danach noch mit ihr befreundet sein konnte. Luisa seufzte.

Vielleicht ist es ja nicht nötig, die komplette Wahrheit zu sagen. Ich könnte ihr ja nur einen Teil beichten. Was bringt es jetzt noch?

Sie kräuselte die Lippen und schloss zum Tresen auf, den die anderen Gäste inzwischen verlassen hatten. Der Mann am Empfang lächelte sie strahlend an und wünschte ihr einen schönen Tag.

»Mein Name ist Luisa Storch, mein Mann hat heute Vormittag ein Zimmer für uns für eine Nacht reserviert. Er kommt erst heute Abend an, gemeinsam mit unserem Gepäck.«

Der Mann am Empfang lächelte sie verschwörerisch an.

»Hatten Sie eine gute Reise?«

Luisa schluckte.

»Ja. Ganz okay.«

Sie bemühte sich um einen unbekümmerten Tonfall.

Luisa wandte sich mit einem Kopfnicken ab und ging zum Fahrstuhl, der sie in den dritten Stock fahren sollte. Dort schloss sie die Tür zu Zimmer 1316 auf und ging hinein. Sie legte ihre Handtasche aufs Bett und schaute zum Fenster hinaus auf die Brandung. Wolken waren aufgezogen und die dunkelblauen Wellen schäumten, sobald sie den Strand erreichten. Ein einsamer Kite-Surfer preschte mit seinem Board über die Wellen, augenscheinlich ein Profi, wenn er es mit diesen Windstärken aufnehmen konnte.

Widerwillig drehte sie sich um und ging zum Telefon. Sie wählte die Nummer von Annette und wartete.

»Hallo?«

»Hi, Süße«, sagte Luisa.

Sie bemühte sich, fröhlich zu sein.

»Ich bin inzwischen im Hotel. Wollen wir uns sehen?«

»Sehr gern! Willst du zu mir kommen?«

»Mach ich. Ich bin gleich da.«

Luisa hängte auf und riss sich zusammen. Langsam erhob sie sich und ging wieder zur Tür zurück. Annettes Zimmer war eine Strandsuite und nur ein paar Zimmer entfernt. Es vergingen nur einige Sekunden, bis sie vor ihrer Tür stand und zaghaft klopfte.

Annette öffnete stürmisch und fiel ihrer Freundin um den

Hals.

»Ich bin so froh, dass du zurückgekommen bist! Endlich ist jemand da, dem ich vertrauen kann! Ich halte es keine Sekunde länger mehr mit Jens' Familie aus.«

Ich bin Abschaum!

Luisa fühlte sich elend und ließ sich von Annette ins Zimmer ziehen.

»Annette, es tut mir so wahnsinnig leid.«

Mit diesen Worten brach ein Schwall an Tränen aus ihr heraus und sie drückte ihre Freundin fest an sich und verbarg ihren Kopf an ihrer Schulter.

»Ich danke dir«, sagte Annette.

»Ich kann es selbst immer noch nicht fassen.«

Sie zog sie zu dem nahe gelegenen Bett, um sich zu setzen.

»Manchmal fühlt es sich wie ein böser Traum an, aus dem ich einfach nicht erwachen kann, aber dann … weißt du … da fühle ich mich wieder … irgendwie frei … so wie früher.«

Luisa nickte verständnisvoll.

»Ich weiß, dass eure Ehe nicht immer die beste war. Du warst in den letzten Jahren ziemlich unglücklich. Das habe ich dir angesehen.«

»Ja. Weißt du, er hat es mir nicht gerade einfach gemacht.«

Annette schaute trübsinnig geradeaus. Inzwischen hatten sie sich auf das Bett gesetzt und blickten aus dem Fenster zur Brandung.

Eine Welle nach der nächsten rollte mit einer riesigen Schaumkrone auf den Strand zu.

Nach einer Weile sagte Luisa zaghaft: »Glaubst du, dass es ihm in den letzten Jahren genauso ging?«

Annette wendete ihren Blick nicht von dem Schauspiel vor ihrem Fenster ab, sondern blickte, genauso düster wie die aufziehenden Wolken, geradeaus.

»Ich denke, er kann nicht glücklich gewesen sein. Immerhin hatte er immer mal wieder ein Verhältnis alle paar Jahre.«

Luisas Augen weiteten sich. Ihr Atem stockte und sie spürte einen Druck auf ihrer Brust.

»Was? Wie meinst du das? Wie kommst du darauf?«

Annette strich langsam über die Tagesdecke ihres Bettes und schien das Paisley-Muster zu bewundern. Müde und ein bisschen gleichgültig starrte sie an Luisa vorbei und atmete hörbar aus.

»Ich hab es einfach irgendwann gewusst. Diese vielen Abende, die er einfach spät nach Hause kam … das war früher nie notwendig gewesen. Dann gab es mal hier und da Make-up-Flecken auf seiner Kleidung. Aber das, was mich letztendlich darauf gebracht hat, war seine Stimmung.«

»Seine Stimmung?«

»Ja. Immer, wenn er bei ihnen war, war er voller Energie und ausgesprochen zuvorkommend zu mir, so als hätte er ein schlechtes Gewissen.«

»Das tut mir leid, wirklich.«

Annette blickte sie an und in ihren Augen stand Verständnis.

»Das glaube ich dir.«

Luisa rutschte unruhig hin und her.

»Woher weißt du, dass es mehrere waren?«

»Ich bin ihm gefolgt. Hin und wieder mal und es war nicht immer dieselbe Frau, die ich gesehen habe. Meistens waren sie jünger. Natürlich! Eine Kellnerin, eine Studentin – mein Mann war sich für kein Klischee zu schade.«

Sie seufzte und strich sich die feuchten Augen trocken. Luisa rutschte dichter an sie heran und nahm sie in die Arme. Eine jahrelange Freundschaft verband sie, die über die Partnerschaft ihrer Männer hinausging.

Ich bin die schlechteste Freundin der Welt!

Annette löste sich nach einer Weile aus der Umarmung und bemühte sich um eine positivere Stimmung.

»Ich hab was für dich gekauft! Ich hab's gesehen und musste einfach zuschlagen. Ich gebe zu, das hat mich ein bisschen abgelenkt, von meinen Gedanken. Warte, einen

Moment nur.«

Sie ging in den Flur und griff nach einer weißen Papiertüte mit dem Hotelwappen darauf. Mit schnellen Schritten war sie am Bett zurück und griff mit der rechten Hand hinein, während sie Luisa verschwörerisch anschaute. Dann zog sie ein Päckchen aus rosa Seidenpapier heraus und überreichte es Luisa.

Luisa war gerührt und griff neugierig danach.

»Was hast du gemacht?«

Langsam wickelte sie es aus und die elegante Seidenbluse, die Annette trug, kam zum Vorschein. Luisa war kurz sprachlos. Mit großen Augen schaute sie ihre Freundin an.

»Ja, weißt du, ich habe sie heute Morgen in diesem Shop nicht weit vom Hotel entdeckt, und ich war mir sicher, sie würde dir genauso gut gefallen wie mir. Ich hoffe, du findest es nicht albern, dass wir wie Teenager genau das gleiche Kleidungsstück besitzen. Wir müssen es ja nicht zur selben Zeit anziehen.«

Sie schaute ihre Freundin an und schien auf ein Zeichen der Zustimmung zu warten.

»Ich bin total gerührt, ich hab es gar nicht verdient, dass du so herzlich zu mir bist.« Luisa war bereits wieder den Tränen nahe.

»Ach, Quatsch, natürlich hast du das. Du bist meine beste Freundin. Probiere es doch gleich mal an, dann wissen wir, ob es passt.«

Immer noch auf der Suche nach dem richtigen Start für ihr Geständnis, zog sich Luisa ihr T-Shirt über die Ohren und griff nach der edlen Bluse mit großen Granatäpfelblüten und exotischen Früchten in kräftigen Farben auf cremefarbenem Grund. Sie streifte die Bluse über und Annette half ihr mit den Perlmuttknöpfen.

»Lass ruhig die oberen zwei auf, du kannst es dir leisten«, sagte sie lachend.

»Annette, ich muss dir was sagen.«

»Warte noch, ich mach schnell ein Foto von uns zweien.«

Annette stürmte zu ihrer Handtasche und kramte darin herum.

»Weißt du, ich überlege schon den ganzen Tag, wie ich es dir beichten soll.«

»Beichten? Was willst du mir beichten?«

Annette kramte weiter und begann, den Inhalt ihrer Handtasche systematisch auf dem Boden im Flur zu verteilen.

»Ich habe einen Fehler gemacht … mehrere große Fehler. Wo fang ich an?«

»… es muss doch hier drin sein. Ich habe es doch heute früh hier rein gepackt …«

Annette kramte inzwischen deutlich wilder in ihrer überdimensional großen Handtasche.

»In der letzten Zeit, da ist sehr viel passiert und ich habe tief im Innersten nicht daran geglaubt, dass es sich dabei um Zufälle gehandelt hat. Es hatte den Anschein, als würdest du versuchen, Jens zu schikanieren oder ihn weichzukochen.«

Luisa spürte wie ihr die Stimme brach, als Annette kurz verdutzt hochschaute und dann wie der Teufel in ihrer Tasche weiter wühlte.

»Worauf willst du hinaus? Was habe ich?«

Zaghaft fast flüsternd sagte Luisa: »Ich dachte, du machst ihm was vor, deshalb …«

Annette sprang augenblicklich auf.

»Was ich? So ein Quatsch!« Deutlich versöhnlicher sagte sie: »Du, bitte entschuldige, wenn ich dich hier unterbrechen muss, aber ich glaube, ich habe mein Handy unten an der Rezeption liegen lassen, ich hoffe es zumindest. Ich muss schnell mal nachsehen, das lässt mir keine Ruhe. Merke dir, was du sagen wolltest.«

Mit den Worten stürmte sie aus der Tür, die sie vor lauter Eile nicht mal hinter sich zuzog, und war weg. Luisa blieb verdutzt zurück, mit dem schlechten Gewissen, das sie plagte und den vielen unausgesprochenen Dingen zwischen ihr und ihrer besten Freundin.

Sie hatte sie betrogen.

… deshalb wollte ich dich treffen und mit dir sprechen.

Ein paar Zimmer weiter öffnete Richard Storch mit der zweiten Zimmerkarte die Tür. Er wollte sich aufs Bett legen, um sich von der erneuten Fahrt über die Ostseeautobahn zu entspannen. Das Heute sollte endlich vorübergehen, damit er anfangen konnte, sich mit dem Morgen auseinanderzusetzen. Letztendlich fühlte er sich dem kaum gewachsen und sehnte sich nach jüngeren, kräftigeren Tagen im Gestern zurück. Er stellte seine und Luisas Tasche ab, die er selbst aus dem Auto hochgeschleppt hatte, weil ihm nicht der Sinn danach stand, auf den Zimmerjungen zu warten.

»Luisa?«

Das Zimmer blieb still. Nur die Handtasche seiner Frau auf dem Bett deutete darauf hin, dass sie bereits eingecheckt hatte. Natürlich hatte er diesen Hinweis auch am Empfang erhalten. Er hängte seine Jacke an die Garderobe, schloss die Tür hinter sich, zog die Schuhe aus und legte sich auf das einladende Doppelbett. Die Suche nach seinem Engel würde warten müssen.

Engel – diesen Kosenamen musste er überdenken.

KAPITEL 36

Antonio saß nun in einem kleinen Raum in der Außenstelle der Kripo in Bad Doberan. Der Anruf vor ein paar Stunden hatte ihn nicht überrascht, allerdings war es höchst ärgerlich, dass er für dieses Verhör extra wieder in diese gottverlassene Gegend kommen musste. Es war nur eine polizeiliche Vernehmung, nicht weiter wild. Er hätte sich weigern können und auf die Einladung des Staatsanwalts warten, aber was hätte das genutzt. Nein … er wollte nicht die polizeilichen Ermittlungen behindern. Der Kommissar hatte ihn in den Sachverhalt eingeführt, über seine Rechte belehrt und seine Personalien aufgenommen. Als Nächstes war der Hinweis erfolgt, dass er einen Rechtsbeistand hinzuziehen dürfte. Ihm wurde dies sogar wärmstens empfohlen, da sich augenscheinlich die laufenden Ermittlungen derart gegen ihn und Alex verdichtet hätten, dass er als Beschuldigter vernommen werden sollte. Er hatte den federführenden Kommissar darüber informiert, dass er seinen Anwalt noch in Hamburg informiert hätte und dass der kurzfristig in Bad Doberan eintreffen müsste.

Dreißig Minuten später waren sie zu viert; Kriminalhauptkommissar Otte hatte einen Kollegen hinzugezogen.

»Herr Gianelli, ist Ihnen Jens Riesberg bekannt gewesen?«

Antonio wechselte einen kurzen Blick mit seinem Anwalt Klaus Bachmann und antwortete dann.

»Ja, ich habe ihn gekannt.«

»Welcher Art war Ihre Beziehung?«

Kommissar Otte wirkte entspannt und freundlich.

»Sie war geschäftlicher Natur.«

Gianelli war ebenfalls nicht beunruhigt und folgte weiterhin seinem Gefühl in der Befragung, die für ihn nicht bedrohlicher wirkte als jede andere zuvor.

»Was genau meinen Sie damit?«

»Ich habe ihm Geld geliehen und er schuldete mir den Betrag mit einem marktüblichen Zinssatz, den er innerhalb der letzten Woche zurückzahlen sollte.«

Gianelli lächelte süffisant.

»Wissen Sie, wofür er dieses Geld benötigte?«

Antonio wischte diese Frage mit der Hand beiseite.

»Nein. Das frage ich meine Kunden in der Regel nicht.«

»Hat Herr Riesberg Ihnen das Geld zurückgezahlt?«

Antonio wechselte erneut einen Blick mit seinem Anwalt. Otte kam seiner Antwort zuvor.

»Wissen Sie, wir könnten mit richterlichem Beschluss Einsicht in Ihre Konten nehmen und wenn sich dies schwierig gestalten sollte, genügt auch ein Blick auf das Konto von Herrn Riesberg. Oder wäre es gar möglich, dass diese Art Geschäft nicht über ein Konto lief?«

Antonio sah ein freudiges Blitzen in den Augen des Kommissars, das ihm gar nicht gefiel. Er würde besser auf der Hut sein müssen.

»Das wird nicht notwendig sein. Es besteht kein Grund, weshalb ich Ihnen diese Information vorenthalten sollte. Nein, Herr Riesberg hat noch nicht bezahlt.«

»Was haben Sie daraufhin getan?«

»An dieser Stelle möchte ich gern von meinem

Auskunftsverweigerungsrecht Gebrauch machen.«

»Nun, das ist natürlich Ihr gutes Recht. Dennoch möchte ich Sie darüber in Kenntnis setzen, dass es einen Zeugen gibt, der Sie und Ihren Kompagnon in Kühlungsborn gesehen hat. Der sagt ebenfalls aus, dass ihn Jens Riesberg informiert hat, Sie hätten ihn in der Nähe seines Hotels aufgesucht und bedroht. Diese Aussage hat, so habe ich heute Vormittag erfahren, Herr Riesberg auch gegenüber einem weiteren Zeugen wiederholt.«

»Also gut, Sie haben recht, ich bin am Vormittag hier gewesen, aber nur um Jens daran zu erinnern, dass er Verpflichtungen hat. Ich habe ihm kein Haar gekrümmt.«

Antonio zog die Augenbrauen hoch und schaute den Kommissar unschuldig an.

»Haben Sie sich mit Riesberg vielleicht auch schon einen Tag zuvor getroffen.«

»Am Donnerstag? Nein, wieso?«

Antonio war ehrlich überrascht.

»Ich habe mich gefragt, ob Sie vielleicht schon einen Tag eher nach Heiligendamm gekommen sind.«

»Nein, das bin ich nicht. Ich habe an dem Tag an einem Mietertreffen eines meiner Wohngebäude teilgenommen. Das können Sie ganz leicht nachprüfen.«

»Das werde ich. Was ist mit Alexander Brecht?«

»Der war bei mir. Solche Sitzungen lässt er ungern aus, wissen Sie.«

Er lächelte, doch der Kommissar schien seinen Sinn für Humor nicht zu teilen und behielt sein versteinertes Gesicht bei.

»Bitte sagen Sie mir, wo Sie am Freitagnachmittag und am Abend gewesen sind.«

»Wir sind sofort zurückgefahren, nachdem wir mit Jens gesprochen hatten. Am frühen Abend waren wir bei Freunden in Hamburg zu Gast. Bitte fragen Sie dort nach, Sie werden es Ihnen bestätigen.«

Er lächelte den Kommissar freundlich an.

»Nun, Herr Gianelli, da bin ich mir sicher. Dann möchte ich es fürs Erste dabei bewenden lassen. In Bezug auf das Tötungsdelikt des Jens Riesberg ist das alles.«

Gianelli war sich sicher, dass die Polizei innerlich fluchte. Es war ihnen nicht gelungen, eine Pension aufzutreiben, in der er auch nur eine Nacht zugebracht hatte, auch nicht die Mordnacht.

»Wenn es Ihnen recht ist, würde ich gern wissen, ob mein Freund Alex damit auch entlassen ist.«

»Da muss ich Sie leider enttäuschen, mit Herrn Brecht werde ich mich jetzt unterhalten. Auch Sie werden uns noch eine Weile Gesellschaft leisten. Ich nehme Sie in Untersuchungshaft, wegen des dringenden Tatverdachts auf räuberischer Erpressung mit Bedrohung und auf gefährliche Körperverletzung.«

Etwas zerknirscht nickte Antonio. Anwalt Bachmann flüsterte ihm etwas ins Ohr und meldete sich dann zu Wort.

»Ich darf nicht als Rechtsbeistand für Herrn Brecht fungieren, das wissen Sie. Warten Sie bitte, bis der Kollege Sander aus Hamburg eintrifft.«

Otte saß eine viertel Stunde später dem schweren Mann in einem kleinen Raum gegenüber, neben dem sein Anwalt Egon Sander und an seiner Seite sein Kollege Andreas Schmidt. Sie hatten ihn über seine Rechte belehrt und die Personalien aufgenommen. Er wurde ebenfalls informiert, dass er als Beschuldigter bei diesem Tötungsdelikt befragt wurde und ihm war Zeit eingeräumt worden, sich mit seinem Anwalt unter vier Augen zu verständigen. Zweifelsohne hatte ihn der haargenau über die Vernehmung mit Gianelli ins Bild gesetzt. Die beiden Anwälte hatten sicherlich vorher miteinander telefoniert. Otte fiel auf, dass Brecht zwar roh und brutal, aber überhaupt nicht so abgebrüht war wie Gianelli.

»Herr Brecht, in welcher Beziehung standen Sie zu dem Verstorbenen Herrn Riesberg?«

Brecht schwankte auf seinem Stuhl leicht von rechts nach links, bevor er antwortete.

»Ich kenne ihn nicht wirklich. War ein-, zweimal in unserem Club, hat Antonio Geld geschuldet.«

»Sind Sie mit Antonio Gianelli am Freitagmorgen am Strand gewesen und haben Herrn Riesberg bedroht, weil er seiner Zahlungsverpflichtung nicht nachgekommen war?«

Brecht richtete sich auf.

»Kein Haar habe ich ihm gekrümmt, diesem Abschaum. Erinnert haben wir ihn, nichts weiter.«

Kriminalhauptkommissar Otte schlug eine Akte auf und las für einen Moment interessiert darin. Brecht schaute unruhig rüber.

»Im Obduktionsbericht ist die Rede von etlichen Hämatomen, die am gesamten Rumpf von Herrn Riesberg zu finden waren und die augenscheinlich nichts mit dem Tötungsdelikt als solchem zu tun hatten. Sie müssen ihm früher zugefügt worden sein. Können Sie mir dazu etwas sagen?«

Otte schaute ihm ruhig in die Augen und legte so viel Selbstbewusstsein und Überlegenheit in den Blick, wie er nur konnte.

»Nein, das kann ich nicht. Von mir sind die nicht. Vielleicht hat er sich ja noch mit anderen angelegt, einem wütenden Ehemann zum Beispiel.«

Brecht prustete so laut los, dass ein Grunzen aus seiner Nase zu hören war. Beifall heischend schaute er zu seinem Anwalt, dem keineswegs zum Lachen zu Mute war.

»Wieso sagen Sie das?«

»Das war doch sein Ding, oder? Junge, hübsche Hühner aufzureißen. Das war doch bekannt, nicht wahr?« Das kam eher unsicher und leise.

»Wie kommen Sie darauf?«

Während Otte weiterhin seinen kühlen freundlichen Ton beibehielt, schien sich Brecht etwas unwohl auf seinem Platz zu fühlen.

»Das habe ich gehört.«

»Von wem?«

»Irgendwem, weiß ich nicht mehr, vielleicht irre ich mich auch.«

Er wurde deutlich defensiver.

»Sie haben Jens Riesberg vorhin als Abschaum bezeichnet. Was veranlasst Sie zu einer derart emotionalen Aussage gegenüber einem Mann, der mit ihrem Boss eine geschäftliche Beziehung unterhielt?«

Brecht starrte auf seine Hände und zuckte dann mit den Schultern.

»Keine Ahnung, aber das war er doch bestimmt, oder? Hab keinen besonderen Grund. Jemand hat ihn umgebracht, unseren James Bond, wird schon einen Grund haben, nicht wahr? Ein Engel kann er nicht gewesen sein.«

»Gibt es einen Grund, weshalb Sie ihn vielleicht nicht mochten?«

Die Härte war in Brechts Blick zurückgekehrt.

»Nein. Keinen.«

»Nun gut, Herr Brecht. Das wäre dann vorerst alles. Sie bleiben noch eine Weile in Untersuchungshaft wegen dringendem Tatverdacht auf räuberische Erpressung mit Bedrohung und gefährlicher Körperverletzung.«

Brecht wollte aufbegehren, doch Anwalt Sander hielt ihn zurück.

»Wir gehen davon aus, dass Sie mehr vorbringen werden als die Zeugenaussage eines einzigen Mannes und eines Toten. Sollte dies nicht der Fall sein, werde ich meine Mandanten spätestens morgen nach der Vorstellung beim Haftrichter wieder mit nach Hamburg nehmen.«

»Selbstverständlich. Ach, Herr Brecht, einen Moment noch. Ich sehe, Sie haben da ein wunderschönes Schmuckstück. Was stellt das dar?«

Alex schaute auf seine rechte Hand und den Ring, den er am Mittelfinger trug.

»Das ist ein Löwe, Sterling Silber, meine Freu…, meine

Exfreundin hat ihn mir geschenkt.«

»Sehr schön. Ich danke Ihnen, Herr Brecht.«

Alex schaute den Kommissar kurz nachdenklich an, nickte dann aber nur und ließ sich von seinem Kollegen abführen.

Als der zurückkam, fand er Otte noch in demselben Raum vor, wie er seine Notizen durchging.

»Was hältst du von Brecht? Glaubst du ihm, dass Jens Riesberg ein Kunde wie jeder andere war?«

»Nein. Ich denke, hier gibt es einiges unter der Oberfläche, das er uns nicht gesagt hat. Er scheint geradezu persönlich betroffen zu sein.«

»Glaubst du, das Muster des Rings stimmt mit der merkwürdigen Form der kleinen Hämatome überein, die wir in seiner Nierengegend gefunden haben?«

»Da wette ich drauf. Ich denke, das bringt uns der Erweiterung der U-Haft morgen vor dem Richter ein Stückchen näher.«

»Wieso hast du ihn nicht nach dem Donnerstag gefragt? Er hätte sich mit Riesberg getroffen haben können.«

Otte schaute missmutig an seinem Kollegen vorbei in den Raum.

»Das wäre sinnlos gewesen. Die Anwälte hatten sich bereits mit ihm abgestimmt. Außerdem bezweifle ich, dass er etwas tun würde, ohne es mit seinem Chef abzustimmen. Er ist ihm vollkommen hörig, wie ein dressierter Hund. Brecht wird seine eigenen Interessen nur vertreten, wenn sie mit denen von Gianelli übereinstimmen. Der Staatsanwalt soll einen Antrag auf Beschlagnahmung dieses Ringes stellen. Vielleicht haben wir Glück und finden in den Rillen und Vertiefungen dieses Schmuckstücks etwas altes Blut von Riesberg.«

KAPITEL 37

Draußen vor Annettes Zimmer zogen sich dunkle Wolken zusammen. Allein mit ihren düsteren Gedanken saß Luisa auf dem Bett und schaute in die Brandung. Langsam schwand das Tageslicht, doch sie hatte keine Motivation aufzustehen und das Licht anzuschalten.

Ich muss mit ihr darüber reden.

Sie war der Bösewicht in dieser Geschichte, die Hexe im Märchen, die Schwarze Witwe.

Was sie dennoch unglaublich traurig machte, neben dem Verrat, dessen sie sich schuldig gemacht hatte, war die Tatsache, dass Jens bei der Sache so schlecht wegkam. Sie konnte nicht glauben, was Annette da gesagt hatte: mehrere Frauen? Das musste lange vor ihrer Zeit gewesen sein.

Er hat mich geliebt, auch wenn es keine Möglichkeit gegeben hat, dass wir zusammen sein konnten. Das kann mir keiner wegnehmen.

Wärme breitete sich in ihrer Brust aus, als sie an das Ski-Wochenende vor einem Jahr zurückdachte. Aufgrund verschiedener Verpflichtungen waren Richard und Annette einen Tag länger in Köln gebunden gewesen. So kam es, dass Luisa und Jens bereits einen Tag eher anreisten. Annette musste irgendeinen unaufschiebbaren Arzttermin wahrnehmen und Richard war mit dem Steuerberater verabredet gewesen.

Jens und sie hatten sein Auto und die Hälfte des Gepäcks genommen und waren allein bis ins Zillertal gefahren. Dort erhielten sie den Schlüssel für die Hütte bei der Wirtin und waren von da an auf sich allein gestellt.

Nachdem die Koffer ausgepackt waren, ging es sofort auf die Piste, und Luisa erhielt die Gelegenheit, den Mann ihrer Freundin einmal ohne ihren Einfluss kennenzulernen. Sie erhielt das Bild eines vollkommen anderen Mannes, losgelöst, entspannt, lustig und unglaublich charmant.

Luisa, die ursprünglich aus dem Norden stammte, hatte erst sehr spät das Skifahren gelernt. Aus diesem Grunde war ihre Leistung am Hang eher mittelmäßig; sie gehörte zu den langsamsten Fahrern. Die Sicherheit, mit der Jens auf seinen Brettern stand, schüchterte sie ein, und sie war besorgt gewesen, ihn zurückzuhalten. Doch bei jedem ihrer Stürze oder bei schwierigeren Passagen stand er neben ihr und baute sie auf oder reichte ihr auch einfach nur seine Hand. Wie etwas Besonderes hatte sie sich durch seine Aufmerksamkeiten an diesem Tag gefühlt. Das allererste Mal war sie nicht vollkommen demoralisiert auf die Hütte zurückgekehrt. Bei anderen Ausflügen in der Vergangenheit hatte sie sich wie das fünfte Rad am Wagen gefühlt, weil sie alle nur aufhielt.

Am Abend im Tal floss der Alkohol nur so in Strömen. Sie stützten sich gegenseitig, als sie das Lokal verließen und die mit Neuschnee verschneite Hauptstraße am frühen Morgen zu ihrem Haus stapften, die Skier unter den Armen. Jens war ganz und gar nicht müde und überredete sie, mit ihm noch in den Whirlpool zu steigen. Der stand hinter dem Haus und bot freie Sicht auf einen vollkommenen Sternenhimmel.

Definitiv war dies nicht die beste Idee für zwei verheiratete Menschen, aber der Alkohol und der Erfolg auf der Piste hatten sie trunken von Selbstbewusstsein gemacht. Sie willigte freudig ein. Den Badeanzug zog sie sich über, ohne zu merken, dass sie nicht einmal die Tür zu ihrem Zimmer geschlossen hatte – und so sah sie ihn da stehen, als sie sich umdrehte, um zum Pool zu eilen. Er sagte nichts, schaute sie nur an und folgte ihr nach draußen auf die Terrasse.

Luisa stieg freudig ins Wasser und Jens folgte ihr dicht auf den Fersen. Sie ließ sich in eine Schale mit Düsen für die Tiefenmassage gleiten und schloss die Augen. Als sie ein klirrendes Geräusch hörte, schaute sie auf und sah, dass Jens zwei Gläser neben dem Pool hervorgeholt hatte, die er dort zuvor mit einer Flasche Champagner deponiert hatte. Er entkorkte die Flasche mit einem lauten Knall und Luisa quietschte vergnügt. Champagner floss ins Becken und zusammen mit dem Rot der Unterwasserbeleuchtung schien die Luft um sie herum zu brennen. Jens schaute sie lange mit einem erregten Blick an, ohne ein Wort zu sagen. Dann rutschte er dichter zu ihr, stellte die Gläser auf den Rand und goss ihr einen ordentlichen Schwapp über die Brüste, die üppig aus ihrem Badeanzug und durch den Auftrieb des Wassers emporragten. Luisa spürte ein unsagbares Kribbeln in der Lendengegend, als er nun dichter an sie rückte, seinen Kopf senkte und mit der Zunge den Champagner ableckte. Er hob seinen Kopf, stellte die Flasche beiseite, setzte sich vor sie und rollte links und rechts die Träger des Badeanzugs herunter. Ihre haselnussbraunen Locken strich er ihr zurück und tauchte mit seinem Kopf erneut zwischen ihren Brüsten ab. Erregende Schauer durchliefen ihren ganzen Körper, als seine Hände den Badeanzug nach unten zogen und ihr über die Hüften streiften. Nur zu bereitwillig hob sie dafür ihr Becken und streckte es ihm entgegen, als seine Finger zwischen ihre Schenkel glitten und nach einigen spielerischen Manövern tief in sie eindrangen. Luisa stöhnte und warf den Kopf in den Nacken. Nach vielen ausgiebigen Streicheleinheiten zog er sie an sich in eine Sitzschale im

Pool. Sie setzte sich auf ihn und ließ ihn tief in sich eindringen. Das Wasser schien zu kochen, während sie sich beide dem Höhepunkt entgegenpeitschten – über ihnen die eisig klare Winternacht und ein Vollmond, der den Schnee zum Leuchten brachte.

Viele solch erregender Abenteuer waren seitdem gefolgt, immer wenn es möglich gewesen war, doch dies war die einzige Gelegenheit geblieben, bei der sie die Nacht miteinander verbringen konnten.

Luisa seufzte bei dem Gedanken an diese Erinnerung, die sie ein Leben lang bewahren wollte und die nun wahrscheinlich durch den Dreck gezogen werden würde.

KAPITEL 38

Nina trank einen großen Schluck ihres heiß geliebten Tom Collins und atmete geräuschvoll aus. Gemeinsam mit Erik, Ben und ihrer Schwester saß sie in einem kleinen Lokal in der Nähe des Bad Doberaner Münsters. Die Gesichter der vier waren lang und verrieten, dass sie allesamt müde waren. Der Tag hatte bereits jetzt in den frühen Abendstunden seine Spuren hinterlassen.

»Das war meine erste Vernehmung – und ich hoffe, es wird auch meine letzte gewesen sein.«

Romy nippte an ihrem Gin Tonic und starrte verträumt ins Glas. Nina spürte, wie der Alkohol sie entspannte und ihre Muskeln weich werden ließ.

An diesem sonnigen Nachmittag war sie mit Erik in die Stadt gefahren. Sie hatten zunächst den Kamp aufgesucht, eine große Parkanlage, die bereits vor über zweihundert Jahren aus einer alten Viehweide in ein gartenarchitektonisch ausgebautes Ortszentrum umfunktioniert wurde. Im Schatten der mächtigen Linden waren sie die Promenade entlangspaziert und hatten über ihren Alltag gesprochen. Der tragische Schicksalsschlag, den Jens' Familie erfahren musste, rührte sie zutiefst und brachte ihre Unterhaltung und ihre

Beziehung zueinander auf eine neue Ebene des Vertrauens. Sie hatte gemerkt, wie sie sich selbst im Gespräch immer mehr geöffnet hatte, und das erfüllte sie mit großer Zufriedenheit.

Kurz bevor sie ihr eigentliches Ziel, das Münster, erreichten, hatte sie den Anruf des Kommissars erhalten. Gegen drei Uhr waren sie gemeinsam auf der Wache erschienen und man hatte sie unabhängig voneinander befragt. Nina hatte dem Kommissar von dem Zettel berichtet. Der hatte etwas verstimmt und hektisch einen Kollegen zur ›Perlenkette‹ geschickt, um die Theorie der beiden überprüfen zu können. Wie sie inzwischen erfahren hatten, war niemand aufgetaucht.

»Was habt ihr beiden Schönes gemacht, bis wir uns hier getroffen haben?«

Romy biss in ihre Bruschetta und grinste Nina unverhohlen an. Erik sah den Blick und musste schmunzeln. Ninas Gesichtsfarbe wurde intensiver. Sie trat unter dem Tisch nach Romys Schienbein . Das war auffällig. Romy zuckte nicht mal, aber Erik sah, dass Bens Blick plötzlich schmerzverzerrt war.

»Wir sind in das Kloster gegangen und haben uns ein wenig umgeschaut. Das war ja ursprünglich unser Plan gewesen, bevor sich die Polizei gemeldet hatte«, sagte Erik.

»Es ist eine wirkliche Perle, falls euch so etwas interessiert. Ihr werdet in ganz Europa keine Zisterzienserklosterkirche finden, die derart reich und originalausgestattet ist. Sie diente auch als Grablege für die mecklenburgischen Landesfürsten. Ganz weit hinten in einer Ecke der Kirche haben wir den massiven Sarkophag von Friedrich Franz I. entdeckt, der dieses Seebad hier gegründet hat und den Auftrag für die ersten Gebäude unseres Hotelkomplexes erteilte.«

»Recherchierst du bereits für dein nächstes Buch?«, fragte Ben. Erik lächelte.

»Wer weiß, man kann nie wissen, was aus so einem

Wochenende alles entstehen kann.«

Die beiden Männer sahen sich wissend tief in die Augen.

»Haben sie euch nur zu eurem Tag oder auch dazu befragt, was alle anderen getan haben?«

Romy kehrte zurück zur Vernehmung bei der Polizei.

»Sowohl als auch. Ich schätze, sie haben so unsere Alibis für den Zeitraum des Mordes überprüft«, bemerkte Nina.

Ben beugte sich in die Runde und blickte vom einen zum anderen.

»Und? Habt ihr denn alle eins?«

Er grinste und nahm einen kräftigen Schluck von seinem Pils.

»Also, ich habe während der gesamten Zeit mit so ziemlich jedem Gast gesprochen, der anwesend war. Ich bin fein raus, mein Schatz. Das macht etwa vierzig Zeugen.«

Romy griff sich eine weitere Bruschetta, um die Wartezeit bis zum Hauptgang zu verkürzen. Sie biss herzhaft hinein und die Tomatenstückchen verteilten sich in ihrem Gesicht. Nina konnte sich ein Lachen nicht verkneifen.

»Ich habe die meiste Zeit mit Leo geredet und bin dann nach draußen gegangen, um Luft zu schnappen. Vielleicht etwa fünf Minuten. Dann stand Annette hinter mir und wir haben uns auf die Suche nach Jens gemacht. Das war so etwa halb elf.«

Nina lächelte Erik an, doch der schien in Gedanken zu sein und brütete über seiner Vorspeise, die er noch nicht angerührt hatte.

»Schmeckt dein Carpaccio nicht?«, wollte Nina wissen.

»Doch, doch, nur ist es so, dass ich dich etwa gegen neun gesucht habe, und ich hab dich in der Bar nicht finden können.«

Ben hob interessiert die Augenbrauen und Romy hörte für einen Moment auf zu kauen.

»Wieso hast du mich gesucht?«

Nina blickte Erik an.

»Ich wollte mit dir reden. Wieso ist das wichtig?«

»Es scheint ja wichtig zu sein, da du das Thema gerade drauf gebracht hast.«

Nina war verärgert. Was sollte die Andeutung? Sie hatte Jens erst vor einem Tag kennengelernt. Was für einen Grund sollte sie für ein derartiges Verbrechen haben?

»Hast du das so zur Polizei gesagt?«

»Nein, natürlich nicht. Warum sollte ich dich ans Messer liefern?«

»Wieso kommst du überhaupt auf den Gedanken, dass ich etwas mit dem Mord zu tun habe?«

»Mord? Quatsch, wieso? Ich dachte, du wärst mit Leo weggegangen.«

Ben war ein wenig der Mund offen stehen geblieben, während er diesem Schlagabtausch gefolgt war.

»Sagt mal, Leute, haben wir da irgendetwas verpasst? Ihr klingt wie ein altes Ehepaar.«

Erik merkte, wie er rot wurde und ihm kam der Gedanke, dass diese unüberlegte Bemerkung ziemlich schnell die vertrauliche Basis, die die zwei sich geschaffen hatten, wieder zerstört haben könnte. Dieser Nachmittag, eigentlich der gesamte Tag mit Nina, war sehr schön gewesen, von der Zeugenbefragung mal abgesehen.

Nina schaute ihn einen Moment an, dann sagte sie mit einem winzigen Lächeln um die Lippen: »In der Zeit bin ich mit Romys bester Freundin Sandra zur Rezeption gegangen und wir haben die Zimmerkarte für die Hochzeitssuite besorgt.«

»Wieso?«

»Weil es üblich ist, das Zimmer vor der Trauung und der letzten Nacht zu verunstalten. Wir hingegen haben es mit Blumen und Blüten geschmückt. Hat eine Menge Arbeit gemacht. Genau das habe ich auch der Polizei erzählt.«

Triumphierend nippte sie an ihrem Drink und schaute ihm herausfordernd in die Augen. Der Blick gefiel ihm, auch wenn er sich wie der letzte Vollidiot fühlte.

»Falls es jemanden interessiert, ich habe an der Seite

meiner zukünftigen Frau die Gäste belustigt und jede Menge Whisky vernichtet.«

Ben wirkte sehr zufrieden mit sich.

»Da fällt mir ein, ich habe eines der Gläser aus Versehen über den teuren Anzug unseres Hoteldirektors gegossen. Ziemlich unangenehm die ganze Sache. Er stand augenscheinlich schon eine Weile direkt hinter mir, als ich mich umdrehte und er mit meinem Glas kollidierte. Sein schöner grauer Anzug! Fühlte sich an wie Merinowolle. Edel. Ich hab ihn gebeten, mir die Rechnung für die Reinigung zu schicken, aber er hat es abgelehnt. Er war unglaublich professionell und freundlich und hat nicht mal mit der Wimper gezuckt, als wir zusammenstießen.«

Inzwischen waren die Hauptspeisen serviert worden. Ben griff voller Tatendrang nach seinem Steakmesser. Erik hatte seine Forelle noch nicht angesehen. Ein Kribbeln lief ihm über den Rücken, als er an gestern Nacht und die Befragung in Melvilles Büro zurückdachte.

»Weißt du noch, wann das war?«

»Hmm, ich würde sagen, kurz nachdem wir beide unser Gespräch beendet hatten und du auf die Suche nach Nina gegangen bist. So halb zehn.«

»Was hat er dann gemacht?«

»Er sagte etwas davon, dass er sich schnell umziehen gehen wolle. Danach habe ich ihn nicht mehr gesehen. Wieso?«

Erik überlegte kurz.

»Als er bei Annettes Befragung anwesend war, trug er einen anderen Anzug als beim Empfang, komplett, inklusive Hemd. Ich hab es gesehen, aber erst jetzt, wo du davon berichtest, ist es mir wirklich zu Bewusstsein gekommen.«

Ben zuckte mit der Schulter.

»Na und? Dann hat er sich halt umgezogen. Was soll's? Es gibt doch einen guten Grund dafür.«

Die drei schauten Erik neugierig an.

»Ja schon, aber verstehst du nicht? Er ist der Einzige, der

sich umgezogen hat. Alle Menschen, die Jens in irgendeiner Weise nahe gestanden sind, haben am Ende des Abends noch das gleiche getragen. Die Polizei hat es doch deutlich ausgeführt. Sie gehen davon aus, dass Blut auf die Kleidung des Täters gekommen sein könnte.«

Erik spürte wieder dieses innere Kribbeln. War das die Antwort auf das Rätsel? Er verspürte plötzlich das dringende Bedürfnis, etwas zu tun. Also schnappte er sich sein Handy und stand auf. Ben erhob sich ebenfalls und streckte ihm beide Handflächen entgegen, so als wollte er ihn aufhalten.

»Was hast du vor?«

»Na, ich rufe bei der Polizei an.«

»Moment. Gibt es da nicht noch eine Sache, die überhaupt nicht ins Bild passt?«

Erik, der bereits dabei war, seine Jacke überzuziehen, schaute auf.

»Was meinst du?«

»Na, das Motiv. Was sollte Melville für einen Grund gehabt haben?«

Ein wenig verlegen schaute Erik drein.

»Na ja, ich gebe zu, es ist ein wenig dünn, aber ich hatte kurz vor der Vernehmung von Annette das Gefühl, als würden sich die beiden kennen. Sie sollten ihn zumindest fragen, finde ich. Bitte entschuldigt kurz, ich tätige nur den Anruf und bin gleich wieder da.«

Er drehte sich um und ging die paar Schritte vor die Tür, wo bereits ein straffer Wind blies und dunkle Wolken sich zusammengezogen hatten, um sich zu imposanten Türmen aufzustapeln.

KAPITEL 39

Luisa schaute raus auf den Sturm. Der tobte inzwischen und hatte sowohl Wasser als auch Himmel in dieselbe Farbe getaucht. Regen peitschte gegen die Scheiben und so hörte sie nicht, wie die angelehnte Tür hinter ihr zaghaft geöffnet und dann wieder sorgfältig geschlossen wurde. Ein kurzes Zischen in der Luft und dann rauschte ein großer harter Gegenstand auf ihren Schädel und brach ihn. Blut spritzte aus der Wunde und durchtränkte ihre wunderschönen braunen Locken.

In diesem geschmackvoll eingerichteten Zimmer in hellen Farbtönen lag eine brünette Frau mit weit aufgerissenen Augen und Armen in einer riesigen Lache aus Blut auf dem Bett, die Tagesdecke durchtränkt. Sie schien an die Decke zu starren. Sie war nach diesem kräftigen Schlag von hinten auf das Bett gekippt. Draußen peitschte ein Sturm und schlug unaufhörlich den Regen gegen das Fenster.

Annette stand in der offenen Tür und schrie, doch es kam kein Laut aus ihrer Kehle. Nach einem tiefen Atemzug probierte sie es erneut. Es war eher ein Quieken, aber immerhin konnte man schon etwas hören. Hinter ihr kam jemand ins Zimmer gestürmt und blieb wie angewurzelt stehen, als er sie erreicht hatte. Sein Blick fiel auf den Körper, den sie selbst mit weit aufgerissenen Augen anstarrte. Er würgte und brachte einen gequälten Laut heraus – schon beim ersten Versuch. Es war Richard. Draußen auf dem Gang wurden Stimmen lauter und irgendjemand erwähnte die Polizei. Er konnte nicht atmen. Noch bevor er sich abwenden konnte, um das Zimmer zu verlassen, fiel er um.

Richard wachte schreiend aus seinem Albtraum auf. Seine Stirn war feucht von kaltem Schweiß. Er spürte, wie er am ganzen Körper zitterte. Seine Atmung ging schnell und sein Puls raste.

Luisa!

Er sprang aus dem Bett und griff zum Telefonhörer. Keuchend wählte er die Nummer der Rezeption.

»Guten Abend, Herr Storch. Wie kann ich Ihnen behilflich sein?«

»Bitte schnell, wie ist die Zimmernummer von Annette Riesberg?«

»1302, Herr Storch.«

Richard knallte den Hörer auf die Gabel und stürmte aus der Tür. Ein paar Meter weiter den Gang runter hämmerte er an die Tür von 1302. Annette öffnete ihm.

»Hallo, Richard, du bist aber früh …«

Er stürmte an ihr vorbei, drückte sie barsch beiseite und rannte zum Bett.

»Wo ist sie?«, rief er laut und ungeduldig.

Annettes Gesicht bestand nur aus Fragezeichen.

»Luisa. Wo ist meine Frau?«

Er war inzwischen etwas ruhiger.

»Sie ist nicht hier. Wieso bist du so aufgeregt? Ist etwas passiert?«

Annette kam zum Bett und setzte sich auf die blütenreine Tagesdecke. Richard fuhr sich mit der Hand übers Gesicht und atmete tief ein.

»Du bist ja fix und fertig. Was ist los?«

Sie berührte seine Schulter und senkte den Kopf, um ihm in die Augen zu sehen, die er niedergeschlagen hatte.

»Oh Gott, bitte entschuldige. Ich weiß nicht, was da in mich gefahren ist. Ich hatte plötzlich so ein ungutes Gefühl, dass ihr etwas passiert sein könnte, ein Albtraum.«

»Du armer Kerl! Mach dir keine Sorgen. Ihr geht's gut.«

»Wo ist sie? Ich dachte, sie wäre bei dir.«

»Das war sie auch, aber vor einer dreiviertel Stunde etwa ist sie gegangen. Wollte noch etwas spazieren gehen, bevor du kommst. Hat sie dir nicht Bescheid gesagt?«

»Ich hab sie noch gar nicht gesehen, seit ich angekommen bin. Vielleicht hat sie mir ja geschrieben.«

Umständlich kramte Richard sein Handy aus der Hosentasche. Er war vorhin so müde gewesen, dass er es gar nicht bemerkt hatte. Tatsächlich gab es seit vierzig Minuten eine neue Nachricht von seiner Frau.

Sprachlos starrte er auf die Wörter, die er auf dem Display sah und drehte das Handy dann so zu Annette, dass sie es auch lesen konnte.

Es tut mir wahnsinnig leid, mein Schatz. Bitte verzeih mir. Ich liebe dich!

KAPITEL 40

Otte beendete das Gespräch und rief sofort seinen Kollegen auf dessen privater Nummer an. Schmidt war schon nach Hause gefahren und Otte hatte eigentlich nach Durchsicht der Protokolle und dem verdammten Papierkram das auch vor.

»Ich brauche dich heute noch mal. Sag Iris einen schönen Gruß von mir, sie soll dir das Essen warm stellen.«

»Sehr witzig, mein Lieber.«

Otte musste schmunzeln, weil er sehr genau wusste, dass Andreas der leidenschaftliche Koch in dieser jungen Ehe war.

»Ich habe gerade mit Erik Brockmann gesprochen. Sieht so aus, als würde es ihm ein wenig zusetzen, dass er uns kein vernünftiges Alibi präsentieren konnte. Er glaubt, sich erinnert zu haben, dass Jacques Melville während der kritischen Zeit einen Kleiderwechsel vollzogen hat.«

»Melville … der Manager?«

»Genau. Am besten, wir treffen uns am Hotel. Schaffst du es in zehn Minuten?«

»Kein Problem.«

Otte legte auf und verließ das Gebäude schnellen

Schrittes. Während der Fahrt dachte er über Melville nach. Diesem Mann hatte er, so musste er zu seiner Schande gestehen, bisher keinerlei Beachtung geschenkt. Zu seiner Verteidigung dachte er, ließe sich anbringen, dass in fünfundneunzig Prozent der Fälle zwischen Täter und Opfer eine private oder geschäftliche Beziehung besteht. Hier hatte er keine sehen können und das hatte ihn sicherlich veranlasst, Melville zu keinem Zeitpunkt als Zeugen zu vernehmen. Seine Zeit war ohnehin sehr knapp bemessen, da hatte er sich nur auf die Menschen konzentriert, die die Leiche gefunden hatten und die mit dem Opfer in irgendeiner Beziehung standen.

Er ermahnte sich, dass es zu früh für Vorwürfe war. Immerhin hieß diese Beobachtung eines anderen Zeugen nicht, dass Melville sich wegen einer Gewalttat umziehen musste. Es konnte viele weitere Gründe geben, aber Otte wollte auf Nummer sicher gehen.

Diese und andere unerfreuliche Gedanken gingen ihm durch den Kopf, als er die Allee zum Hotel hinunterfuhr. Das Tor stand auch am Abend noch offen und ganz am Rand des Parkplatzes parkte unauffällig ein Polizeiwagen seiner Leute. Die hatten alle Hände voll zu tun, die als direkten Tatort abgesperrte Seebrücke und einen Großteil von Promenade und Strand gegen schnüffelnde Touristen zu verteidigen. Es gab auch immer noch jene, die meinten, ein Recht zur Beschwerde zu haben, weil ihnen dadurch der Fußweg von Kühlungsborn zur Strandbar am ehemaligen Kinderstrand versperrt würde.

Er parkte neben seinen Kollegen und stieg aus. Im selben Moment kam Schmidt durch das Tor gerauscht und hielt neben ihm.

»Na, dann lass uns mal mit dem Herrn Direktor sprechen«, sagte Otte.

Sie gingen durch die große verglaste Eingangstür über den weißen Marmor bis vor zum Empfang.

»Kriminalhauptkommissar Otte, ich möchte bitte mit

Jacques Melville sprechen.«

Die Auszubildende am Empfang kriegte es regelrecht mit der Angst zu tun. Sie stammelte einen verworrenen Abendgruß und griff dann eilig zum Telefonhörer. Nach einem kurzen Gespräch erhielt sie die Info, dass Herr Melville nicht im Hotel sei.

»Wissen Sie, wo er hingegangen ist?«

»Seine Sekretärin meinte, er wäre spazieren gegangen, seine übliche Route.«

»Wo ist das?«

»Er geht gern über das Gelände, hinter zum Alexandrinen-Cottage. Es ist ein altes, baufälliges Gebäude, das noch nicht restauriert wurde, direkt hinter dem ›Haus Mecklenburg‹ vorbei an der Burg Hohenzollern. Sie können es nicht verfehlen. Es steht direkt auf den Klippen. Manchmal nimmt er auch den Weg direkt darunter. Dort führt eine Brücke vom Strand von Heiligendamm auf den Fußweg nach Kühlungsborn.«

Otte nickte der jungen Frau zu und lächelte charmant.

»Ich danke Ihnen, Sie waren eine sehr große Hilfe.«

Er erntete ein verlegenes Lächeln und hochrote Wangen ehe er sich umdrehte und mit seinem Kollegen zum Ausgang schritt. Sie wandten sich nach rechts über den asphaltierten Weg und schritten den Weg zum Kurhaus weiter. Einige elegant gekleidete Gäste gingen zum Abendessen.

»Nobel, nobel, ich habe nicht mal zu meiner Hochzeit Smoking getragen.«

Andreas nickte, als ein paar Männer im dunklen Smoking ihren Weg kreuzten.

»Nun, ich vermute, deiner Frau hätte das gut gefallen, ebenso wie diese Kulisse als Hochzeitslocation.«

Otte lachte kurz, dann schlug er sich plötzlich mit der flachen Hand vor die Stirn und blieb wie angewurzelt stehen. Andreas tat es ihm abrupt gleich.

»Was ist los?«

»Ich Hornochse!«, rief Otte aus, so laut, dass es die Gäste

am Eingang des Restaurants hören konnten.

Verstohlen und neugierig hob Andreas die Hände.

»Was ist? Ist dir was aufgefallen?«

»Ja! Natürlich! Ich werde offensichtlich zu alt für diesen Job. Weißt du noch, was Brecht vorhin im Verhör zu uns gesagt hat, Andy?«

Andreas schüttelte den Kopf, deutete aber an, dass Otte etwas zu laut sprach und sie bereits Publikum hatten. Otte sah sich kurz um, nickte und setzte seinen Weg Richtung Promenade langsam fort.

»Als ich ihn fragte, warum er so engagiert gegenüber dem Opfer reagiert hat, da hat er ihn als ›James Bond‹ bezeichnet.«

»Richtig, ich erinnere mich.«

»Ich habe das auf die vielen Frauen bezogen, die er nach Brechts Aussage immer wieder verführt hat.«

Andreas nickte.

»Was, wenn er das gar nicht gemeint hat? Was hat Jens Riesberg getragen, als er gefunden wurde?«

Die Augen von Andreas weiteten sich. Wie aus der Pistole geschossen sagte er: »Smoking und weißes Dinnerjacket!«

»Genau! Und wer konnte davon nur wissen?«

»Seine Frau und der Mörder, weil er sich gerade erst umgezogen hatte und ihn seitdem augenscheinlich niemand gesehen hat.«

»Na, siehst du!«

Otte blieb stehen und griff nach seinem Handy. In einem knappen Gespräch schilderte er ihre Erkenntnisse und bat seine Kollegen, schnellstmöglich eine Hausdurchsuchung bei Brecht und Gianelli in Hamburg durchführen zu lassen, auch ohne richterlichen Beschluss. Gefahr im Verzug.

»Wir müssen die Kleidung untersuchen. Wenn sie schlau waren, haben sie die inzwischen vernichtet.«

Otte wusste aus Erfahrung, dass ein Täter, so vorsichtig er auch am Tatort sein mochte, immer unvorsichtiger wurde, je weiter er sich davon entfernte. Hamburg war weit weg, und er würde darauf wetten, dass sie irgendetwas übersehen hatten – und sei es auch nur eine Socke. Irgendwann machte jeder einmal einen Fehler und dieses Verbrecherduo machte auf ihn nicht den Eindruck, als wäre es ein würdiger Gegner.

Sie hatten ihren Weg weiter in Richtung des Cottages fortgesetzt.

»Willst du umdrehen, Ulli, und gleich noch mal mit Brecht sprechen?«

»Nein, ich denke nicht. Wir warten die Hausdurchsuchung ab und welches Ergebnis sie liefert. Außerdem will ich nicht, dass sie die Chance erhalten, alles vernichten zu lassen, bevor wir dort aufkreuzen können. Lass uns mit dem Manager sprechen und diesen kleinen Puzzlestein an seinen Platz setzen, dann können wir heute Nacht alle ruhig schlafen.«

Je dichter sie kamen, umso deutlicher drangen Laute an Ottes Ohr, die er nicht zuordnen konnte. Es klang wie ein gequältes Tier im Todeskampf. Die beiden Männer beschleunigten ihre Schritte vorbei an dem alten Bauwerk zu der Zaunanlage. Die thronte zuoberst eines massiven Betonwalls und hinderte den Besucher daran, in die Tiefe zu stürzen und auf einem großen Geröllberg zu landen, der in der Brandung lag. Sie schauten sich beide an und blickten am Abgrund angekommen nach unten.

Die Wellen schlugen unbarmherzig gegen die Steine aus Granit und rissen mit jedem Herzschlag eine Geröllawine aus Tausenden kleinen Steinen mit sich in die Fluten – ein Geräusch, als würde man ein riesiges Sieb mit Steinen schütteln. Otte schmeckte die salzige Seeluft und sog ihren Duft tief in seine Nase. Das Blut konnte er bis hier oben riechen – Eisen. Sofort hatte er den Geschmack dazu im Mund. Auf den Steinen lag eine Gestalt mit dem Gesicht nach unten. Die schulterlangen braunen Haare wurden vom Wind in unterschiedlichste Richtungen gezerrt. Neben ihr saß ein Mann und wimmerte. Er hatte eine Hand auf ihren Rücken gelegt.

»Nehmen Sie augenblicklich die Hand dort weg und

rühren Sie sich nicht weiter. Wir kommen zu Ihnen runter.«

Otte schrie, so laut er konnte, gegen den Wind an. Sie liefen den langen Weg zurück und sprinteten dann über den Strand zur Brücke nach Kühlungsborn. Beim Näherkommen erkannten sie Melville. Er sah scheußlich aus, vollkommen verheult und aufgelöst.

»Was zum Teufel machen Sie da? Sie vernichten jede Menge Spuren.«

Die beiden kletterten über die nur ein Meter und fünfzig hohe Brücke und landeten sanft neben Melville.

»Annette! Sie … vielleicht lebt sie noch.«

Melville schaute hoffnungsvoll zu Otte hoch. Der ging vorsichtig um den Körper herum und neigte den Kopf, um den Teil des Gesichts zu sehen, der weder auf Steinen lag noch von den Haaren verdeckt wurde.

»Sie ist mindestens dreißig Minuten tot, vielleicht auch länger. Sehen Sie die Totenflecken in ihrem Gesicht? Die sind bereits sehr deutlich ausgeprägt und bilden sich schon nach etwa zwanzig Minuten aus.«

Melville drehte tatsächlich seinen Kopf ein wenig, sprang dann aber sofort zurück und musste sich übergeben.

»Verdammt noch mal, Andy, bitte bring ihn hier weg. Er saut mir den ganzen Tatort ein.«

Otte griff nach seinem Handy und rief die Wache an. Er schilderte den Sachverhalt und den genauen Ort, an dem sie sie finden würden.

Vor ihm lag die Leiche einer Frau. Augenscheinlich waren keine Verletzungen zu erkennen. Der Rechtsmediziner würde klären müssen, ob sie an den Folgen des Sturzes gestorben war, ob sie gesprungen oder gefallen war oder ob jemand nachgeholfen hatte. Das brachte ihn wieder auf den eigentlichen Grund seiner Anwesenheit an diesem Ort zurück.

Langsam ging er zu der Stelle, an der Melville auf einem Stein kauerte und in ein riesiges Stofftaschentuch schnäuzte.

»Herr Melville, was machen Sie hier draußen? Kennen Sie

die Frau?«

Melville hustete ein wenig.

»Ja. Das ist Annette Riesberg. Haben Sie sie nicht erkannt?«

Otte stutzte und schaute noch einmal zum Leichnam rüber.

»Herr Melville, ich will Sie nur ungern enttäuschen, aber ich habe Frau Riesberg kennengelernt. Diese Frau ist deutlich jünger – ich würde sagen: etwa zehn Jahre. Sie sieht meines Erachtens aus wie Luisa Storch, die Freundin von Frau Riesberg.«

Der Hotelmanager war sichtlich geschockt.

»Sie meinen, das ist nicht Annette? Sie ist nicht … Ich meine … ich dachte, als ich sie vor mir sah … dann ist sie nicht tot?«

Er schien diese Sache erst noch vollkommen überdenken zu müssen. Dann sah Otte die überwältigende Erleichterung in seinem Gesicht. Melville wandte sich schnell ab und übergab sich ein zweites Mal.

Langsam beruhigte er sich und wischte schließlich seinen Mund ab.

»Herr Melville, bitte erzählen Sie mir jetzt haargenau, was sich hier ereignet hat. Was haben Sie gesehen?«

»Ja natürlich, bitte entschuldigen Sie. Ich bin zu meinem üblichen Spaziergang aufgebrochen. Ich gehe hier gern lang, um den Kopf freizubekommen, schaue aufs Meer und entspanne mich, bevor ich zurückkehre ins Hotel. Ich bin dort oben etwa stehen geblieben und habe auf den Horizont geschaut.«

Er wies auf die Stelle, an der auch Otte zuvor mit seinem Kollegen gehalten hatte.

»Dann ließ ich meinen Blick wandern und habe irgendwann diese Frau entdeckt. Ich dachte sofort, ich müsste ihr helfen, deshalb bin ich nach unten gerannt. Sie hat auf meine Rufe nicht reagiert. Beim Näherkommen hab ich die braunen Haare gesehen und diese Bluse – es ist exakt die gleiche, die Frau Riesberg heute Morgen getragen hat, als ich sie in der Lobby gesehen habe. Ich habe eins und eins zusammengezählt und war fest davon überzeugt, dass sie es sein müsste. Dann sind Sie bereits gekommen und haben nach mir gerufen.«

»Sagen Sie, wann sind Sie etwa zu ihrem Spaziergang aufgebrochen?«

»Ich denke, ich bin Viertel nach acht vom Hotel gestartet, das ist meine übliche Zeit. Gegen neun bin ich in der Regel immer in der ›Nelson Bar‹.«

»Das heißt, Sie waren etwa zehn Minuten vor uns hier. In Ordnung. Gibt es jemanden vom Personal, der bezeugen kann, wann Sie gestartet sind?«

»Ja, natürlich. Da lassen sich sicherlich einige Kollegen finden.«

»Das wäre auf jeden Fall gut.«

Melville schaute ihn unvermittelt an und seine Augen weiteten sich.

»Werde ich verdächtigt? Ich kannte diese Frau doch gar nicht.«

»Bitte beruhigen Sie sich. Es ist mein Job, Sie als Finder der Leiche nach einem Alibi zu fragen, ebenso die Leute, die mit dieser Frau in einer Beziehung standen. Dennoch muss ich Sie darauf hinweisen, dass auf Sie beides zutreffen könnte.«

»Wieso? Wie ist das möglich?«

»Sie haben doch eben selbst gesagt, dass Sie die Frau für Annette hielten, als sie vor Ihnen auftauchte.«

»Na, und?«

»Nun, Sie haben uns noch nicht erklärt, in welcher vertraulichen Beziehung Sie zu Annette Riesberg standen, um sie beim Vornamen zu nennen und derart emotional auf ihr vermeintliches Ableben zu reagieren.«

Otte blinzelte und strich sich mit einer Hand die welligen Haare aus dem Gesicht, die der Wind unermüdlich zerzauste. Melville hatte es die Sprache verschlagen. Er schaute auf die

Leiche, die einige Meter von ihm entfernt lag und dann wieder zu Otte. Langsam und müde sagte er: »Sie haben recht. Annette und ich kennen uns aus unserer Jugend. Das ist schon über zwanzig Jahre her. Damals war ich sehr verliebt in sie.«

Er blickte über die Brandung zum Horizont. Dort nahm der Sturm Fahrt auf.

KAPITEL 41

Erik hielt Nina die Tür auf, als sie das Lokal verließen. »Willst du bei mir mitfahren?« Er war sich nicht so sicher, wie der Abend eigentlich gelaufen war.

»Sehr gern.«

Als sie Richtung Hotel fuhren, glaubte er schon, sie würden gleich wieder über Jens' gewaltsamen Tod reden. Den ganzen Abend hatten sie dieses Thema gewälzt. Und auch wenn es ihn wahnsinnig interessierte, was bei dem Gespräch zwischen dem Kommissar und dem Hotel-Manager herausgekommen war, so sehnte er sich doch nach einer kleinen Pause.

Zu seiner Überraschung schnitt Nina ein vollkommen anders Thema an.

»Wirst du morgen wieder zurückfahren? Nach England meine ich?«

Sie blickte ihn schüchtern von der Seite an, augenscheinlich, bemüht beiläufig zu klingen.

»Ja. Sofern sie mich lassen. Ich habe einen Flug für zwanzig Uhr gebucht, das heißt, ich müsste hier am frühen Nachmittag aufbrechen.«

Nina nickte. Die Aussage schien sie nicht sonderlich

glücklich zu machen.

»Meinst du, sie zwingen uns, noch hierzubleiben?«

»Nein, das nicht. Ohne richterliche Verfügung können sie das auch nicht. Es gibt keinerlei dringenden Tatverdacht gegen einen von uns und somit sitzt vorerst auch niemand in Untersuchungshaft. Sicherlich war die Bitte des Kommissars eher freiwillig gemeint, da wir ohnehin alle bis Sonntag gebucht hatten. Augenscheinlich bin bisher ich der Einzige, der kein Alibi für die Tatzeit vorbringen kann.«

»Wieso, was meinst du? Du warst doch auf dem Empfang.«

»Tatsächlich war ich das nur zu Beginn, ich bin aber etwa gegen halb zehn für eine Weile weggegangen.«

»Gegangen? Wieso?«

»Ich hatte meiner Schwester versprochen, dass ich mich mal melde, wenn ich da bin, und ehrlich gesagt habe ich die ganze Zeit nicht so richtig daran gedacht. Du hattest die Party verlassen und …«

Er schaute etwas verlegen.

»Na, sagen wir mal, ich war etwas angeschlagen, da bot sich die Gelegenheit einfach an.«

Nina musterte ihn eine Weile, sagte aber nichts zu seiner letzten Bemerkung.

»Ich wollte mit ihr sprechen und dann fiel mir auf, dass ich mein Handy auf dem Zimmer hatte liegen lassen. Also hab ich die Party verlassen, bin auf mein Zimmer und hab Sarah angerufen.«

»Aber das ist doch ein perfektes Alibi. Sie brauchen es sich doch nur von ihr bestätigen lassen.«

»Ja, das wäre schön. Leider ist sie nicht rangegangen. Ich hätte mir denken können, dass es schon viel zu spät war. Auch, wenn es bei ihr eine Stunde früher ist.«

Nina zog die Unterlippe nach unten, sodass man die Zähne sehen konnte, und stieß einen leichten Pfiff aus.

»Und dann?«

»Dann bin ich zur Seebrücke gegangen … ach Quatsch!

Ich bin eine Weile auf meinem Zimmer geblieben, hab Trübsal geblasen und mir einen Drink genehmigt, bevor ich wieder runter bin. Ich schätze, ich war etwa eine Stunde weg. Leider ist das eine entscheidende Stunde. Mein Glück ist, dass mir jegliches Motiv für die Tat fehlt.«

»Weißt du, Erik, was du vorhin gesagt hast …«

Nina wählte ihre Worte mit Bedacht. Bereits am Klang ihrer Stimme konnte er hören, dass sie keine guten Nachrichten für ihn hatte, ihm aber nicht wehtun wollte. Innerlich wappnete er sich für die erneute Zurückweisung.

»Ich fühle mich sehr geschmeichelt … ehrlich … und du bist ein ganz toller Kerl. Ich bin gern mit dir zusammen, aber mir geht das momentan etwas schnell, und ich habe Angst mich da übereilt in etwas zu stürzen, das vielleicht keine Zukunft hat.«

Jetzt war es raus und ließ sich nicht mehr zurücknehmen. Im Grunde hatte er es bereits geahnt und er wusste natürlich auch, dass sie recht hatte. Die Welt, die er als Schriftsteller erfand, konnte er biegen und wandeln, bis sie ihm gefiel und seine Protagonisten den Weg gingen, den er für sie vorgesehen hatte. Mit dem eigenen Leben war das so eine Sache, es war deutlich schwieriger. Er schaute sie eine Weile an – soweit ihm das möglich war, ohne den Verkehr aus den Augen zu lassen –, dann lächelte er. Es war schwierig, ja, aber es war nicht unmöglich. Er müsste sich schon sehr in seiner Menschenkenntnis irren, doch bei ihr hatte er etwas gesehen, das ihn hoffen ließ, ihre Gefühle wären mehr als bloße Freundschaft. Sie hatte Angst. Das war ihr gutes Recht. Vielleicht würde ihr ein bisschen Zeit helfen, die Angst zu überwinden.

»Das ist in Ordnung Nina, wirklich, ich wusste, dass du das sagen würdest, und ich verstehe dich. Ich würde mich freuen, wenn wir über diese Beinahe-Hochzeit hinaus in Kontakt bleiben würden, wenn dir das Recht ist.«

Er konnte den Stein neben sich auf dem Beifahrersitz plumpsen hören. Sie lächelte ihn an.

»Das würde ich sehr gern.«

Als sie durch das große schmiedeeiserne Tor auf den Parkplatz einbogen, hatte Erik einen kurzen Déjà-vu-Moment. Genauso hatte es bereits gestern Abend hier ausgesehen: etliche Streifenwagen, Polizisten, die in ihre Walkie-Talkies sprachen, Leute von der Spurensicherung, der Arzt und da drüben stand auch der Wagen von Kommissar Otte. Er wäre am liebsten wieder umgedreht. Dieses Wochenende war ein Albtraum.

»Es muss etwas passiert sein.«

Er stieg hastig aus, nachdem er den Wagen vor dem Haupteingang geparkt hatte. Er warf dem Wagenmeister den Schlüssel zu und ging zügig um das Auto, um Nina beim Aussteigen zu helfen. Die Menschenströme an Schaulustigen, die den Beamten das Leben erschwerten, wiesen ihnen eindeutig die Richtung, in die sie gehen mussten. Nina und er gingen schnellen Schrittes zu dem kleinen Fußweg, der an den Klippen entlang nach Kühlungsborn führte. Der Bereich war weiträumig abgesperrt und so kamen sie nicht besonders dicht heran. Sie arbeiteten sich mühevoll bis zur Absperrung vor und versuchten einen Blick auf den Grund des Polizeieinsatzes zu erhaschen. Ein Polizist stand neben dem Flatterband und faselte irgendetwas von einem Spurenvernichtungskommando, während er grimmig in die Menge schaute. Neben ihnen drängelte eine Frau ein wenig und stieß nach kurzer Weile mit Erik unsanft zusammen. Er drehte sich zu ihr und fragte: »Sagen Sie, wissen Sie, was hier los ist?«

Sie schaute ihn kurz von oben bis unten an, als wollte sie prüfen, ob er zu den Schnöseln gehörte, die in diesem schicken Hotel fünfzig Meter den Weg hinunter übernachteten und sich an der extravaganten Strandbar mit Moët betranken.

»Hab gehört, da ist eine Frau gesprungen. Liegt unten auf den Felsen und ist mausetot. Gesehen habe ich sie leider auch noch nicht.«

Enttäuscht über diese Tatsache, die ihr den Urlaub zu verderben schien, zuckte sie mit den Schultern und versuchte weiter den Kopf zu recken und einen Blick auf etwas Grausiges zu erhaschen.

Erik und Nina ließen sich freiwillig von ihr zurückdrängen.

»Ich muss das nicht wirklich sehen. Lass uns gehen«, sagte Nina.

»Ganz deiner Meinung.«

Als sie sich gerade abwenden wollten, kam Annette den Weg entlang. Sie hatte sich bei einem Mann eingehakt, den sie nicht kannten. Beide sahen ganz erbärmlich aus. Annettes Make-up war verschmiert, der Mascara über ihre Wangen gelaufen. Der Mann war sehr blass im Gesicht und erweckte den Anschein, als stünde er kurz vor einem Schwächeanfall oder hätte soeben einen erlitten. Beide schritten durch die Menge über den Sand, begleitet von einer uniformierten Polizistin.

»Annette, was ist los?«, rief Nina ihr zu.

Die müden blauen Augen suchten nach der Stimme in der Menge und sahen dann Nina direkt an. Dicke Tränen flossen augenblicklich über ihre Wangen und Erik musste gegen den Kloß in seinem Hals ankämpfen. Annette änderte ihren Weg augenblicklich in Ninas Richtung und ließ sich in ihre Armen sinken. Sie schluchzte hemmungslos. Den Mann, den sie mit sich gezerrt hatte, vergaß sie einen kurzen Moment.

»Es ist Luisa«, stammelte sie.

»Sie haben sie bei den Klippen gefunden. Sie ist tot.«

Sie blickte auf den Mann neben sich, der nur noch ein Häuflein Elend war.

»Das ist Richard, Jens' Partner und unser Freund. Er ist … war Luisas Mann.«

Richard nickte. Erik und Nina sahen sich kurz erschrocken an.

»Es tut mir wahnsinnig leid. Das sind ja schreckliche Nachrichten«, sagte Nina.

»Ich denke, wir sollten uns dort vorn auf die Hotelterrasse setzen und wir bestellen Ihnen erst einmal etwas Kräftiges zum Trinken. Wir können auch gern reingehen, um den Schaulustigen zu entgehen, wenn Ihnen das lieber ist.«

Richard nickte.

»Ein Whisky wäre großartig. Ich danke Ihnen.«

Sie gingen zum Hotel und dort direkt in die ›Nelson Bar‹ und bestellten vier Whiskys. Die Polizistin war vorerst zu ihren Kollegen zurückgegangen, aber nicht ohne ihnen ihre Karte auszuhändigen, auf der eine Nummer stand, die sie anrufen konnten, sollten sie jemanden zum Reden benötigen. Erik brachte die Getränke von der Bar persönlich zum Tisch und setzte sich zu den drei anderen. Nach einem kurzen Moment brach Richard das Schweigen.

»Ich verstehe einfach nicht, warum sie das getan hat. Wir hätten über alles reden können, aber augenscheinlich hat sie mir nicht vertraut.«

Er griff nach seinem Glas und kippte den doppelten Whisky in einem Zug runter. Erik hatte tiefstes Mitgefühl mit diesem Mann.

»Was hat die Polizei gesagt? Gibt es schon irgendwelche Erkenntnisse?«

Erik hoffte, diese eher neugierige Frage nicht zu unsensibel gestellt zu haben. Doch dann wurde ihm bewusst, dass weder Richard noch Annette momentan empfänglich für derartige Feinheiten waren.

»Sie sind erst seit fünfzehn Minuten da und haben alle Hände voll damit zu tun, den Bereich abzuriegeln und ihre Spuren aufzunehmen. Bisher haben sie sie noch nicht einmal angerührt. Sie liegt immer noch da auf den kalten Steinen und ihre Kleidung saugt sich voll Wasser.«

Richard schluckte und Erik beeilte sich, noch einen Whisky für ihn zu bestellen.

Annette hatte daneben gesessen und unaufhörlich an ihren Fingernägeln gekaut. Diesen Wesenszug versteckte sie sonst gut. Momentan brachte sie augenscheinlich nicht die

Kraft dazu auf.

»Ich habe vorhin noch mit ihr gesprochen. Sie war bei mir auf dem Zimmer und wir haben uns unterhalten. Ich mache mir Vorwürfe, dass mir nicht aufgefallen ist, dass sie etwas bedrückt hat.«

»Wieso geht ihr davon aus, dass sie gesprungen ist?«

Alle schauten Nina an. Annettes Augen wurden groß.

»Ich meine, sie könnte doch ausgerutscht sein. Es ist momentan ziemlich windig.«

»Ich habe vor einer Weile eine Nachricht von ihr bekommen.«

Richard holte sein Handy raus und legte es wie zum Beweis auf den Tisch.

»Sie schrieb, dass sie mich liebt und dass es ihr leidtut.«

Das Gesicht des Mannes war während dieses Satzes um fünf Jahre gealtert.

»Ich hatte ein komisches Gefühl, noch bevor ich die Nachricht gelesen habe. Irgendwas lag in der Luft. Ich weiß nicht, ob es die Art war, wie sie sich von mir verabschiedet hat, keine Ahnung. Ich hätte es merken und irgendetwas tun müssen.«

Er verbarg sein Gesicht hinter seinen Händen und schluchzte. Erik fragte sich, was für einen Grund diese Frau gehabt haben mochte, ihrem Leben ein Ende zu setzen. Diese beiden Menschen vor ihm hatten innerhalb eines Wochenendes zwei geliebte Angehörige verloren. Für seinen Geschmack etwas zu viel Unglück auf einmal, aber wer konnte das schon planen.

Er fragte sich, ob Otte noch dazu gekommen war, mit Melville zu sprechen.

KAPITEL 42

Ullrich Otte schaute aus dem großen dreigeteilten Fenster nach draußen auf den Platz, auf dem sich die Schaulustigen gesammelt hatten, wie vor nicht einmal vierundzwanzig Stunden. Ihre Abendkleider wurden im Wind hin und her gezerrt und ihre Frisuren zerzaust. Aber was war das für ein kleines Opfer, wenn sie dafür die Gelegenheit erhielten, die örtliche Polizei bei ihren Ermittlungen zu behindern. Er stand mit seinen Leuten in Kontakt und würde benachrichtigt werden, sobald sie etwas fänden. Soweit er wusste, war der Totenschein bereits vom Arzt ausgestellt worden und das Häkchen bei Nicht natürlicher Tod war gesetzt. Wenn diese Frau gesprungen war, würde das die gesamte Untersuchung nicht zwingend vereinfachen. Die Arbeit war dieselbe, handelte es sich nun um einen Suizid oder ein anderes Tötungsdelikt. Die Kollegen mussten den Tatort sichern und gegen Unbefugte schützen. Den einzigen vermeintlichen Zeugen oder zumindest den Finder des Leichnams hatte er mit sich genommen. Es gab dennoch die nicht unwahrscheinliche Möglichkeit, dass ein Spaziergänger Frau Storch auf diesem Weg begegnet war oder etwas beobachtet hatte. Sie würden alle Menschen, die sie antrafen, befragen müssen. Sein Feierabend und der seiner Kollegen war damit gestorben.

Er ging wieder zu dem Couchtisch, an dem Andreas saß und die Personalien von Melville aufnahm. Nach dieser Befragung würden sie ihn mit zur Wache nehmen, um herauszufinden, ob es Spuren gab, die auf seine Beteiligung, egal welcher Art, am Tod von Luisa Storch schließen ließen.

»Herr Melville, Sie haben uns bereits geschildert, was sich vorhin an den Klippen ereignet hat. Ich habe allerdings eine ganz andere Frage an Sie, die mich brennend interessiert. Bitte schildern Sie mir Ihren gestrigen Abend zwischen halb zehn und um elf. Was haben Sie da getan?«

Melville hob leicht den Kopf in Ottes Richtung und seine Augen weiteten sich.

»Sie verdächtigen mich, Jens ermordet zu haben? Ist das Ihr Ernst?«

»Nein, Herr Melville, ich frage nach Ihrem Alibi.«

Otte bemühte sich, nicht gereizt zu klingen. Dieser Tag zog sich unendlich in die Länge. Die nächste Leiche war aufgetaucht und dabei war das Wochenende noch nicht einmal zu Ende. Er musste an das ›Stanley Hotel‹ denken, das Stephen King als Vorlage für ›Shining‹ gedient hatte. Er schmunzelte. Hier waren sicher keine düsteren Mächte am Werk, sondern jemand, der sicher auch bald Fehler machen würde oder sie bereits gemacht hatte.

»Herr Melville, es ist naheliegend, dass wir Sie vernehmen. Zu meiner Schande muss ich gestehen, dass ich an Sie als möglichen Zeugen nicht gedacht habe. Ich wusste nichts von Ihrer persönlichen Beziehung zum Opfer. Des Weiteren waren Sie nicht an der Auffindung der Leiche beteiligt, es gab also zunächst keinen Grund, Sie als Zeugen zu vernehmen. Sie waren keine Person, die für die Ermittlungen eine Rolle gespielt hätte. Aber die Dinge haben sich inzwischen geändert. Sie kannten das erste Opfer, Sie wussten von dem Wanderer im Wald und Sie hatten eine persönliche Beziehung zu der Frau des Opfers. Zu guter

Letzt finden wir Sie am Strand, wie Sie sich über eine tote Frau beugen, die Sie nach eigener Aussage für Annette gehalten haben. Sie sind, wie wir Ihnen bereits gesagt haben, berechtigt, einen Anwalt zu diesem Gespräch hinzuzuziehen. Ich würde Ihnen auch sehr dazu raten.«

Melville schob diese Bemerkung mit einer Hand beiseite und machte ein verächtliches Geräusch.

»Schon gut. Den brauche ich nicht. Es mag vielleicht dumm sein. Aber ich hab nichts zu verheimlichen. Keines dieser Verbrechen habe ich begangen, und ich bin mir sicher, dass man mir deshalb auch keines davon anlasten kann.«

Er setzte sich entspannt in seinen Stuhl, schlug ein Bein über das andere und begann zu erzählen.

»Ich bin gestern etwa halb zehn kurz in meine Wohnung gegangen, leider ohne Zeugen, habe mich frisch gemacht und mich dann mit Beatrice getroffen, um das Blumenarrangement für die Hochzeit zu besprechen, die ja nun leider ins Wasser gefallen ist. Ich denke, da war es so etwa zehn Uhr.«

»Finden Sie das nicht eine ungewöhnliche Zeit für ein Meeting? Bisschen spät, oder?«

»Ja, ist es. Da haben Sie vollkommen recht. Wissen Sie, der Wagen unseres holländischen Lieferanten kommt zwei Mal pro Woche – Mittwoch und Samstag, ganz früh. Wir haben uns darauf geeinigt, dass sie die Blumen erst am Samstag bei ihm kauft. Die Zeit hätte vollkommen gereicht, um sie bis zur Trauung in die von der Braut gewünschten Form zu binden. Nicht aufwendig, wissen Sie, sie wollte rote und weiße Calla-Lilien, ganz schlicht in großen klaren Vasen, sehr schick und schnörkellos. Na ja, es war so, dass Beatrice bis Mittag einen anderen Termin wahrnehmen musste, etwas Privates. Mein nächster freier Termin lag eben erst am Abend. Wir sind hier im Hotelgewerbe, wissen Sie, da kennt man keinen normalen Feierabend.«

Otte überhörte die letzte Bemerkung und dachte mit Schrecken an die Reaktion seiner Frau, wenn sie erfuhr, dass er auch morgen keinen freien Tag haben würde, um mit ihr segeln zu gehen, wie er es eigentlich versprochen hatte.

»Sie haben sich also frisch gemacht … wieso?«

»Wie meinen Sie das? Es war ein langer Tag.«

»Haben Sie sich umgezogen?«

»Ja, das habe ich.«

»Dann möchte ich Sie bitten, uns den Anzug, das Hemd und die Schuhe auszuhändigen, die Sie an diesem Tag bis halb zehn getragen haben.«

Melville schaute ihn eine Weile an.

»Den Anzug habe ich noch gestern Abend in die Reinigung schicken lassen. Heute Nachmittag habe ich ihn zurückerhalten.«

»Das ist kein Problem für uns, wenn Sie uns nur einfach die Sachen aushändigen können. Mein Kollege wird mit Ihnen nach oben gehen, dann können Sie alles raussuchen. Danach muss ich Sie bitten, ihn zu begleiten. Sie wissen ja …«

»Ja, in Ordnung. Mein Stellvertreter wird derweil nach dem Rechten sehen.«

Otte nickte.

In diesem Moment klingelte sein Telefon und er sah den Namen eines Kollegen von der Spurensicherung auf dem Display.

»Was gibt's, Alfred? Habt ihr was entdeckt?«

Er ging ein paar Schritte durch den Raum, um Abstand zwischen sich und den Zeugen zu bringen.

»Ich verstehe. Ich bin gleich da.«

Er nickte seinem Kollegen noch einmal zu und verabschiedete sich von Melville, bevor er eilig aus dem Zimmer ging, um zum Tatort zurückzukehren.

Auf dem Gang hielt er inne und drehte sich noch einmal um.

»Es gibt doch noch eine Sache, die ich gern mit Ihnen klären möchte.«

Melville und Andreas schauten auf, als Otte noch einmal

den Kopf um die Ecke zur Tür hereinsteckte.

»Wussten Sie, dass Herr Riesberg Geldsorgen hatte?«

Melville rollte leicht mit den Augen.

»Ich habe etwas dergleichen gehört, ja.«

»Von wem?«

»Um genau zu sein, er hat es mir erzählt, als wir uns gestern kurz unterhalten haben. Er berichtete mir, dass er Probleme mit einem Kredithai hätte, der ihm dicht auf den Fersen wäre und bat mich, ihm aus alter Freundschaft auszuhelfen.«

Melville schnaubte verächtlich. Seine Augen drückten die volle Verachtung aus, die er, trotz seines kürzlichen Todes, immer noch für diesen Mann empfand.

»Das heißt, Sie haben abgelehnt.«

»Nicht ganz.«

»Wie kann ich das verstehen?«

Otte kam wieder zur Tür herein und stellte sich vor die beiden.

»Ich wollte schon, ich wollte ihn abblitzen und an seinen eigenen Intrigen verrecken lassen, aber … wissen Sie, er war nicht gut für Annette, noch nie. Er hat schon ein falsches Spiel gespielt, als ich sie das erste Mal mit in unsere gemeinsame Wohnung gebracht habe … das ist eine Ewigkeit her.«

Melville Augen schauten in die Ferne und wurden glasig.

Otte ließ ihm seine Zeit. Er wusste, dies war nicht der Moment, um Druck zu machen.

»Kurzum, ich hab ihm eine Zusage gegeben, aber nicht für ihn, sondern für sie. Ich wollte nicht, dass er sie irgendwie in Schwierigkeiten bringt. Ich schätze, sie bringt mich auch heute nach so langer Zeit dazu, über meinen Schatten zu springen und Milde walten zu lassen.«

»La grande ambition des femmes est d'inspirer l'amour.«

Die Augen des Managers strahlten und er lächelte Otte aufrichtig an.

»Ahhh, Molière! Kommissar! Sie überraschen mich.«

Otte blinzelte mit den Augen und nickte kurz für das offenkundige Kompliment. Andreas schaute ihn verwirrt an und hob die Schultern. Otte wandte sich an ihn.

»Die große Ambition der Frauen ist die Ermutigung zur Liebe.«

Dann ging er.

KAPITEL 43

Es gab inzwischen fast keine Schaulustigen mehr. Der straffe Wind hatte ihnen in ihren dünnen Kleidchen eine Gänsehaut gebracht. Die dicken Regenwolken drohten so düster mit einem Wolkenbruch, dass wahrscheinlich auch der letzte Spaziergänger aus dem Nachbarort es für ratsam gehalten hatte, die Heimreise anzutreten.

Seine Kollegen waren unermüdlich damit beschäftigt, die vorhandenen Spuren zu sichern. Sie hatten bereits so viel Regenschutzplanen wie möglich gespannt und begonnen, die Leiche zu entkleiden. Dabei waren sie auf Hinweise gestoßen.

Otte ging auf Alfred Herbst zu, der ihn vor einigen Minuten kontaktiert hatte.

»Wo hast du es?«

»Hier.« Er reichte ihm eine Plastiktüte. »Sie hatte es in der Hosentasche.«

»Es ist tatsächlich das richtige Modell. Habt ihr es schon versucht anzuschalten.«

»Ja. Der Akku ist leer.«

»In Ordnung. Dann lasst es schnellstmöglich untersuchen. Ist das alles?«

»Nein. Ein weiteres Handy lag neben ihr. Sie scheint es vor dem Sturz in der Hand gehabt zu haben.«

»Gut. Nehmt schnellstmöglich alle Abdrücke von beiden Geräten und gebt mir Bescheid, wenn ihr so weit seid, sie anzuschalten. Ich werde jetzt mit ihrem Mann sprechen. Andreas fährt mit Melville gerade auf die Wache.«

»Wird gemacht. Ich melde mich bei dir, Ulli. Hast du Thea schon angerufen?«

Otte verdrehte gequält die Augen und schaute zum Himmel, als suche er Hilfe von oben. Sein Kollege klopfte ihm kräftig auf die Schulter.

»Bring es lieber hinter dich. Noch eine Leiche wäre selbst für meinen Geschmack an einem Wochenende zu viel.«

Dann grinste er und ließ ihn ziehen.

Nachdem er mühevoll über die glitschigen Felsen zur Brücke geklettert war, ging er zügig ins Hauptgebäude zurück. In seinem Kopf formte sich ein Bild des letzten Abends, doch er wollte nicht zu schnell schlussfolgern. Jede Menge Spuren mussten noch analysiert werden und auch die Hausdurchsuchung in Hamburg würde hoffentlich weitere wichtige Erkenntnisse bringen. Eine zentrale Frage kreiste durch sein Gehirn: Wer auch immer sich gestern mit Jens Riesberg auf der Seebrücke verabredet hatte, musste ihn zuvor kontaktiert haben.

Wenn ich diese Person finde, finde ich auch den Täter.

Für eine Kontaktaufnahme gab es verschiedene Möglichkeiten. Er konnte angerufen worden sein. Die Überprüfung der Anrufe, die ihn von außerhalb auf dem Zimmer erreicht hatten, stand noch aus, von innerhalb des Hotels hatte es niemand versucht. Vielleicht war er auch auf seinem Handy angerufen oder angeschrieben worden. Das würde er hoffentlich kurzfristig erfahren, wenn sich das eben gefundene Handy als das von Riesberg herausstellte. Sollte das der Fall sein, könnte Otte auch Antworten auf all die anderen Fragen finden und dieses anstrengende Wochenende endlich hinter sich lassen und zu seiner Frau nach Hause fahren.

Er ging in die Lobby und lächelte der Auszubildenden zu, die ihm vorhin bereits weitergeholfen hatte. Sie versteifte sich augenblicklich und lächelte unsicher zurück.

»Ich hoffe, Sie können mir weiterhelfen. Ich wüsste gern, wer gestern hier am Empfang Dienst hatte – etwa bis halb zehn.«

Sie nickte eifrig, als sie merkte, dass sie ihm tatsächlich behilflich sein konnte.

»Das waren Danny und Mike. Danny von sechs bis drei und Mike dann im Anschluss.«

»Ich würde gern mit beiden sprechen. Wie kann ich sie erreichen?«

»Mike hilft heute in der Verwaltung aus. Er ist hinten. Ich kann ihn gern gleich holen. Danny hat frei, aber es gibt garantiert eine Privatnummer in der Personalakte.«

»Ganz herzlichen Dank. Sie haben mir meinen Tag gerettet.«

Er lächelte sie väterlich an und eine kräftige Röte überzog augenblicklich ihr Gesicht. Sie ging einen Augenblick nach hinten und kam dann mit einem jungen Mann im Schlepptau zurück, der dieselbe blaue Uniform trug wie sie und einen akkuraten Haarschnitt besaß. Seine intelligenten braunen Augen blickten Otte fröhlich an und auf den Lippen erschien ein professionelles Lächeln, sobald er den Tresen erreicht hatte.

»Guten Abend, Kriminalhauptkommissar Otte, wir hatten gestern Abend bereits das Vergnügen, uns kennenzulernen. Wie kann ich Ihnen helfen?«

Die Zusammenarbeit mit Profis war für Otte immer wieder ein Genuss, nicht nur in seiner Branche.

»Guten Abend. Ich möchte gern wissen, ob Sie oder einer Ihrer Kollegen am gestrigen Tag eine Nachricht an Jens Riesberg aus Zimmer 1302 überbracht haben.«

»Sie meinen so etwas wie einen Brief?«

»Ja, oder vielleicht nur telefonisch.«

»Lassen Sie mich nachsehen. Wenn etwas dergleichen stattgefunden hat, dann wird es bei uns im System vermerkt – zumindest sollte es so sein.«

Er warf einen verstohlenen Blick in Richtung seiner neuen Kollegin und schmunzelte.

»Da haben wir es … nein … tut mir leid, keinerlei Nachricht.«

Otte wusste, dass man ihm seine Enttäuschung ansehen konnte.

»Da kann man nichts machen, trotzdem, vielen Dank.«

»Gern geschehen. Wissen Sie, es gab hier eine Nachricht am Donnerstag. Eine Frau hat sie gebracht und bat uns, den Umschlag aufs Zimmer zu bringen.«

Otte spürte, wie sein Herzschlag sich beschleunigte.

»Eine Frau? Woher wissen Sie das so genau? Steht das auch in ihren Vermerken?«

»Nein, hier steht nur die Aufgabe, dass eine Nachricht zu überbringen war. Aber ich hatte Dienst, als sie am frühen Nachmittag hier ankam. Sie hat mir einen Umschlag für Zimmer 1302 in die Hand gedrückt und mich gebeten, ihn hinaufschicken zu lassen.«

»Und? Haben Sie?«

»Selbstverständlich. Ich hatte hier unten am Empfang alle Hände voll zu tun. Es war Anreisezeit. Aber ich habe Elisabeth hochgeschickt.«

Er drehte sich um und blickte die junge Frau an, die etwas abseits von ihnen hinter dem Tresen stand. Otte ging auf sie zu.

»Haben Sie am Donnerstag eine Nachricht auf das Zimmer 1302 gebracht?«

»Ja. Das habe ich.«

»Bitte erzählen Sie mir kurz davon. Wem sollten Sie die Nachricht überbringen?«

»Der Umschlag war meines Wissens beschriftet«, mischte sich ihr Kollege augenblicklich in das Gespräch ein. Elisabeth schien sich plötzlich sehr unwohl zu fühlen. Sie fing an zu schwitzen und ihre Lippe bebte ein wenig, als Otte sie fragte, an wen der Brief adressiert war.

»Ich weiß es nicht.«

Sie fasste sich mit der Hand kurz an die Schläfe.

Der Kommissar beobachtete sie genau und seine Erfahrung aus vielen Vernehmungen sagte ihm, dass diese Frau eine Information besaß, die sie ungern preisgeben wollte.

»Was ist passiert, als Sie den Brief überbringen wollten?«

Sie sah elend aus, wand sich, wollte aber wahrscheinlich auch keinen Polizisten anlügen.

»Ich habe den Brief auf einen Tisch im Zimmer gelegt, wo man ihn sofort sehen musste. Leider bin ich dabei gegen eine Vase mit Blumen gestoßen und sie ist übergeschwappt. Ich hab sie gerade noch so auffangen können, dass kein großer Schaden entsteht, aber der Brief war pitschnass und der Name auf dem Umschlag war mit Füller geschrieben, ganz frisch. Es war alles verschmiert und nicht mehr zu entziffern, und um den Inhalt zu retten, habe ich …«

Sie schluckte und schaute, um Verzeihung bittend, zu ihrem Kollegen.

»Ich habe den Brief geöffnet, das Blatt darin herausgeholt, auf den Tisch gelegt und bin gegangen.«

»Du hast die Post der Gäste geöffnet?«

Mike war entsetzt und ließ seine Kollegin das auch deutlich spüren.

»Betty, das ist unter keinen Umständen akzeptabel. Du hättest im schlimmsten Fall die Absenderin kontaktieren müssen und sie darüber informieren, dass es Probleme bei der Überbringung der Nachricht gegeben hat.«

Betty, sichtlich zerknirscht, war den Tränen nahe. Otte wurde hellhörig.

»Wie hätte sie die Absenderin kontaktieren können. Kannten Sie etwa die Frau, die den Brief überbracht hat?«

»Nein, das nicht, aber wir fragen natürlich nach dem Namen der Leute. Unsere Gäste wollen keine anonymen

Nachrichten erhalten. Viele von ihnen sind bekannt. Sie legen Wert auf Privatsphäre. Einen Augenblick, ich weiß, ich habe es notiert. Ah ja, hier ist es, eine Luisa Storch hat den Brief hinterlassen.«

Otte pfiff die Luft durch die Zähne.

»Ich danke Ihnen vielmals. Das war sehr aufschlussreich. Können Sie mir sagen, wo ich Richard Storch finde?«

Die immer noch leicht zitternde Betty nickte heftig.

»Er ist in der ›Nelson Bar‹ mit zwei weiteren Gästen. Da entlang bitte. Sie wies mit der rechten Hand zu einer großen Doppelflügeltür.«

»Danke sehr.«

Otte verließ sie und hoffte, Mike würde nicht zu hart mit ihr umspringen.

KAPITEL 44

Nina betrachtete Richard. Sie sah, wie der Whisky langsam seine Nervenbahnen erreichte und eine nach der anderen ausknipste. Annette saß ihr gegenüber und starrte durch das Fenster nach draußen. Dann blickte sie die drei an.

»Hört mal, ich fühle mich nicht besonders, ich würde mich gern eine Weile hinlegen.«

»Kommst du klar, willst du, dass ich dich begleite?«

Nina war bereits aufgestanden. Annette schüttelte den Kopf und bedeutete ihr, sitzen zu bleiben.

»Nein, nein. Ich muss eine Weile allein sein. Ich brauche etwas Ruhe. Bitte sei mir nicht böse.«

»Natürlich nicht. Das verstehe ich vollkommen. Gib mir nur Bescheid, wenn ich dir irgendwie helfen kann, okay?«

Annette nickte. Ein dankbares Lächeln huschte kurz über ihr Gesicht, bevor sie sich umdrehte und ging.

»Glaubst du, es ist gut, wenn sie jetzt allein ist?«

Nina blickte Erik an.

»Was soll ihr passieren? Ich denke, es ist wirklich gut, wenn sie sich ausruht.«

Keine Minute später betrat der Kriminalhauptkommissar den Raum. Er erspähte sie in der Ecke und kam mit entschlossenen Schritten auf sie zu. Er verlangsamte seinen Gang und kam vor ihrem Tisch abrupt zum Stehen.

»Herr Storch, ich möchte Ihnen mein herzlichstes Beileid zum Verlust Ihrer Frau ausdrücken. Es tut mir aufrichtig leid, dass Sie diesen Schicksalsschlag erfahren mussten.«

Richard nickte mit seinem inzwischen sicherlich schweren Kopf und wies mit der Hand auf den freigewordenen Platz neben sich.

»Das ist sehr freundlich von Ihnen«, sagte Otte, »aber ich hatte die Hoffnung, wir könnten uns irgendwo ungestört unterhalten.«

»Wir können auf mein Zimmer gehen, wenn Ihnen das recht ist.«

»Das ist eine gute Idee.«

Die beiden standen auf und verabschiedeten sich von Nina und Erik. Nachdem sie gegangen waren, schaute Erik eine Weile nachdenklich auf sein Glas, das er von rechts nach links wendete. Nina fühlte sich hilflos.

»Was glaubst du, warum hat sie das getan?«

»Ich weiß es nicht, sie muss sehr verzweifelt gewesen sein, um diesen Schritt zu gehen. Ich frage mich, ob das etwas mit dem Partner ihres Mannes zu tun hat.«

»Armer Richard, er schien ein wirklich netter Kerl zu sein.«

»Er war vollkommen niedergeschmettert.«

Nachdenklich schwiegen sie eine Weile und schauten auf das Unwetter, das vor ihrem Fenster tobte.

Derweil hatte sich Ullrich Otte mit Storch auf dessen Zimmer zurückgezogen und sich in einen sehr bequemen, ja, flauschigen Lehnsessel fallen lassen. In der einen Hand hielt er den Kugelschreiber in der anderen sein Notizbuch. Er folgte Storchs Schilderungen, wie er angereist sei und was sich danach ergeben hatte.

Zwischendrin klingelte sein Handy und er musste die Vernehmung für einen Moment unterbrechen. Die neuen

Informationen verursachten ein interessantes Mienenspiel bei ihm, das Storch nicht unkommentiert lassen konnte.

»Haben Sie einen Zeugen gefunden?«

»Nein. Tatsächlich … Herr Storch, bitte verzeihen Sie die direkte Frage, aber in welcher Beziehung stand Ihre Frau zu dem verschiedenen Jens Riesberg?«

»Wir waren befreundet.«

Storch musste Ottes durchdringenden Blick spüren, da war er sich sicher.

»Sie wollen wissen, ob die beiden ein Verhältnis hatten, richtig?«

»Ist es so?«

»Ja, sie hatten eines.«

Storch schlug die Augen nieder und rieb sich über die Stirn und danach mit der Hand über das ganze Gesicht.

»Seit wann wussten Sie es?«

»Seit gestern. Ich habe sie gesehen, als er sie nach einem Treffen zurück ins Hotel gebracht hat. Doch richtig realisiert habe ich es erst, als wir die Nachricht von seinem Tod erhalten haben. Da wusste ich, dass sie etwas für ihn empfunden haben musste.«

»Was hat Ihre Frau gestern Abend getan?«

»Sie hat sich mit ihm getroffen, irgendwann zwischen fünf Uhr nachmittags und sieben, denke ich. Dann kam sie zurück ins Hotel. Wir hatten beide bereits gegessen. Ich habe ihr von seinem finanziellen Betrug erzählt und sie war außer sich. Um sich zu beruhigen, wollte sie ein bisschen spazieren gehen. Sie war etwa gegen halb elf zurück.«

»Wann ist sie weggegangen?«

»Irgendwann nach neun.«

»Hatte sie das Auto dabei?«

»Das weiß ich nicht, ich habe sie nicht gefragt. Wieso ist das wichtig?«

»Nun, damit hätte sie schnell nach Heiligendamm fahren können, nicht wahr?«

»Das ist doch nicht Ihr Ernst? Luisa wäre zu so was nicht

fähig.«

»Es sieht wohl so aus, als ob Ihre Frau in den letzten Tagen immer wieder Nachrichten an Herrn Riesberg geschrieben hat. Sie hatten recht mit Ihrem Gefühl. Die beiden hatten augenscheinlich ein Verhältnis.«

Storch nickte langsam und bedächtig.

»Das zweite Handy, das wir in ihrer Hosentasche gefunden haben, gehörte Herrn Riesberg.«

»Was?«

Storch kniff die Augen zusammen und blickte Otte feindselig an.

»Das ist doch Blödsinn! Das würde ja bedeuten, dass …«

»Genau, seit der Tat ist dieses Handy verschwunden.«

Otte musterte ihn genau.

»Wie ist sie da rangekommen?«

»Es muss ihr jemand untergeschoben haben«, platzte Storch heraus.

»Herr Storch, wir prüfen natürlich jede Spur, die wir finden können, aber finden Sie das nicht ein bisschen weit hergeholt?«

Der Mann, der Otte gegenübersaß, sackte sichtbar in sich zusammen und sein Gesicht schien mit einem Mal viele Jahre gealtert zu sein.

»Vielleicht haben Sie recht. Es ist nur etwas, das ich ihr niemals zugetraut hätte.«

Er schüttelte langsam den Kopf, bevor er die Hände vors Gesicht schlug und dann kräftig seine Augen rieb.

»Wie geht es jetzt weiter?«

»Wir werden trotz unseres Verdachtes, dass Ihre Frau eine mögliche Zeugin des Verbrechens an Jens Riesberg gewesen sein könnte, die Untersuchung fortsetzen. Es gibt noch einige Fragen, auf die wir keine Antworten haben. Ich informiere Sie über den weiteren Verlauf, okay?«

Storch nickte wortlos. Er wirkte, als hätte er vollkommen resigniert.

»Das ist eine schwere Zeit für Sie. Ich bin mir dessen

bewusst. Wir werden versuchen, Antworten für Sie zu finden. Das verspreche ich Ihnen.«

Richard blickte zu ihm auf. »Danke. Ich weiß das zu schätzen.«

Otte verabschiedete sich und verließ den Raum. Auf seinem Weg zum Ausgang kam er am Empfang vorbei und fand eine vollkommen zerknirschte Betty vor. Neben ihr stand Mike. Otte zwinkerte Betty zu.

»Kriminalhauptkommissar Otte, dürfen wir Sie noch einen Moment belästigen?«

Mike hatte die Hand gehoben, so als würde er ihm zuwinken. Der Kommissar änderte seine Richtung und steuerte auf das Pärchen hinter dem Tresen zu.

»Ich habe noch einmal mit Betty gesprochen«, sagte Mike, als sie sich gegenüberstanden.

»Sie hat sich erinnert, dass sie den verschmierten Umschlag in die Jackentasche ihrer Uniform getan hatte. Hier ist er.«

Er streckte ihm ein zerknicktes Stück Papier entgegen, das Otte ganz behutsam entgegennahm. Er faltete es auseinander und sah einen mit Füller geschriebenen Namen, der durch das Wasser verlaufen und deshalb schwer zu entziffern war. Das Riesberg war mit viel Fantasie noch zu lesen, aber den Vornamen hatte das Wasser total verschmiert. Dennoch stand da ganz vorn noch einigermaßen leserlich der Anfangsbuchstabe *A*.

»Um wie viel Uhr, sagten Sie, haben sie Frau Storchs Nachricht überbracht.«

Betty grübelte angestrengt. Sie wollte jetzt keine Fehler mehr machen, das konnte man ihr ansehen.

»Ich denke, ich bin so gegen drei nach oben gegangen.«

»Wer von Herrn und Frau Riesberg letztendlich die Nachricht empfangen hat, wissen Sie nicht?«

»Nein, das weiß ich nicht.«

Sie blickte unglücklich drein, weil sie spürte, dass sie keine große Hilfe sein konnte.

»Einen Moment bitte, vielleicht kann ich hier weiterhelfen.«

Mike, der die ganze Zeit im System seines Computers gewühlt hatte, hob den rechten Zeigefinger.

»Hier ist vermerkt, dass Herr Riesberg am Donnerstag gegen halb vier von seinem Zimmer aus eine Reservierung für die ›Nelson Bar‹ am Abend vorgenommen hatte. Seine Frau hingegen, hatte von Viertel vor drei bis Viertel vor vier eine Anwendung im Spa. Scheint also naheliegend, dass er die Nachricht als Erster gelesen hat.«

Otte lächelte. Als Betty das sah, entspannten sich ihre Züge und sie musste ebenfalls lächeln.

»Sie beide waren mir eine sehr große Hilfe. Vielen Dank. Sie leisten großartige Arbeit, vergessen Sie das niemals, Betty.«

Er zwinkerte ihr erneut zu, nahm den Umschlag an sich und ging.

Auf dem Weg nach draußen nahm er sein Telefon aus der Tasche und wählte Andreas' Nummer. Der war trotz einbrechender Dunkelheit noch bei der Spurensicherung am Strand. Uhrzeiten spielten bei dieser Arbeit keine Rolle, das wusste er. Mürrisch dachte er daran, dass er immer noch nicht seine Frau angerufen hatte. Er blickte auf die Scheinwerfer vom Tatort in der Ferne und wartete darauf, dass sein Kollege seinen Anruf annahm.

»Hallo, Ulli, kommst du voran?«

»Ja, tatsächlich gibt es neue Erkenntnisse. Wie es scheint, hat Frau Storch am Donnerstag eine Nachricht hinterlassen. Wir wissen nicht, was drinstand, aber sie war an Frau Riesberg gerichtet und Herr Riesberg hat sie erhalten. Es ist nun an uns, uns einen Reim darauf zu machen. Ich fahre noch mal auf die Wache und möchte dich bitten, mitzukommen. Ich will mit Brecht sprechen. Ich muss wissen, welche Rolle er bei der ganzen Geschichte spielt.«

KAPITEL 45

Während des gesamten Gespräches am Tresen war Kommissar Otte die Frau hinter ihm im möblierten Wartebereich nicht aufgefallen. Die hatte ihren Kopf hinter einer Tageszeitung versteckt, konnte aber fast jedes Wort hören. Sie hatte eigentlich nur eine Frage zum Auschecken gehabt, doch nun stürzte sie hektisch zu ihren Freunden in die Bar zurück.

An ihrem Tisch hatten inzwischen Ben und Romy Platz genommen und die vier hatten die Informationen des Tages ausgewertet. Nina setzte sich eilig wieder zurück auf ihren Platz und beugte sich verschwörerisch in die Mitte.

»Ich habe in der Lobby diesen Kommissar Otte belauscht.«

Die anderen drei spitzten die Ohren.

»Offenbar hat Luisa eine Nachricht an Annette geschickt und Jens hat sie bekommen. Ich kann mir keinen Reim darauf machen, aber augenscheinlich ist es wichtig für den Fall.«

»Sie sind gute Freunde gewesen, wieso sollten sie sich keine Nachrichten schicken?«

Romy zuckte mit den Schultern.

»Hier geht es augenscheinlich um einen Brief oder dergleichen. Schickst du deinen Freunden noch Briefe?«, fragte Nina.

»Warum schickt sie keine SMS? Dann ist auch sichergestellt, dass der Richtige sie erhält«, sagte Ben.

Erik griff nach seinem Bier, er war nach zwei Whisky umgestiegen.

»Ich würde das nur tun, wenn ich anonym bleiben wollte. Zumindest vorerst.«

Alle schwiegen einen Moment.

»Aber um was für eine Nachricht kann es sich gehandelt haben? Den Zettel, den ich in Annettes Zimmer gefunden habe, oder etwas anderes? Vielleicht ging es ja auch um das Treffen am Freitagabend?«

»Glaubt ihr, sie hat sich das Leben genommen, weil sie mit dem Tod von Jens nicht klargekommen ist? Wieso sollte sie überhaupt so etwas mit ihrer Freundin machen, sie bedrohen? Das ergibt für mich keinen Sinn.« Romy schaute verwirrt drein und bestellte sich noch einen Cocktail, als sie den Kellner entdeckte.

»Bedroht hat sie sich ja schon länger gefühlt. Sie hat mir und Erik erzählt, was ihr alles so widerfahren ist, deshalb hat sie sich ja auch diesen Hund angeschafft, der dann aber sehr schnell verstorben ist. Augenscheinlich wurde er vergiftet.«

Den letzten Satz sagte Nina, indem sie jede Silbe deutlich betonte.

»Vergiftet? Das höre ich heute zum ersten Mal.«

Die vier schraken kollektiv zusammen, als unbemerkt Richard hinter ihnen aufgetaucht war. Erik stand augenblicklich auf und sagte: »Bitte verzeihen Sie, das war taktlos, wir wollten nicht lästern.«

Richard winkte ab.

»Schon gut, das ist verständlich, mir gehen auch allerhand Gedanken im Kopf herum.«

»Wollen Sie sich zu uns setzen? Ich hole gern noch einen

Stuhl.«

Richard schüttelte den Kopf.

»Nein, nein, ich werde mich irgendwo allein hinsetzen und mir eine große Flasche irgendeines klaren verdammten Zeugs bestellen. Ich würde Ihnen nur den Abend verderben.«

»Aber woher denn …«

Alle vier plapperten augenblicklich durcheinander, wiesen gemeinschaftlich seine Befürchtung zurück und versuchten, ihn zum Gespräch zu motivieren. Er warf ihnen einen traurigen Blick zu, schüttelte den Kopf und machte sich daran zu gehen. Nach einem kurzen Moment hielt er dennoch in der Bewegung inne und drehte sich wieder zurück.

»Wissen Sie, dieser Hund, war ein Geschenk meiner Frau gewesen. Labrador, ganz liebes Tier.«

Er runzelte kurz die Stirn.

»Bitte entschuldigen Sie mich, ich muss mit jemandem sprechen.«

Er drehte sich um und ging zügig weg. Erik schaute ihm nachdenklich hinterher.

KAPITEL 46

Otte saß erneut mit seinem Kollegen in dem kleinen Besprechungsraum gegenüber von Alexander Brecht und seinem Anwalt Egon Sander. Es war inzwischen ziemlich spät und allen Beteiligten war anzusehen, dass sie wenig Lust verspürten, dieses Treffen unnötig in die Länge zu ziehen. Otte schlug sein Notizbuch auf und ergriff das Wort.

»Herr Brecht, wir ermitteln nicht nur wegen räuberischer Erpressung gegen Sie, sondern sind auch geneigt, unsere Ermittlungen bezüglich der Tötung von Jens Riesberg auf Sie zu konzentrieren. Wir haben Anlass zu glauben, dass Sie das Opfer als einer der Letzten gesehen haben.«

»Wer erzählt denn so was?«

Brecht schaute abfällig lächelnd zu seinem Anwalt.

»Das waren Ihre eigenen Worte. Erinnern Sie sich nicht? Der ›James Bond‹? Sie wussten genau, was Riesberg getragen hat an dem Abend.«

Brechts Blick vereiste einen Moment und man konnte deutlich sehen wie er angestrengt überlegte. Er rieb sich mit einer Hand über den Nacken. Sein Anwalt schien ebenfalls zu spüren, dass etwas Ungünstiges für seinen Klienten geschehen war.

»Nun, das kann vieles bedeuten, es beweist noch lang nicht, dass ich an seine Jacke gedacht habe.«

»Sie hatten also sein weißes Dinner-Jackett im Sinn, wollen Sie das damit sagen?«

An dieser Stelle schaltete sich sein Anwalt ein.

»Mein Mandat möchte von seinem Auskunftsverweigerungsrecht Gebrauch machen, um sich nicht selbst zu belasten.«

»In Ordnung«, entgegnete Otte.

»Bitte erklären Sie Ihrem Mandanten aber auch, dass es sich für ihn nur von Vorteil auswirken könnte, wenn er uns bei der Aufklärung dieses Verbrechens behilflich ist. Wir könnten sicherlich etwas mit dem Staatsanwalt aushandeln. Vielleicht gibt es ja etwas, das er gesehen hat.«

Otte klappte sein Notizbuch zu und stand auf. Nach einem kurzen Blickwechsel tat es ihm sein Kollege gleich.

»Meine Herren …«

Er nickte Brecht und dem Anwalt noch einmal zu.

»Glauben Sie mir, ich hätte ihn mir gern vorgeknöpft, das kann ich ihnen sagen, diese Ratte, schon als Greta ihm auf den Leim gegangen ist und ganz besonders nachdem …«

Brecht stockte und schluckte einen imaginären Brocken herunter. Sein Anwalt versuchte augenblicklich einzuschreiten, doch er stieß ihn beiseite, als müsste er endlich loswerden, was ihm so sehr auf der Seele brannte.

»Reden Sie von Greta Linder, Ihrer Ex-Freundin?«

Otte hatte sich behutsam wieder gesetzt und sein Buch aufgeschlagen.

»Ja, meine Süße. Sie hat sich einwickeln lassen von diesem Kerl. Haben sich im Club kennengelernt und sie hat mich fallen lassen wegen diesem Schleimbolzen. Hat ihr viele Versprechungen gemacht und sie mit Geld geblendet. Nichts, was ich ihr hätte bieten können. Scheint ihr sogar vorgegaukelt zu haben, dass er sie heiraten würde. Ich hab ihr gesagt, dass er längst 'ne Alte hat, aber sie hat's mir nicht glauben wollen. Dann hat sie sich wieder mit ihm getroffen und keiner hat sie jemals wiedergesehen. Die Polizei hat Fragen gestellt, und ich hätte ihnen auch gern sofort gesagt, bei wem sie hätten suchen sollen, aber …«

Auch ohne Einschreiten seines Anwaltes wusste er, dass er an dieser Stelle eine Grenze überschritt, hinter der es kein Zurück mehr gab.

»Aber Antonio hat Sie gebeten, nichts zu sagen und stattdessen lieber Jens Riesberg zu erpressen richtig?«

Brecht schaute ihn an und in seinem Blick lag ein winziger Hilferuf, doch sein Mund blieb verschlossen.

»Herr Brecht, ich habe mich ein wenig über Ihren Boss informiert. Er hat den Ruf, seine Mitarbeiter loyal an sich zu binden, indem er sie aus einer brenzligen Situation rettet, die er zuvor fingiert hat.«

Nach einem kurzen Blick auf Brecht korrigierte er.

»Die er selbst verursacht hat.«

Dümmlicher hätte Brecht nicht mehr aus der Wäsche gucken können.

Du hast mich also endlich verstanden, dachte Otte.

Nach einer Weile nickte er langsam und gab sich geschlagen.

»Ja, so isses. Er hat ihn lieber erpresst. Es war okay für mich, weil das Schwein so trotzdem leiden musste.«

Deprimiert schaute er auf die Tischplatte.

»Was haben Sie am Freitagabend gesehen?«

»Wir sind am Strand entlanggelaufen. Hatten vorher tüchtig bei dem kleinen Italiener am Ende der Promenade gespachtelt. Antonio kennt den Koch und er hat sich ein bisschen unterhalten. Es war dunkel und niemand hätte uns sehen können. Die Promenade haben wir gemieden, is so 'ne Angewohnheit, wissen sie? Na, jedenfalls sehen wir ihn die Seebrücke entlangschlendern und Antonio hat mir in die Rippen gestoßen, als er ihn erkannt hat. Hat ein gutes Auge für so was. Wir bleiben also stehen und warten ab. Da kommt eine Gestalt hinter ihm her, mit Regenjacke und Schirm. Sie geht auf ihn zu. Er sagt irgendwas, hebt sein Handy und …

Bumm! Sie haut ihm eins über. Sein Handy fällt zu Boden und sie steckt es ein – hat geleuchtet, deshalb denke ich, dass es sein Handy war.«

Brecht schien sich inzwischen sehr für die Idee erwärmt zu haben, sein Wissen mit der Polizei zu teilen und erzählte aufgeregt weiter.

»Sie nimmt die Flasche wieder mit, eilt von der Brücke und verschwindet.«

»Moment, welche Flasche?«

»Die mit der sie ihm eins übergebraten hat.«

Brecht grinste hämisch.

»Muss ein teurer Schampus gewesen sein, ist heil geblieben, nach meiner Erfahrung … aber lassen wir das.«

Andreas' Augen wurden nebenan immer größer.

»Mich würde interessieren, wie Sie mit Sicherheit wissen konnten, dass er es ist. Die Seebrücke war nur schwach beleuchtet.«

»Ich sag ja, Antonio hat da so eine Gabe. Er erkennt die Leute am Gang oder so. Wir sind aber, um sicherzugehen, etwas später, als die Luft rein war, auf die Seebrücke rauf, haben ihn uns angeschaut und dann zu den Fischen geschickt.«

Brecht deutete mit der flachen Hand einen Sturz in die Tiefe an.

»Haben Sie die Person erkannt, die Herrn Riesberg niedergeschlagen hat?«

»Klar doch, seine Kleine, braune Haare, geiler Arsch. Hab sie zusammen gesehen nach der Sache mit Greta. Ich würde sagen, das ist Schicksal, oder, was meinen Sie?«

KAPITEL 47

Mit kräftigen Schlägen hämmerte er gegen die Tür von Zimmer 1302. Annette öffnete ihm und legte den Kopf leicht schief, als sie ihn sah.

»Hallo, Richard.« Ihre Stimme klang mitleidig und ein bisschen gequält.

»Lass den Scheiß!« Er stieß sie beiseite und trat ein. Dann ging er zu dem Schreibtisch am Fenster und setzte sich in den Stuhl, den er langsam zu ihr umdrehte.

»Wo hat sie es gefunden? Hier im Schreibtisch oder hattest du es woanders versteckt?«

»Was meinst du?« Annettes Blick war abwartend.

»Ich meine sein Handy. Du hast es gewusst. Du musst es gewusst haben. Keiner kann mir erzählen, dass die Ehefrau es als Letzte erfährt. Das mag vielleicht für einen Trottel wie mich gelten, aber dir ist es doch bestimmt aufgefallen.«

Er spuckte ihr die Wörter geradezu entgegen.

»Richard, ich weiß beim besten Willen nicht, was in dich gefahren ist. Du solltest dich ausruhen und …«

Sie ging auf ihn zu und berührte ihn an der Schulter.

»Erzähl mir keine Märchen, Annette.« Er stand auf und schlug ihr mit der flachen Hand ins Gesicht. »Du bist wirklich das Letzte.«

Annette ging bei dem Schlag in die Knie, rappelte sich schnell wieder auf und zog sich vorsichtig in eine Zimmerecke zurück. Sie rieb ihre Wange, während sie Richard aus kalten Augen betrachtete.

»Du hast es getan, da bin ich mir jetzt ganz sicher. Du hast Jens ermordet und dann Luisa.«

»Was bringt dich auf diesen Schwachsinn, Richard?«

Er stand auf und ging langsam auf sie zu. Dann schaute er auf sie herab.

»Der Hund, Annette. Du sagtest deinen neuen Freunden, er wäre vergiftet worden. Uns sagtest du damals, er wäre weggelaufen. Luisa war todunglücklich, das weiß ich noch. Sie hing unwahrscheinlich an dem kleinen Kerlchen, hat ihn aber dir geschenkt, damit du dich nicht so ängstigst in deinem großen Haus – deinem Eispalast. Ich denke, wenn ihn einer vergiftet haben kann, dann nur du. Hast du ihr einfach nur wehtun wollen, oder wusstest du damals schon von den beiden?«

Annettes Gesicht zeigte pure Abscheu. Sie baute sich vor ihm auf und ihre gesamte Haltung strotzte vor Stolz und Erhabenheit.

»Ich wusste von Anfang an, was los ist. So eine gute Schauspielerin ist deine Frau nicht gewesen und von Jens mal ganz zu schweigen. Er hat Jahr für Jahr eine andere Schlampe angebracht, aber das war die Krönung der ganzen Farce, die unsere Ehe darstellte.«

Sie wählte die Worte langsam und mit Bedacht. Als sie ihn ansah, gefror Richard das Blut in den Adern.

»Ich war schwanger, wusstest du das?«

Richard war stehen geblieben und betrachtete die Frau, die sein Leben zerstört hatte, mit Verachtung in den Augen.

»Ich sollte seinem Sohn das Leben schenken und dann fand ich heraus, dass er schon wieder irgend so ein Flittchen am Start hatte. Es war ihm vollkommen gleichgültig, dass Leben in mir heranwuchs, sein Leben.«

Sie entfernte sich von der Wand und setzte sich aufs Bett.

»Was ist passiert?«

Richard konnte kaum glauben, dass er das fragte. Er zog sich den Schreibtischstuhl heran und setzte sich.

»Ich hab es verloren. An dem Tag, an dem er mir sagte, er hätte sich verliebt.«

Ihre Stimme brach und wurde unendlich traurig. Doch dann korrigierte sie plötzlich ihre Haltung und eine harte kaltblütige Frau kam zum Vorschein.

»Ich wusste natürlich, um wen es ging, also bin ich zu ihr gegangen und habe sie besucht.«

»Luisa?«

Richard war etwas durcheinandergekommen. In seinem Kopf kreisten die Gedanken, und er spürte immer noch die narkotisierende Wirkung des Alkohols.

»Quatsch, Luisa! Diese kleine Studentin, die er sich vorher ausgesucht hatte. Das kleine Gretchen … zuckersüß mit ihren langen blonden Haaren, gerade mal volljährig! Heiraten wollte er sie, meinte, es wäre die große Liebe und sie seine Seelenverwandte! Verlassen wollte er mich und das nach all den vielen Jahren, die ich hinter ihm gestanden habe und ihn unterstützt habe! Ich musste sie einfach sehen.«

Annette machte ganz in Gedanken eine Pause.

»Ich wollte mit eigenen Augen sehen, wer mir da meinen Mann stiehlt. Sie hat mich ausgelacht und gedroht, sie würde zu ihm gehen und erzählen, dass ich ihr gedroht hätte. Diese kleine Schlange, sie hat mich zu Boden gestoßen. Ich war hochschwanger! Billiges Flittchen.«

Richard wurde übel.

»Nachdem ich gestürzt war, wurde sie plötzlich mitleidig, und sie entschuldigte sich überschwänglich bei mir. Sie wollte Jens nichts mehr von unserem Treffen erzählen, aus Angst, er könnte wütend werden. Fataler Fehler, meinst du nicht?«

Richard stockte der Atem.

»Sie hatte es nicht besser verdient, wenn du mich fragst. Jede unserer Handlungen hat Konsequenzen, nicht wahr?

Ich sollte das Spiel nicht spielen, wenn ich nicht mit den Folgen leben kann.«

Annette betrachtete ihre Hände und drehte ihren Verlobungsring von Tiffany im Licht, sodass er funkelte.

»Bei Gott, was hast du getan?«

»Tstststs, Richard, was willst du von mir hören? Was spielt das für eine Rolle? Als sie für immer verschwand, glaubte ich zunächst, das Problem hätte sich gelöst und er würde zu mir zurückkommen, aber ich hatte mich geirrt. Es hat nicht funktioniert. Die ganze dreckige Arbeit umsonst.«

Richard lief es eiskalt über den Rücken. Er hatte das Bedürfnis, ein wenig von ihr abzurücken.

»Nach einer Weile wurde mir klar, dass ihn nichts, aber auch gar nichts ändern würde. Er würde immer so weiter machen, bis er uns beide zerstört hätte. Du musst nämlich wissen – die Flittchen waren nicht das Problem, deins mal eingeschlossen –, er war es. Das wurde mir schnell klar.«

»Und da hast du ihn erschlagen?«

»Clever, nicht wahr?«

Sie strahlte triumphierend.

»Die Nachrichten waren voll mit Informationen über diesen Verrückten im Wald. Was für eine großartige Gelegenheit!«

»Aber Luisa? Sie war deine beste Freundin.«

Angeekelt wischte Annette diese Bemerkung beiseite.

»Schöne Freundin, die mit deinem Mann schläft. Ein Jahr, Richard! War dir das klar? Ein Jahr lang nur Lügen!«

Sie schrie ihn an. Richard merkte, wie sich sein Magen verkrampfte, und der Alkohol drohte seinen Rückweg anzutreten.

»Sie hat hier rumgeschnüffelt, als ich unten in der Lobby war, und hat sein Handy dann wohl in meiner Handtasche gesehen. Du hattest schon recht. Sie hat es genommen und ist rausgelaufen, einfach so, Richtung Strand. Nach einer Weile hat sie mich angerufen, total verheult und wollte mich zur Rede stellen. Ich habe sie beruhigt, bin nach draußen gerannt, und wir haben am Cottage miteinander geredet. Niemand war dort, alle waren auf dem Weg zum Essen.«

Richard kämpfte gegen den Instinkt an, ihr seine kräftigen Hände um den Hals zu legen und so lang zuzudrücken, bis ihr die Augen aus den Höhlen quellen würden. Er wollte alles hören.

»Was ist mit der Nachricht, die sie mir geschrieben hat?«

Annette lächelte.

»Richard! Du enttäuschst mich. Ich hätte dir ein bisschen mehr Fantasie zugetraut.«

»Oh, Gott«

Richard schlug die Hände vors Gesicht und versuchte all das Böse fernzuhalten, das hier in diesem Raum auf ihn zukroch. Er ließ sie fatalerweise nur einen Moment aus den Augen. Annette war sehr schnell und sie hatte noch längst nicht aufgegeben. Sie machte eine blitzschnelle Bewegung.

»Passen Sie auf!«, schrie eine Stimme. Richard riss sofort die Hände herunter. Er sah Annette, wie sie mit dem Brieföffner von ihrem Nachttisch mit zwei Schritten an ihn herangesprungen war, und glitt zur Seite. Er rollte über den Boden und sah aus dem Augenwinkel, wie Erik sich auf die Frau stürzte und ihr mit einem kräftigen Griff die Waffe entriss. Er kniete über ihr und ließ sie nicht mehr aufstehen. Annette stöhnte unter seinem Gewicht, war aber nicht in der Lage, irgendetwas auszurichten.

»Ich habe den Kommissar angerufen, als Sie vorhin gegangen sind. Ich hatte so ein Gefühl. Er müsste jeden Moment kommen. Dann habe ich den Empfangschef überzeugen können, dass er mir diese Tür öffnet, wenn er nicht noch eine Leiche in diesem Hotel haben möchte. Mein Gott, das war knapp.«

Richard richtete sich langsam auf und reichte Erik eine Hand, um ihm beim Aufstehen zu helfen. Voller Abscheu blickte er auf die Frau am Boden.

»Bleib bloß liegen oder ich vergesse mich.«

Sie machte keinerlei Anstalten zu widersprechen.

KAPITEL 48

Nachdem die Polizei mit Annette im Streifenwagen davongefahren war, standen Nina, Erik und Richard auf dem Parkplatz und schauten dem Wagen noch eine Weile hinterher, bis die Lichter immer kleiner und kleiner wurden und die Nacht sie vollkommen verschluckte. Es war Mitternacht und auf dem Hotelgelände war Ruhe eingekehrt. In den großen Buchen zirpten die Grillen und Erik konnte einen Nachtvogel rufen hören. Nina fröstelte ein wenig. Erik legte seinen Arm um sie, als er sah, wie sehr sie zitterte.

Richard drehte sich zu den beiden um und sagte: »Ich werde jetzt schlafen gehen. Ich wünsche Ihnen beiden eine gute Nacht. Es hat mich gefreut, Sie kennengelernt zu haben, wenn ich auch gewünscht hätte, es wäre unter anderen Umständen geschehen.«

Nina ging auf Richard zu und umarmte ihn wortlos. Er sackte ein wenig in sich zusammen, doch nach einer Weile löste er sich von ihr und ging schweigend in das Hauptgebäude. Nina drehte sich zu Erik, der ihm hinterher sah.

»Wäre es zu viel verlangt, wenn ich dich fragen würde, ob ich mit zu dir kommen kann?«

Erik schaute sie verdutzt an.

»Bitte verstehe mich nicht falsch, aber ich kann heute Nacht nicht allein sein. Ich ängstige mich zu Tode.«

Er sah in ihre großen blauen Augen und verlor sich schon wieder darin.

»Das kann ich verstehen. Wir holen ein paar deiner Sachen und du kommst heute mit ins ›Haus Mecklenburg‹.«

»Ich danke dir.«

Nina umarmte auch ihn und ging zurück zum Haupteingang.

Erik schlief in dieser Nacht auf der Couch seiner Strandsuite und überließ Nina das Bett.

Am nächsten Morgen trafen sich die vier Freunde zu einem letzten Frühstück auf der Kurhausterrasse. Die Sonne strahlte unnachgiebig am Himmel, als wäre es nie anders gewesen. Abgesehen von den vielen Polizeiwagen des immer noch sehr beschäftigten Spurensicherungsteams war es ein wunderschöner Tag wie jeder andere.

Ben griff nach seinem silbernen Besteck und widmete sich freudig seinem Omelett mit Speck, einer gegrillten Tomate und Champignons.

»Was hat dich eigentlich gestern darauf gebracht, Richard hinterherzueilen?«

Ben schaute Erik an, der an seinem Kaffee nippte und raus aufs Meer schaute.

»Ich hab es in Richards Augen gesehen, als er ging. Er hatte so was wie eine Erleuchtung. Er ist im Hotel geblieben und nicht weggefahren, um mit jemandem zu sprechen. Als ich die Treppe nach oben kam, sah ich ihn nur noch von hinten, wie er um die Ecke bog und Annette ihn in ihr Zimmer ließ. Da dachte ich, es wäre an der Zeit zu handeln. Der Mann am Empfang hatte schon vollkommen resigniert. Er stieg mit mir in den Fahrstuhl und wich mir nicht von der Seite, bis wir die Tür geöffnet hatten. Als er hörte, was im Zimmer vor sich ging, lief er los, um Hilfe zu holen, und ich half Richard.«

Nina bedachte ihn mit einem bewundernden Blick.

»Ich bin ihr ziemlich auf den Leim gegangen«, sagte sie und rührte verärgert in ihrem flüssigen Ei.

»Das muss dich nicht ärgern. Annette hatte verschiedene Pläne am Start, um zum Ziel zu kommen. Bevor die Polizei gestern aufgetaucht ist, hat sie jede Menge erzählt. Es war unheimlich, geradezu, als wollte sie vor uns Männern mit der ganzen Sache angeben. Mir lief es kalt den Rücken herunter. Eine Zeit lang hat sie in ihrer Ehe versucht, Jens' Aufmerksamkeit auf sich zu ziehen, indem sie viele kleine Unfälle inszenierte. Sie wollte sein Mitleid erregen. Nichts hat ihn tatsächlich beeindruckt. Dann hat sie zu härteren Mitteln gegriffen und vorgetäuscht, jemand trachte ihr nach dem Leben. Damit wollte sie auch den Tod von Luisa erklären, nur dass die vorher Jens' Handy findet, war nicht Teil des Planes.«

»Wie das?«

Romy schaute ihn an.

»Sie hat versucht, sich identisch mit ihr zu kleiden. Eine gewisse äußere Ähnlichkeit gab es ja zwischen den Frauen. Das haben wir sicherlich Jens' Geschmack zu verdanken.«

Erik lächelte in seinen Kaffee.

»Dann sollte Luisa sterben. Das Puzzleteilchen, dass sie die gleiche Bluse zu diesem Zeitpunkt trug, hätte perfekt zu den ganzen anderen kleinen Unfällen gepasst, die Annette in der letzten Zeit erlebt hatte. Sie hat alles darangesetzt, dass möglichst viele Leute davon erfuhren.«

»Das klingt nach einem von langer Hand vorbereiteten Plan.«

Erik glaubte, in Bens Augen so was wie Bewunderung oder Anerkennung zu sehen. Da war er wieder, der taffe Anwalt. Er schmunzelte.

»Ich hoffe, der Kommissar hat genug in der Hand, sie für immer hinter Gitter zu bringen, selbst wenn sie das Geständnis widerruft.«

»Ich verstehe das nicht«, sagte Romy.

»Ich bin doch mit ihr nach unten gegangen. Sie ist mit mir zur Party gekommen.«

»Wie lang? Du bist doch in den Raum getreten und hast sofort Konversation mit allen angereisten Gästen gemacht. Hast du sie da noch gesehen?«

Romy schüttelte den Kopf.

»Du hast recht.«

»Die Bar hat einen Seiteneingang, der direkt auf eine Terrasse führt. Von da geht es über eine kleine Wiese vorbei am Findling, der zum fünfzigsten Jahrestag des Seebades aufgestellt wurde. Man ist innerhalb von einer Minute an der Seebrücke.«

»Sie hatte doch aber nichts bei sich. Wie hätte sie ihn erschlagen sollen und vor allen Dingen womit?«

Romy schaute finster zu Erik rüber, der seine Informationen noch nicht einmal mit Nina geteilt hatte, weil sie am Abend sofort eingeschlafen war.

»Ich muss gestehen, hier kam ihr kaltblütiges berechnendes Wesen erstklassig zum Vorschein. Sie hat sich auf eure Rechnung eine Flasche Moët bestellt und ist damit ganz offen nach draußen auf die Terrasse gegangen. Kein Mensch hat sie gesehen und niemand hat es gewundert, dass Champagner bestellt wurde auf die Rechnung des Brautpaares. Immerhin hattet ihr eure Gäste ja dazu angehalten auf eure Kosten zu bestellen. Auf der Terrasse war niemand, also zog sie sich ein Regencape über, das sie zuvor in ihrer Handtasche untergebracht hatte. Diese Dinger nehmen doch nicht viel Platz weg. Überall an den Eingängen stehen Schirme, also hat sie sich einen geschnappt und ist unbemerkt zur Seebrücke geschlichen.«

»Was für ein kalter Fisch. Sie hat die Gunst der Stunde genutzt und spontan reagiert.«

Nina schüttelte sich.

»Nicht ganz, sie hat schon etliches geplant, schließlich hat sie Jens zur Seebrücke geschickt und Romy gebeten, sie abzuholen.«

»Wie hat sie ihn dazu gebracht?«

»Sie konnte ihm nur eine mit dem Computer geschriebene und gedruckte Nachricht schicken lassen. Allerdings hat sie nicht den Fehler begangen wie Luisa und sich am Empfang gezeigt, sondern hat die Nachricht einfach vor die Tür gelegt, sodass Jens sie finden musste. Er glaubte, jemand vom Hotel hätte sie überbracht. Sie hat sie ihm nach dem Mord wieder aus der Tasche genommen und ist einfach zurück auf die Party.«

»Was hat sie mit der Flasche gemacht?«, wollte Nina wissen.

»Hat sie sie ins Meer geworfen?«

»Oh, mein Gott!«

Romys Augen waren riesengroß und sie sah aus, als hätte sie einen Geist gesehen.

»Ich weiß es!«

Sie schaute zu Ben und wirkte schockiert.

»Schatz, erinnerst du dich an den Moment, als Annette zu unserer Gruppe kam, uns eine Flasche Champagner hinhielt und sagte: ›Ich würde gern auf das Brautpaar anstoßen, wer hilft mir, diesen kleinen Freund hier zu öffnen?‹ Du hast sie aufgemacht und sie ist dir beinahe um die Ohren geflogen, so stand sie unter Druck. Ich habe noch Witze gerissen, ob sie sie vorher extra geschüttelt hätte. Wir alle haben ein Glas daraus getrunken! Sie muss sie abgewischt haben …«

Romy würgte leicht und Ben schaute wenig begeistert drein.

Erik sah auf seinen Teller, bemüht, nicht in lautes Gelächter auszubrechen. Zum Dank erhielt er von Nina einen Tritt gegen das Schienbein unter dem Tisch. Das lockerte die Anspannung und die Männer lachten lauthals los.

»Sie hat die leere Flasche bei sich behalten, so dumm war sie nicht, sie sofort der Öffentlichkeit preiszugeben. Am nächsten Morgen hat sie sie einfach mit dem

Frühstückstablett vor der Tür ihrer Nachbarn entsorgen lassen.«

Nina sah geknickt aus. Bereits den ganzen Morgen hatte Erik kaum ein Wort von ihr gehört. Seine eigene Anspannung hatte sich gelöst, als Annette mit dem Streifenwagen davon gefahren war. Nina schien das nicht so zu gehen, aber die Menschen waren ja verschieden. Eine widerspenstige Strähne wehte ihr immer wieder ins Gesicht, aber sie tat nichts dagegen. Er lehnte sich zu ihr hinüber und flüsterte.

»Ist alles in Ordnung mit dir?«

»Ja es geht schon. Es ist nur … ich habe nicht damit gerechnet … als ich hier ankam, kreisten meine Gedanken nur um meine eigenen Probleme. Ich habe mich von einem anderen Menschen emotional in Ketten legen lassen und mir damit die Chance genommen, einfach mein Leben zu leben und die schönen Dinge, die mir widerfahren sind, zu genießen.«

Jetzt schaute sie ihm direkt in die Augen.

»Dann sind plötzlich Menschen gestorben und ich habe in andere menschliche Abgründe schauen müssen. Das rückt alles in ein anderes Licht. Wisst ihr, ich habe mich nicht mal von Leo verabschiedet, ich habe nicht mal gemerkt, ob und wann er abgereist ist!«

»Bravo!«, sagte ihre Schwester.

»Es fühlt sich großartig an!« Sie strahlte und Erik sah ein Funkeln, das ihren gesamten Körper beherrschte. Er faltete seine Serviette zusammen, stand auf und reichte ihr die Hand.

»Was hältst du von einem langen ausgedehnten Strandspaziergang? Im Anschluss könnten wir auf dem Rückweg im ›Medinis‹ essen gehen. Ich kann es nur empfehlen, ich habe da mal eine Frau kennengelernt, die mich einfach verzaubert hat.«

Nina wurde rot, nickte dann aber.

»Da freue ich mich drauf!«

KAPITEL 49

Ullrich Otte saß mit seiner Frau auf der Terrasse und frühstückte. Er genoss das schöne Wetter und die Ruhe eines Sonntagmorgens. So schnell war er selten zum Ziel gekommen, aber um was für einen Preis? Die Vorwürfe, dass er Luisa Storchs Leben nicht hatte retten können, nagten an ihm, seit er sie mit Andreas entdeckt hatte.

Er betete jetzt darum, dass die Riesberg ihr Geständnis nicht zurücknehmen würde und er sich keinerlei Fehler während der Untersuchung geleistet hatte. Zur Sicherheit würde er notfalls die Mülldeponie nach dieser Flasche absuchen lassen, sollte seine Mannschaft nichts in den Containern des Hotels finden. Wovon Annette nichts wusste und dafür war er dankbar, war die Zeugenaussage von Brecht. Mit Glück würde er einer Gegenüberstellung zustimmen, dann hätten sie die Katze im Sack.

Zu dem Verschwinden von Greta Lindner hatte sie sich nicht weiter geäußert, aber er hatte die Kollegen in Hamburg bereits informiert, in welcher Richtung sie nun ermitteln mussten.

Jetzt gab es nur noch ein letztes kleines Problem, das er lösen musste. Eine Ungereimtheit, die ihn wie einen Stachel ins Fleisch stach. Es ging um den Fall Lars Karlsson, der in seinen Augen noch längst nicht abgeschlossen war.

Er stand auf, küsste Thea auf die Stirn und ging ein paar Schritte in den Garten. Er wählte die Nummer von Sven Karlsson, dem Sohn von Lars. Sven war damals, während des Sturmes, mit an Bord gewesen, als seine Mutter starb.

Nach etwa zwanzig Minuten kehrte er zurück zu seiner Frau und setzte sich an die reich gedeckte Kaffeetafel.

»Was hat er gesagt? Konnte er deine Fragen beantworten?« Thea Otte strich sich die kurzen platinblonden Haare hinters Ohr und schaute ihn unumwunden an.

»Ja. Das konnte er und du hattest mit deiner Vermutung wahrscheinlich recht. Was wäre ich nur ohne dich, mein Schatz?«

Er lächelte seine Frau liebevoll an.

»Das heißt, sein Vater war schuldig an ihrem Tod? Ich meine, es war kein Unfall? Er hat sie umgebracht?«

Otte nahm sich ein großes Stück geräucherten Lachs und strich eine ordentliche Schicht Meerrettich darauf.

»Sven Karlsson hat das Manöver seines Vaters damals als vollkommen vermeidbar beschrieben. Er sagte, er wäre ein zu guter Seemann gewesen, um so einen fatalen Fehler zu begehen. Sicherlich kann das den Besten passieren, aber er beschrieb die Handlungen seines Vaters damals als vollkommen kalkuliert. Seine Eltern schienen sich gestritten zu haben, und Sven glaubt, seine Mutter hätte, in einem Moment, als er unter Deck war, von einer Trennung gesprochen. Sie hat wenig später ihren Ehering abgenommen und ihn auf einen Tisch gepfeffert. Er glaubt, sein Vater hätte die Patenthalse absichtlich gemacht. Unglücklicherweise wurde er dabei selbst verletzt.

Es sind alles nur Vermutungen, aber er sagt, er konnte seinem Vater danach nie wieder ins Gesicht sehen. Seiner Schwester hat er nichts von seinem Verdacht erzählt, aus Angst, ihren Kummer noch zu vergrößern. Sie hat sich nach dem Unglücksfall um ihren alten Herrn gekümmert, also machte Sven seinen Frieden damit. Scheint so, als wollte er nicht mit der Entscheidung leben, dass sie ihn verlässt.«

»Ich hab's dir gesagt!«, schloss Thea Otte befriedigt. »Eine Frau nimmt ihren Ehering nicht einfach so ab. Dafür muss es einen wichtigen Grund geben. Die Tatsache, dass er ihn immer noch bei sich trug und er nicht gemeinsam mit ihr auf dem Grund des Meeres ruhte, hat mir Schauer über den Rücken gejagt. Schließlich haben sie ihre Leiche nie gefunden.«

MANCHE SCHATTEN SIND ZU SCHWARZ, UM SIE ABZUSCHÜTTELN

WIND VON MORDEN

EIN HEINZE & BROCKMANN KRIMI

Die Hamburger Stuntfrau Nina Heinze ist ungebunden und lebt nur für ihren Job. Der führt sie Ende des Sommers in die kleine Gemeinde Finklingen in Franken.

Vom ersten Moment ihrer Ankunft an spürt sie die Gegenwart einer Toten, die wie ein Geist das Leben der Einwohner nachhaltig beeinflusst. Die meisten Dörfler begegnen Nina zwar offen und freundlich, doch scheinen sie etwas zu verschweigen. Nina merkt schnell, dass sie keiner wirklich dicht an sich heranlässt. Niemand, bis auf ihr netter, undurchsichtiger Nachbar Gregor.

Plötzlich steckt sie mittendrin im Spiel eines raffinierten, gefährlichen Mörders und gerät kurz darauf selbst in Gefahr. Sie setzt nun alles daran, dem Geheimnis um die ermordete Isabella auf die Spur zu kommen. Im Alleingang scheint das ein unmögliches Unterfangen zu sein. Da kann nur Erik helfen, der attraktive Autor, der gern mehr wäre, als nur ein guter Freund.

Printed in Germany
by Amazon Distribution
GmbH, Leipzig

23846737R00182